HEYNE
BÜCHER

Fantasy

Herausgegeben von Wolfgang Jeschke

Aus der SAGA VON DRAY PRESCOT erschienen in der Reihe HEYNE SCIENCE FICTION & FANTASY:

1. Roman: Transit nach Scorpio · 06/3459
2. Roman: Die Sonnen von Scorpio · 06/3476
3. Roman: Der Schwertkämpfer von Scorpio · 06/3488
4. Roman: Die Armada von Scorpio · 06/3496
5. Roman: Der Prinz von Scorpio · 06/3504
6. Roman: Die Menschenjäger von Antares · 06/3512
7. Roman: In der Arena von Antares · 06/3534
8. Roman: Die Flieger von Antares · 06/3547
9. Roman: Die Waffenbrüder von Antares · 06/3567
10. Roman: Der Rächer von Antares · 06/3585
11. Roman: Die fliegenden Städte von Antares · 06/3607
12. Roman: Die Gezeiten von Kregen · 06/3634
13. Roman: Die Abtrünnigen von Kregen · 06/3661
14. Roman: Krozair von Kregen · 06/3697
15. Roman: Geheimnisvolles Scorpio · 06/3746
16. Roman: Wildes Scorpio · 06/3788
17. Roman: Dayra von Scorpio · 06/3861
18. Roman: Goldenes Scorpio · 06/4296
19. Roman: Ein Leben für Kregen · 06/4297
20. Roman: Ein Schwert für Kregen · 06/4298
21. Roman: Ein Schicksal für Kregen · 06/4357
22. Roman: Ein Sieg für Kregen · 06/4358
23. Roman: Die Bestien von Antares · 06/4359
24. Roman: Der Rebell von Antares · 06/4397
25. Roman: Die Legionen von Antares · 06/4398
26. Roman: Die Verbündeten von Antares · 06/4399
27. Roman: Die Labyrinthe von Scorpio · 06/4472

Weitere Bände in Vorbereitung

ALAN BURT AKERS

Der Rächer von Antares

Zehnter Roman
der Saga
von Dray Prescot

Fantasy

Neuauflage

WILHELM HEYNE VERLAG
MÜNCHEN

HEYNE SCIENCE FICTION & FANTASY
Band 06/3585

Titel der amerikanischen Originalausgabe
AVENGERS OF ANTARES
Deutsche Übersetzung von Thomas Schlück
Das Umschlagbild schuf Ken Kelly
Die Karten am Schluß des Bandes
zeichnete Erhard Ringer

Umschlaggestaltung mit einem Motiv
von Vicente Segrelles/Norma
durch Atelier Ingrid Schütz, München

Redaktion: Friedel Wahren

Printed in Germany 1987
Druck und Bindung: Ebner Ulm

ISBN 3-453-30480-2

ANMERKUNG ZU DRAY PRESCOT

Dray Prescot ist ein gut mittelgroßer Mann mit glattem, braunem Haar und braunen Augen, deren Blick gelassen, doch zwingend ist. Seine Schultern sind ungewöhnlich breit, und ihn umgibt eine Aura kompromißloser Ehrlichkeit und ungebrochenen Mutes. Er bewegt sich mit der Elastizität und Lautlosigkeit einer Raubkatze. Geboren im Jahre 1775 und aufgewachsen unter den unmenschlich harten Bedingungen der englischen Marine des späten achtzehnten Jahrhunderts, zeichnet er ein Bild von sich, das nicht an Geheimnis verliert, je mehr wir von ihm erfahren.

Durch die Machenschaften der Savanti nal Aphrasöe, bei denen es sich um sterbliche, aber übermenschliche Wesen handelt, die unterentwickelten Rassen helfen wollen, und durch die Einschaltung der Herren der Sterne ist Dray Prescot nach Kregen unter Antares, der Doppelsonne im Sternbild des Skorpions, gebracht worden. Auf dieser wilden und schönen, großartigen und schrecklichen Welt ist er nacheinander zum Zorcander der Klansleute von Segesthes, zum Lord von Strombor in Zenicce und zum Mitglied des geheimnisvollen kriegerischen Ordens der Krozairs von Zy aufgestiegen.

Gegen alle Wahrscheinlichkeit erfüllte sich Prescot seinen sehnlichsten Wunsch und erhob nach dem unvergeßlichen Kampf bei den Drachenknochen Anspruch auf Delia aus Delphond, Delia aus den Blauen Bergen. Und das Mädchen versprach sich ihm im Angesicht ihres Vaters, des gefürchteten Herrschers von Vallia. Unter dem Jubel der Anwesenden wurde Prescot Prinz Majister von Vallia und heiratete Delia, die Prinzessin Majestrix. Das junge Ehepaar hält sich am liebsten in Valkanium auf, der Hauptstadt der Insel Valka, deren Strom Prescot ist.

Kopfüber wird Prescot auf dem kregischen Kontinent Havilfar in neue Abenteuer gestürzt. Er überlistet die Menschenjäger von Antares, gespenstische menschenähnliche Wesen, die als Jagdhunde eingesetzt werden, er kämpft als Hyr-Kaidur in der Arena des Jikhorkdun von Huringa in Hyrklana und schwingt sich in Djanduin zum König auf, wo er von den kämpferischen vierarmigen Djang-Kriegern verehrt wird. Doch Hamal, die größte Macht auf Havilfar, betreibt eine brutale Expansionspolitik, und Prescot muß unter allen Umständen hinter das wohlbehütete Geheimnis der hamalischen Flugboote kommen. Als er das Rätsel zur Hälfte gelöst hat, wird er von einem eifersüchtigen König zum Tode verurteilt. Er flieht aufs Meer hinaus und vernichtet zwei riesige hamalische Himmelsschiffe, womit er eine vallianische Galleone vor dem Untergang rettet. Die Mannschaft der Galleone zieht ihn aus dem Wasser; man setzt die Segel und nimmt Kurs auf Vallia, die Heimat.

Alan Burt Akers

1

»Laßt euch vom Wind treiben! Reitet die Stürme ab!« hatte ich gebrüllt und mich meiner neu gewonnenen Freiheit gefreut. »Bringt mich nach Valka, laßt mich zurückkehren in meine Feste Esser Rarioch! Weht, ihr Winde, tragt mich nach Hause zu meiner Delia von den Blauen Bergen!«

Doch meinen anfeuernden Rufen fehlte die rechte Überzeugungskraft, was an dem rätselhaften Segel lag, jenem schwarz-braun gestreiften Gebilde, das sich im Osten immer mal wieder über dem Horizont sehen ließ. Während unsere Galleone auf ihrem südlichen Kurs durch das Wasser pflügte, verfolgte uns dieses Segel. Ich glaubte zu wissen, welche Wesen dort an Bord lauerten, was für Teufel dieses Schiff führten, und ich begab mich in die Waffenkammer, schärfte mir ein Schwert und sah sorgfältig das Panzerwams nach, das mir Kapitän Lars Ehren hatte zurechtlegen lassen.

»Bei Vox, Prinz!« sagte Kapitän Lars, dessen eckiger Bart wie der Rammsporn eines Ruderers aus seinem runden Kinn ragte. »Wir sorgen dafür, daß die üblen Burschen mit eingezogenem Schwanz wieder in ihren stinkenden Löchern verschwinden!«

»Aye, Kapitän Lars.« Ich sah ihn an. Wir standen in der Waffenkammer seiner Galleone *Ovvend Barynth,* und die eiserne Rüstung fühlte sich kalt an in meiner Hand. »Hast du schon einmal gegen Leem-Freunde gekämpft?«

»Nein, Majister.«

Ich wollte nicht, daß ihm mein Tonfall das ganze Ausmaß meiner Sorgen vor einem Kampf mit einem Piratenschiff aus dem Südlichen Ozean offenbarte, daher sagte ich hastig: »Aber *ich* habe gegen sie gekämpft. Wir haben wild genug unter ihnen gewütet, um festzustellen, daß sie Diffs sind wie alle anderen.«

Daraufhin stimmte er ein dröhnendes Lachen an. Die Galleone schnitt mit knarrenden Planken durch die Dünung, das Wasser rauschte und gluckerte an ihren Lenkholzflanken entlang, Rollen klapperten, die Takelage quietschte und sirrte – ein ewiges Hintergrundgeräusch auf solchen Schiffen. Es ist nicht leicht, einen Galleonenkapitän des stolzen kregischen Inselreiches Vallia einzuschüchtern.

»Ich habe von den Wesen gehört. Kannst du mir von deinem Kampf berichten?«

Ich dachte an Viridia, die Piratin, mit der ich gegen eines der Schiffe aus dem Südlichen Ozean gekämpft hatte. Hier, südlich des Äquators, vor der Ostküste des Kontinents Havilfar, hieß das Meer Ozean der Wolken. Viridia und ihre Mannschaft hatten dem Schiff der Leem-Freunde nur im Schutze eines plötzlichen Unwetters entkommen können – es war knapp gewesen.*

»Leem-Freunde kämpfen hinterhältig, Kapitän. Ich versuche in einem Menschen stets das Gute zu sehen und verhalte mich neutral, bis sich ein Wesen als böse oder heimtückisch entpuppt; ich glaube, ich müßte ziemlich lange suchen, ehe ich in *dem* Haufen einen Hauch von Menschlichkeit entdeckte.«

»Auch ich habe Geschichten gehört, Majister, häßliche Geschichten.« Kapitän Ehren ließ sich von dem jungen Gil, einem Lehrling des Waffenmeisters, beim Anlegen der Rüstung helfen. Ächzend zog er den Bauch ein, damit sich der Brustschutz schließen ließ. »Diese Shants verbreiten eine eigene Aura des Bösen.«

Es gibt viele Namen für Piratenschiffe dieser Art, für die Menschen von der anderen Seite der Welt. »Shant« war nur eine von vielen Bezeichnungen. Wir standen auf, reckten uns, bis die Rüstungen einigermaßen bequem saßen, und erstiegen schließlich die Leitern zum Achterdeck. Der Himmel war erfüllt vom Mischlicht der beiden Sonnen Scorpios – jener herrlichen doppelfarbigen rotgrünen Strahlung, die Meer und Schiff mit einer Schicht geschmolzenen Lichts zu bedecken schien. Bei Zair! Es war schön, an einem solchen Tag zu leben!

Ich vergaß nicht, daß in meinem Kopf eine Hälfte des Geheimnisses der Flugboote ruhte, die meiner kregischen Heimat Vallia eines Tages von großem Nutzen sein würden, wenn es zu dem unvermeidlichen Krieg mit Hamal kam. Diese Informationen mußten Vallia erreichen. Ich wagte mir nicht vorzustellen, welche schrecklichen Dinge passieren würden, wenn Hamal die Insel Vallia angriff – überraschend, aus dem Hinterhalt, mit unzähligen Schiffen, die den Himmel verdunkelten –, und Stahl und Feuer und Vernichtung säten.

»Sie bleibt jetzt länger über dem Horizont, Sir«, wandte sich der Erste Leutnant, ein Hikdar, an Kapitän Ehren.

Ich versuchte die Stimmung etwas aufzulockern. »Sicher

* *Die Armada von Scorpio*, die Saga von Dray Prescot, Band 4

weiß man dort drüben, daß wir aus Vallia kommen«, sagte ich. »Das, meine Freunde, gibt dem Cramph von Kapitän bestimmt zu denken! Er wird es sich zweimal überlegen, ehe er eine vallianische Galleone angreift!«

Diese Äußerung wurde durch leise Flüche der Offiziere auf dem Achterdeck quittiert, gefolgt von verwirrten und vorwurfsvollen Blicken in meine Richtung. Doch ich hatte Kapitän Ehren einen klaren Befehl gegeben. Wir durften auf keinen Fall wenden und uns mit dem Shant auf einen Kampf einlassen. Ich hatte den stolzen vallianischen Seekämpfern untersagt, ihren natürlichen Instinkten zu folgen, und das schuf eine Atmosphäre der Unruhe an Bord.

Mir war bewußt, daß ich mir das Flugbooträtsel in den nächsten Bur aus dem Kopf schlagen mußte, um mich der augenblicklichen Lage zu widmen. Hoffnungsvolle Pläne für die Zukunft waren nicht viel wert, sobald sich der opazvergessene Leem-Freund schließlich doch noch zum Angriff entschloß.

Kapitän Lars Ehren verstand sein Handwerk. Seine Galleone war auf dem Weg in das Inselreich Hyrklana im tiefen Süden gewesen. Dort hatte man Flugboote kaufen wollen, nachdem die Lieferungen aus Hamal ausgeblieben waren. Die Hamaler hatten daraufhin zwei ihrer riesigen Himmelsschiffe losgeschickt, die die beiden vallianischen Galleonen versenken sollten. Bei einem Schiff war ihnen das gelungen – die *Nikvove von Evir* war in Flammen aufgegangen. Man hatte mich betäubt und als brennende menschliche Fackel auf die vallianischen Schiffe hinabstürzen lassen wollen, doch es war mir gelungen, eines der Himmelsschiffe, die *Krieger von Hirrume*, in meine Gewalt zu bekommen. Mit diesem Fluggebilde hatte ich das andere hamalische Himmelsschiff, den *Stolz von Hanitcha*, gerammt. Auf diese Weise waren beide Flugboote vernichtet worden.

Als die *Ovvend Barynth* mich aus dem Meer gefischt hatte, war es mir gelungen, ihre Passagiere, die vallianische Abordnung für Hyrklana, zu überzeugen, daß unser Heil einzig und allein in Vallia zu suchen war; dort waren wir mit Hilfe der von mir beschafften Informationen in der Lage, eigene Flugboote zu bauen.

Der Kampf an Bord des hamalischen Himmelsschiffes war einer von vielen Kämpfen gewesen, die ich auf Kregen hatte bestehen müssen. Ich hatte hart zugeschlagen, man könnte sagen:

wie ein Verrückter; doch die Gründe für mein Verhalten lagen auf der Hand. Und schon wieder sah ich mich der Herausforderung gegenüber. Ich hasse niemanden, sei er ein Apim wie ich oder ein Diff, ein Angehöriger einer anderen kregischen Rasse. Doch ich bestehe auf dem Recht, mich und meine Angehörigen verteidigen zu dürfen, und wenn mich das zum Raufbold oder gar zum Sünder stempelt – wie es den Anschein hat –, dann ist es wohl mein Schicksal, nach dem Jüngsten Tag mit meinen Klansleuten niemals über die Ebenen des Nebels streifen zu dürfen.

»Der Bursche setzt mehr Segel!« meldete der Ausguck.

Ich legte die Hand über die Augen und starrte über das unruhige blaue Wasser, das im Licht der Sonne blitzte.

Das unheildrohende Segel hatte an Größe zugenommen, hatte sich in zwei Hälften aufgeteilt und zeigte nun in großer Klarheit die braun-schwarzen Querstreifen. Jeder Streifen konnte wie bei einem Schifferklavier hinauf- oder herabgefaltet werden, wodurch die Segelfläche vergrößert oder verkleinert wurde. Das große flossenähnliche Doppelsegel wurde schmaler, zog sich wieder zu einem einzigen Umriß zusammen. Ich runzelte die Stirn. Der Shant hielt jetzt direkt auf uns zu, was bedeutete, daß er, wenn wir mit dem gleichen Tempo weiterfuhren, ein gutes Stück achteraus unser Kielwasser kreuzen würde. Der Schurke hatte also etwas vor.

Kapitän Ehren begriff nicht, warum seine Galleone dem Shant nicht davonlief. Fluchend kratzte er sich den mächtigen Bart.

»Die alte *Ovvynth*«, sagte er, womit er den Spitznamen des Schiffes verwendete, »ist die schnellste Galleone, die in Ovvend beheimatet ist. Aye – und selbst in Vondium gibt es nur wenige schnellere Galleonen! Deshalb wurde ich für diese Reise ja ausgesucht, damit wir an den schwarzen Teufeln von Hamal sicher vorbeikamen. Und jetzt überholt mich dieser Rast von Leem-Freund, als wäre ich ein paar Klassen langsamer als er!«

»Sieh dir seine Segel an, Lars«, sagte ich und hob den Arm. »Ein großes Segel in einem Stück, wie der Flügel eines Samenbeutels des Herm-Baums oder eine Fischflosse oder der Flügel eines Vogels.«

»Aye, das sehe ich. Heidnische Takelage!«

Vallianische Galleonen sind in etwa so ausgerüstet, wie man es von einer irdischen Galleone des elisabethanischen Zeitalters gewöhnt war – mit Groß- und Topsegel am Fockmast, Groß- und Topsegel am Großmast, doch anstelle der Lateinersegel am Besanmast haben die Vallianer ein rechteckiges Großsegel an einer Rah. Einem Manne, der dieses System gewöhnt war, mußte ein Schiff mit einem hohen schmalen Dreieckssegel seltsam vorkommen. Ich aber kannte die vorzüglichen Eigenschaften dieses Segels. Als die Umrisse des Shants sichtbar wurden und ich mir unseren Gegner genauer anschauen konnte, wurde meine Sorge um den bevorstehenden Konflikt noch gesteigert.

»Möge er auf den Eisgletschern Sicces verrotten!« tobte Nalgre Sultant, der Vad von Kavinstok. Er war ein Mann mit dünnen Lippen und den herrischen Augen eines echten Edelmannes; ein Vad steht in der Hierarchie der Oberschicht ziemlich weit oben, und seine Kleidung verriet, daß er Vermögen besaß. Er war Anführer der vallianischen Abordnung, die in Hyrklana hatte verhandeln sollen. Er warf mir einen herablassenden, abweisenden Blick zu. »Wären wir nicht umgekehrt, sondern nach Hyrklana weitergefahren, befänden wir uns jetzt nicht in dieser beschämenden Situation, Prinz!«

Ich machte mir nicht die Mühe, ihm zu antworten. Mir war nicht das kleine schwarz-weiße Zeichen entgangen, das er mit einer kostbaren Gold-Opazbrosche an seinem Schulterumhang befestigt hatte. Dieser Mann, dieser mächtige Vad, gehörte der Racter-Partei an, der mächtigsten politischen Partei Vallias. Die Racters, wie ich nur zu gut wußte, standen dem Herrscher, meinem Schwiegervater, nicht gerade positiv gegenüber. Auch ich hatte mit dem alten Knaben schon meine Auseinandersetzungen gehabt und konnte nicht so schnell vergessen, daß er seinen Wächtern einmal befohlen hatte, mir den Kopf abzuschlagen. Doch seither hatte er sich verändert und war mir gegenüber etwas empfänglicher geworden – und in dieser Einstellung zog ich ihn den Racters auf jeden Fall vor.

»Prinz!« rief Vad Nalgre. »Du antwortest mir nicht!«

Ich drehte mich langsam um – nicht um ihn zu beleidigen, sondern um nicht unüberlegt zu reagieren.

»Du trägst ein Rapier, Vad Nalgre«, sagte ich leise. »Leg die Rüstung an und beschaff dir ein besseres Schwert oder einen Enterhaken für den Kampf, der uns bevorsteht.«

Er wußte nicht, was er sagen sollte. Dabei waren meine Worte klar. Er wandte sich ab und ging nach unten, und ich vernahm die letzten Worte einer leisen Bemerkung über einen gewissen haarigen Barbaren, einen wilden Klansmann, der die Tochter des Herrschers geheiratet hatte und sich nun einbildete, loyale Vallianer herumkommandieren zu können. Ich ließ ihm die Worte durchgehen, da wir einen Kampf zu erwarten hatten. Mit Nalgre Sultant, dem Vad von Kavinstok, konnte ich später noch abrechnen.

Gleich darauf kam Lorgad Endo zu mir, das einzige Mitglied der vallianischen Abordnung, über das ich einiges wußte. Es war ein Lamnia, Angehöriger einer Diffrasse mit hellem Pelz und einem Ausdruck der Ehrlichkeit im Gesicht, in den sich stets ein Hauch von Verwunderung über die Bosheit der Welt mischte. Er trug saubere vallianische Kleidung – weite Hosen, ein weites Jackett über einem weißen Hemd und den typischen vallianischen Hut mit den beiden eckigen Löchern in der Krempe über den Augen. Als Kaufmann und Lamnia hatte er allerdings auf einen extravaganten Federschmuck am Hut verzichtet, ebenso wie auf ein Schwert, an dessen Stelle ich einen kurzen, kräftigen Balasstab erblickte.

»Was steht zu Diensten, Lorgad?« fragte ich und fühlte mich plötzlich viel freier. »Willst du kämpfen, Kaufmann?«

»Jawohl, Prinz. Wenn ich muß. Mit Kämpfen ist zwar kein vernünftiger Ob zu verdienen, doch kämpfen werde ich. Ich werde es nicht einfach hinnehmen, daß mir ein arroganter Schnösel von Shtarkin die Kehle durchschneidet!«

»Wohl gesprochen, Koter Endo!« sagte ich. »Begib dich bitte in die Waffenkammer und versieh dich mit geeigneten Waffen und einem Panzer. Ich begrüße dich als Mitstreiter!«

Er warf mir ein schlaues Lamnia-Lächeln zu und ging unter Deck. – Kapitän Ehren hatte seine Befehle gegeben; das Schiff war kampfbereit, alle Männer waren auf Station. Die Varters waren voll bemannt, die Groß-Varters, jene übergroßen Schleudern typisch vallianischer Bauart, steckten ihre Schnauzen hungrig über die Bordwand. Gruppen von Decksmatrosen standen bereit, um auf die komplizierten Befehle zum Segelreffen oder Wenden zu reagieren, die ertönen mußten, sobald die beiden Schiffe fürs Gefecht zu manövrieren begannen. Wieder blickte ich auf den Shant – der Lamnia hatte die Piraten »Shtarkins« genannt; es gibt eben viele Namen für sie – und runzelte von neuem die Stirn. Die großen schwarz-braunen Segel waren nun wieder seitlich sichtbar; das Schiff lief von neuem parallel zu uns durch die Fluten, war uns jedoch um einiges näher gekommen. Seit ich an Bord der *Ovvend Barynth* war, hatten wir uns ein gutes Stück nach Norden bewegt und näherten uns jetzt der Nordostecke des Kontinents Havilfar, wo die Risshamal-Inseln ihre dürren Finger nach Nordosten ragen lassen. Einer dieser Finger aus Inseln und Dünen und öden Felsbrocken endete an der Piraju-Insel. Ich wurde nachdenklich, hatte ich doch den Eindruck, daß der Leem-Freund in Luv von uns zu bleiben versuchte und unser Schiff in den Windschatten der Inselketten treiben wollte. Wir mußten bald wenden, wenn wir den tödlichen Riffen wie auch dem Aufspüren durch unsere hamalischen Todfeinde entgehen wollten. Durch dieses Wendemanöver würden wir uns dem Shant nähern – taten wir es nicht, mochten wir auf den Vorfelsen der Küste scheitern.

Als ehemaliger Erster Leutnant eines mit vierundsiebzig Kanonen bestückten Kriegsschiffs behagte mir der Gedanke wenig, im Lee eines Gegners festzusitzen – es sei denn, wir hatten ihn erfolgreich attackiert und konnten ihn problemlos bestreichen, während wir um ihn umfuhren, um seine Flucht zu verhindern. Doch hier gab es keine prachtvollen Schlachtschiffreihen irdischer Seekriegsgeschichte. Unser Gegner war ein schnelles, gefährliches Schiff aus den unbekannten Ländern unter dem Horizont; wir fuhren auf einer nicht ganz so schnellen vallianischen Galleone. Blieb abzuwarten, welches der beiden Schiffe das gefährlichere war.

Als ich diesen Gedanken zu Ende gedacht hatte, ließ ich Tinte und Papier kommen. Ein Sturmholztisch wurde für mich auf dem Achterdeck bereitgestellt, denn ich hatte in diesem Augenblick keine Lust, nach unten zu gehen. Nun machte ich mich daran, alles niederzulegen, was ich über das Geheimnis der Flugboote wußte – Mischverhältnis und Art der Mineralien in den Silberkästen, die Vaol genannt wurden. Schließlich wandte ich mich an Kapitän Ehren.

»Kapitän, sag mir eins. Hast du schon einmal von einem Element namens Cayferm gehört?«

»Cayferm, Prinz?« Er überlegte und schüttelte den mächtigen Kopf. »Nein, Majister. Das Wort bedeutet mir nichts.«

»Mir auch nichts, bei Vox! Ich hoffe, daß die weisen Männer Vallias mehr damit anfangen können!«

Cayferm war angeblich eine Art Dampf, Cayferm war das geheimnisvolle Element – Luft, etwas Immaterielles, ein Gas, ein Duft –, welches die andere Art von Silberkästen füllte, Paol genannt. Mit einem Paar dieser Silberkästen, mit dem Vaol und dem Paol, die in ihren kreisförmigen Gleitschienen aus Holz und Bronze befestigt waren, vermochte man Schwerkraft und Bewegung zu überwinden und ein Flugboot zu steuern, bis der Chunkrah müde wurde, wie meine Klansleute zu sagen pflegten.

Während ich mich bemühte, meine Informationen in nüchternen Worten niederzulegen, wurde mir bewußt, wie wenig ich eigentlich in Erfahrung gebracht hatte, wenn man bedachte, wie mühsam ich meine Kenntnisse in Ruathytu, der Hauptstadt Hamals, erworben hatte.

Schließlich wurde das Papier in Ölseide verpackt, von Kapitän Ehren versiegelt und in einem Lederbeutel verstaut. »Wenn mir etwas passiert, Kapitän, muß dieser Brief dem Herrscher zugestellt werden. Das Schreiben ist lebenswichtig für unser Land!«

»Prinz, sei unbesorgt, es wird dir nichts geschehen, du wirst dem Herrscher die Tasche persönlich überreichen!«

Nun, das hörte sich ganz gut an. Ich schlug Ehren auf die Schulter und begab mich an die Reling, um mit gerunzelter Stirn zu dem Shant hinüberzuschauen.

Das Schiff der Leem-Freunde schnitt mühelos durch das Meer; vermutlich war es unter Wasser besser gebaut, als es die gedrungene Form der Schiffshülle und der Aufbauten vermuten ließ. Das Schiff war tiefbraun angestrichen. Ich sah Menschen, die sich auf den Decks bewegten, ich sah die Schnauzen von Varters und Katapulten, das Blitzen von Waffen. Der Gegner schien es zufrieden zu sein, parallel neben uns herzulaufen; er achtete auf Abstand. Von seinen beiden schmalen Dreieckssegeln war keines emporgezogen.

Ich rieb mir das Kinn. Nun, der See-Leem da draußen war Symbol eines immer mächtiger werdenden Einflusses, der sich auf den Seewegen der mir bekannten Nationen unangenehm bemerkbar machte, der Schiffe und Fischerdörfer überfiel und der eines Tages energisch bekämpft werden mußte. Ich fragte mich, ob ich mit der Vorsicht nicht zu weit gegangen war, als ich Ehren befahl, die Flucht zu ergreifen. Ein Kampf war ohnehin nicht zu vermeiden, denn sobald wir wendeten, würde der Shant beutelüstern über uns herfallen. Ich nahm nicht an, daß er sich unserer Bewegung anpassen und ebenfalls wenden würde. Der Kapitän dort drüben hatte seinen Plan – und dieser Plan hatte zum Ziel, die *Ovvend Barynth* zu plündern, ihre Mannschaft zu ermorden und das Schiff selbst spurlos versinken zu lassen. Nein, mein Kinnreiben konnte nur ein Ergebnis bringen!

»Kapitän! Wir wenden sofort, solange wir noch Bewegungsspielraum haben. An die Waffen! Wir greifen an! Wir greifen an für Vallia, für die Ehre, für unser Leben! Hai Jikai!«

2

Das Platschen nackter Füße auf den Decksplanken, die anfeuernden Befehle der Maate, das Knirschen und Klappern der Rollen, das Quietschen der Seile in den Haljen, das bedächtige Herumschwingen der Rahen und das energische Herumschwenken des Schiffes, das sich schließlich in seinen neuen Kurs legte – all diese vertrauten Bilder, Laute und Empfindungen erfüllten mich mit einem Gefühl der Erinnerung. Ich, Dray Prescot, Abkömmling der Erde, Produkt Kregens, war auf der Erde viele Jahre lang zur See gefahren und hatte in dieser Zeit so manchen Kampf miterlebt. Später war ich auf dem Binnenmeer von Turismond, auf dem Auge der Welt, Ruderkapitän gewesen. Und dann Pirat mit Viridia bei den Hoboling-Inseln. O ja, das Meer lag mir im Blut, wie es so schön heißt. Allerdings hatten mir die Herren der Sterne, jene geheimnisvollen Wesen, die mich nach Kregen im Sternbild des Skorpions gerufen hatten, vierhundet Lichtjahre von der Welt meiner Geburt entfernt, diese Wesen hatten mir den Befehl gegeben, keinen Fuß mehr auf ein Schiff zu setzen!

Bei Vox! Hier stand ich nun auf einer vallianischen Galleone, und noch dazu ohne eigenes Zutun, wenn man einmal vom Schluß des Kampfes absah, da ich die gefährlichen hamalischen Himmelsschiffe hatte abstürzen lassen und zur *Ovvend Barynth* geschwommen war.

Vielleicht hatten die Herren der Sterne in ihrer Strenge etwas nachgelassen.

Als unser Schiff wendete und wir uns mit stolz flatternden vallianischen Flaggen und zum Bersten gefüllten Segeln dem Leem-Freund näherten, warf ich einen Blick zum Himmel. Doch von dem herrlichen rotgoldenen Jagdvogel, dem Boten und Spion der Herren der Sterne, war nichts zu sehen. Vielleicht war ich in meinem Handeln freier, als ich bisher angenommen hatte.

»Der Shant sieht uns!« brüllte der Erste Leutnant. Er war in die Wanten gesprungen, und in seinem Gesicht spiegelte sich die Erregung des Kampfes: »Drüben laufen die Männer vorn zusammen!« fuhr der Erste Leutnant fort, der Insur ti Fotor hieß. »Sie wollen kämpfen!«

»Dann sollen die heidnischen Götter ihnen gnädig sein«, knurrte Kapitän Lars Ehren.

»Opaz möge ihre Lebern und Augen verdorren lassen!« brüllte jemand vom Mitteldeck. Ich warf einen Blick über die Reling des Achterdecks. Dort unten drängten sich die Männer im Schutz von Palisaden und Barrikaden aus Balken und Flechtwerk. Sie blickten zu mir empor, und ihre Zähne blitzten. Vallianische Seeleute sind urwüchsige Burschen, wild und auf ihre Unabhängigkeit bedacht. Sie tragen den Oberkörper meistens nackt und beschränken sich ansonsten auf eine großzügig bemessene Hose und eine enge Lederkappe. Bewaffnet sind sie mit Enterspeeren oder breiten Klingen. Meine Sympathie galt diesen Männern – sie sind bei einem Unwetter oder im Kampf durch nichts zu ersetzen. Mit einer solchen Streitmacht – es waren fast ausschließlich Apims – mochte Vallia gegen die ehrgeizigen Bestrebungen Hamals eine Chance haben.

Wieder blickte ich aufs Meer hinaus – der Shant kam immer näher.

Kapitän Ehren lachte laut auf. »Bei Vox! Der Kerl mag ja schneller sein. Aber wenn ich ihn nicht trotzdem in Grund und Boden manövriere, habe ich mein Patent von den Todalpheme nicht verdient!«

Auf vallianischen Schiffen, die sich völlig auf Wind und Wetter verließen, gab es keinen Trommeldeldar. Ich war meinen alten Seemannsinstinkten gefolgt, hatte die Nase in den Wind gehoben und den Horizont studiert, mußte aber zu meiner Enttäuschung feststellen, daß in der nächsten Zeit kaum mit einem plötzlichen Sturm zu rechnen war. Natürlich setzte ich großes Vertrauen in die vallianischen Seeleute – doch im Gegensatz zu mir hatten sie keine Erfahrung im Kampf gegen die Shants von der anderen Seite der Welt.

Der Shant – der zuweilen auch Shank genannt wird; es gibt viele Namen für diese Piraten – raste schräggeneigt heran und war nur noch eine Ulm – etwa fünf Sechstel einer irdischen Meile – von uns entfernt. Kapitän Ehren mußte bald den entscheidenden Befehl geben. Ich wußte, wie dieser Befehl lauten würde, und Kapitän Ehren hatte ihn bereits bestätigt. Der richtige Augenblick war allerdings entscheidend: Reagierten wir zu früh, gelangten wir außer Reichweite; kamen wir zu spät, konnten wir leicht gegen das andere Schiff prallen, was nun wirklich auf keinen Fall passieren durfte.

Die Spannung an Bord der *Ovvend Barynth* fand ihre Grenzen in den seemännischen Qualitäten der vallianischen Seeleute. Die meisten Galleonen waren mit Gruppen von Soldaten bemannt, zumeist Söldner. Wenn ich diese Kämpfer Marinesoldaten nenne, so müssen Sie das einem alten Seemann verzeihen; zu frisch ist meine Erinnerung an die scharlachroten Röcke und die Stiefel und Bajonette der Marinesoldaten, die an Bord englischer Marineschiffe wertvolle Dienste leisteten. An Bord der *Ovvend Barynth* setzten sich die Soldaten im wesentlichen aus Chuliks zusammen.

Chuliks sind teure Söldner. Mit ihren glatten gelben Gesichtern, den rasierten Köpfen und den häßlich emporstehenden Hauern bieten sie einen furchteinflößenden Anblick. Ich war froh, die Chuliks auf meiner Seite zu wissen – eine Rasse, die in meinem bisherigen Leben auf Kregen keine so angenehme Rolle gespielt hat.

Insur ti Fotor, der Erste Leutnant, war an Deck zurückgekehrt und stand an der Achterdeckreling bereit, Kapitän Ehrens Befehl weiterzugeben.

Die Bewegung des Schiffes unter meinen Füßen, der Windhauch auf meinen Wangen, die pralle Rundung der Segelflächen – dies alles versetzte mich in eine Art Hochstimmung. So sehr ich Kampf und Blutvergießen verabscheue, habe ich doch Verständnis für Menschen, die berichten, daß sie in der Hitze des Kampfes einen roten Schleier vor den Augen gehabt hätten. Mein Rapier ruhte in seiner Scheide, der linksseitige Dolch an meiner rechten Flanke. In der Faust hielt ich ein Schwert wie die anderen ringsum – eine gerade, schwere Klinge, auf einer Seite geschliffen. Es handelte sich um eine billige Waffe mit einfachem eisernem Steg, an den sich ein Holzgriff anschloß. Das Metall der Klinge ließ sich nicht mit dem hervorragenden Stahl der besten Rapiere vergleichen, doch es handelte sich um eine brauchbare Waffe, die einem irdischen Stutzsäbel nicht unähnlich war. Die Vallianer nannten sie Clanxer.

Es konnte nicht mehr lange dauern, bis Ehren den Befehl gab. Er starrte durch das Teleskop auf das näherkommende Shant-Schiff.

»Was hältst du davon, Kapitän?«

Er senkte das Fernglas und drehte sich um. Sein Gesicht war angespannt. Ich wußte, er hatte die Geschöpfe an Deck des gegnerischen Schiffes gesehen.

»Das sind Teufel!« sagte er. Seine Stimme klang gepreßt. »Teufel, Majister! Abkömmlinge des tiefsten Winkels von Cottmers Höhle! Sie erfüllen mich mit Abscheu, bei Vox!«

»Mit diesem Gefühl stehst du nicht allein, Kapitän Lars.«

Der entscheidende Augenblick war gekommen, und Kapitän Lars Ehren ließ sich durch die unglaubliche Entdeckung nicht davon abhalten, den Befehl hinauszubrüllen. Der Erste Leutnant trat in Aktion, die Männer stemmten sich in die Leinen, der Steuermann warf den Ruderbaum herum, und die *Ovvend Barynth* scherte seitlich aus. Sie drehte sich fehlerlos gesteuert, ging durch den Wind und passierte in beruhigender Entfernung die Steuerbordseite des Shants.

Wir befanden uns zwar noch immer in Lee, entfernten uns aber von dem Shant und erhielten genau in diesem Augenblick unsere Chance.

»Los!« brüllte Kapitän Ehren.

Jede Varter, jede Groß-Varter, jedes Katapult, jeder Bogenschütze trat in Aktion. Eine Wolke von Pfeilen, Bolzen und Felsbrocken erhob sich in die Luft, senkte sich herab, näherte sich dem Leem-Freund.

»Nachladen! Nachladen!« brüllten die Deldars, die zwischen ihren Bedienungsmannschaften herumsprangen. Sehnige Rükken, muskulöse Arme bewegten die Winden, die die Katapultarme zurückholten und die Varterbögen spannten. Schon hatten die Bogenschützen ihre zweite Salve in die Luft geschickt. Man durfte natürlich nicht erwarten, daß jedes Geschoß sein Ziel fand; einige Felsbrocken und Pfeile klatschten aufspritzend ins

Meer. Ich starrte mit zusammengekniffenen Augen auf das gedrungene braune Schiff mit den massigen Aufbauten, den Geländern an den Flanken, den abgestuften Aufbauten an Bug und Heck, und auf die beiden braun-schwarz gestreiften Segel, die alles andere überragten.

Wir trafen! Ganze Stücke flogen aus dem Fockmast. Ein Felsbrocken prallte von einem Schanzkleid ab und riß eine blutige Bahn über das Deck. Unsere Männer begannen zu jubeln.

Dann kam die gegnerische Breitseite. Lärm toste auf. An der benachbarten Varter wirbelte ein Mann zur Seite, aus seinem zerbrochenen Kiefer sickerte Blut. Leinen wurden durchtrennt, und der Schiff-Deldar – der Bootsmann – wies brüllend seine Leute an, einen Knoten zu machen, denn zum Spleißen war keine Zeit. Bis auf ein mächtiges Loch in der Reling, von einem Stein gerissen, der ansonsten niemanden verletzte, richtete die Breitseite keinen weiteren Schaden an.

Wir waren am Gegner vorbei.

Wir gingen nun mit dem Wind nach Nordosten. Wenn alles klappte, befanden wir uns auf einem Kurs, der uns sicher an der Risshamal-Kette vorbeiführen würde, ehe wir wieder wenden und nach Nordwesten halten mußten, um an der Insel Astar vorbei auf Vallia zuzuhalten. Diese Wende würde sehr lang ausfallen.

In diesem Augenblick stieß jemand einen Schrei aus, und ich blickte nach hinten. Der opazvergessene Cramph verfolgte uns!

»So leicht will er uns nicht davonkommen lassen«, stellte Kapitän Ehren fest.

»Leicht?« fragte der lamnische Kaufmann Lorgad Endo und blickte vielsagend auf Männer auf dem Mitteldeck, die sich um den Mann mit dem zertrümmerten Kiefer scharten. »Leicht?«

»Was der Kapitän meint«, schaltete sich der Vad von Kavinstok ein, »übersteigt das Begriffsvermögen eines einfachen Kaufmanns.«

Diese Bemerkung war unverschämt und offen herausfordernd. Inzwischen hatten sich auch die anderen Angehörigen der Abordnung für Hyrklana auf dem Achterdeck versammelt – sie waren bewaffnet und mit Rüstungen versehen und sahen überaus kriegerisch aus. Dennoch hatte ich kein Vertrauen in sie. Wenn es ernst wurde, konnte man sich nicht auf diese Männer verlassen.

Der Lamnia antwortete nicht, sondern wandte sich ab. Er überquerte das Achterdeck und begann sich mit Hikdar Insur zu unterhalten.

Gleich darauf begann ein anderer Angehöriger der Abordnung, Strom Diluvon, ein Apim, Bemerkungen über die Schäden zu machen, die das gegnerische Schiff davongetragen hatte. Seine Worte entspannten die Atmosphäre.

»Er hat uns bald wieder eingeholt, Prinz«, sagte Kapitän Ehren.

»Hast du einen guten Mann an den Heckvarters?«

»Aye. Einen Teufelskerl namens Rogahan. Die Männer nennen ihn Wersting Rogahan. Aber er ist ein so guter Schütze, daß ich ihn sogar zum De Dwa-Deldar* ernennen mußte, obwohl er nicht gerade der Gehorsamste ist.«

»Aye, Kapitän – die besten Männer haben immer etwas gegen Autorität.«

Erst jetzt ging mir auf, was ich da gesagt hatte.

Bei Zim-Zair! War ich im Laufe der Zeit schon verknöchert und konservativ geworden? Hatten mich all meine Titel, die Ämter als Prinz und Kov und Strom, bereits dermaßen korrumpiert, daß ich mich nicht mehr augenblicklich gegen Autorität jeder Art auflehnte?

Kapitän Ehren warf mir einen seltsamen Blick zu und wandte schnell den Kopf ab – offenbar hatte ich wieder einmal meinen furchteinflößenden Ausdruck aufgesetzt, den ich mir eigentlich abgewöhnen wollte.

Ich erkletterte die Leiter zum Poopdeck.

Unmittelbar am Heck, wo die Reling durch Plattformen zu zwei Flügeln erweitert worden war, einer über jeder Ecke, standen die Varters. Ein wenig vor ihnen befand sich auf der Mittellinie das Katapult, ein gutes Stück hinter dem Besanmast.

Die Männer, die sich um die Waffen drängten, erstarrten bei meinem Erscheinen. Nun, diese Reaktion war ich gewöhnt. Wo immer ich auftauchte, befand ich mich entweder ganz unten – als Sklave oder Gefangener – oder ganz oben – als Lord von Strombor, Strom von Valka, König von Djanduin, Prinz Majister von Vallia oder als Zorcander meiner Klansleute der Großen

* *Dwa* – zwei

Ebenen. In den letzten Wochen war ich ein Niemand gewesen, ein Spion in Hamal, ein Geschöpf, das etwa in der Mitte der gesellschaftlichen Leiter stand: Hamun ham Farthytu, Amak des Paline-Tals. Für diese Männer jedoch war ich Prinz Majister von Vallia.

Einer der Kämpfer trug die Insignien eines Dwa-Deldars. Er war damit beschäftigt, die Gleitschiene einer Varter zu schmieren. Er hatte einen dünnen pechschwarzen Kinnbart. In seiner engen Lederkappe steckte eine hellrote Feder. Sein hagerer Körper war nackt bis auf eine weite braune Hose, die bis zu den Knien reichte. Ich starrte ihm ins Gesicht, sah die vorspringenden Wangenknochen, die gebrochene Nase, die blitzenden, wissenden braunen Augen. Wenn ich diesen Mann fair behandelte, das erkannte ich, war mit ihm auszukommen.

»Deldar Rogahan?«

»Ja, Majister?«

»Wie man hört, kannst du einem Chunkrah das Auge ausschießen, auf eine Entfernung, da die meisten kaum den Rumpf des Tiers sehen.«

Das leise Lachen der Männer ermutigte mich.

»Der Rast, der uns verfolgt...« Ich deutete nach hinten. »Dieser Cramph muß eine Kostprobe deines Könnens zu schmecken bekommen, Wersting Rogahan.«

Das Lachen der Männer wurde lauter. Nach ihrer Erfahrung machten sich die Offiziere vom Achterdeck selten die Mühe, einen Seemann mit dem Spitznamen anzureden, mit dem er bei seinesgleichen bekannt war. Ein Wersting, das wissen sie, ist ein wilder schwarz-weiß gestreifter Jagdhund. Sie waren ein wilder Haufen, die vallianischen Galleonenmatrosen, Männer, die ich gern meine Freunde geheißen hätte.

»Sobald er in Reichweite Velas ist, Majister, bekommt er eine Ladung«, sagte Rogahan.

Ich wußte nun, daß die Varter, die er als Vela bezeichnete, eine größere Reichweite hatte als die andere Waffe. Auf der Erde wie auf Kregen geben die Geschützbedienungen ihren Waffen Spitznamen.

»Wenn du mit Vela schießt«, sagte ich und deutete auf die andere Varter, die auf der Steuerbordseite stand, »nehme ich Sosie und versuche Schuß um Schuß mit dir Schritt zu halten.«

Er lachte. »Bei Corgs Majister! Versuchen kannst du es! Aber

Sosie hat eine überdehnte Schnur und trifft in letzter Zeit nicht besonders gut!«

Ich runzelte die Stirn. »Ich mag es eigentlich nicht, auf einem Schiff zu fahren, dessen Varters überdehnte Schnüre haben.«

»Ich auch nicht, Majister. Corg sei mein Zeuge – das Unglück passierte, als wir auf dem Weg in den Süden Zielübungen machten, im Schatten von Astar.«

»Trotzdem will ich es versuchen, Wersting Rogahan!«

Wenn Sie meine bisherigen Abenteuer verfolgt haben, so wissen Sie, daß ich mich bei den rauhen Männern der See immer am wohlsten fühlte. Dagegen fand ich die plappermäulige Versammlung auf dem Achterdeck, die Abordnung für Hyrklana, langweilig und affig.

Einer der Seeleute, der eine unanständige rotblaue Tätowierung auf der Brust trug, blickte nach achtern und wandte sich an Deldar Rogahan.

»Er ist da, Rog. Worauf wartest du noch?«

»*Ich* bin Kapitän der Poopvarters, Nath, du Onker! *Ich* gebe die Befehle, hörst du?«

»Aye, Rog, schon kapiert. Aber bei Corg, du wartest verdammt lange!«

Rogahan warf mir einen Blick zu. Ich verzog keine Miene. Daraufhin wandte er sich seiner Waffe zu. Die Vallianer haben für ihre Groß-Varters ein ganz brauchbares Visier entwickelt. Rogahan jedoch wollte nach Augenmaß, Erfahrung und Gefühl schießen, und darin wollte ich es ihm nachtun.

Er legte die Hand auf den Hebel, einen riesigen Lenkholz-Abzug. Ich sah ihm zu. Nach seinen Worten zu urteilen, würde Sosie kürzer schießen als Vela. Er gab den Schuß frei. Wir blickten dem Felsbrocken nach und stießen gleich darauf einen Freudenschrei aus.

Das Geschoß hatte den Bug des verfolgenden Schiffes getroffen. Im ersten Augenblick vermochten wir nur zu sehen, daß es getroffen hatte, der Schaden selbst war nicht auszumachen. Die Bedienungsmannschaft beeilte sich, die Waffe wieder zu spannen. Ich warf Deldar Rogahan einen bewundernden Blick zu.

Ich spürte das Auf und Ab des Hecks und versuchte den richtigen Augenblick zu finden. Vorsichtig verzog ich die Varter ein Stück nach links, um sie genau auszurichten. Dann berührte ich den Abzughebel, und der Bogen dröhnte auf, und das Geschoß raste los. Vielleicht hatte ich nur Glück, ich weiß es nicht. Jedenfalls saß der Schuß richtig. Ich wußte genau, daß der Felsbrokken den Shant treffen würde – doch wie dieser Treffer aussehen würde, darin lag mein Glück. Der Felsbrocken beschrieb eine höhere Bahn, und ich überlegte mir schon, ob ich nicht vielleicht doch vorbeigeschossen hatte. Im nächsten Moment prallte der Felsen gegen den Fockmast des Shants und fetzte einen großen Brocken Holz heraus.

Wieder jubelten die Männer.

»Ein guter Schuß, Prinz!« rief Rogahan.

Erwartungsvoll blickten wir hinüber, während die Waffen wieder schußbereit gemacht wurden. Der Fockmast des Shant war nicht mehr in Ordnung; zwei Segelstücke, ein schwarzes und ein braunes, begannen zu zerfetzen. Ich sah, wie der oberste Teil des Mastes zitterte. Wenn dieser Mast wie üblich aufgebaut war – aus Mast, Vorstenge und Vorbramstenge – hätte das Ding bereits unten liegen müssen.

Als die Leem-Freunde ihr Segel von oben herabzulassen begannen, ertönte auf unseren Decks der Alarmschrei.

»Achtung!«

Wir sahen die drei Felsbrocken in die Luft steigen, schwarze Flecken im Sonnenlicht; sie drehten und wendeten sich in ihren Flugbahnen – und im gleichen Augenblick war mir klar, daß sie treffen würden.

Wersting Rogahan wußte ebenfalls Bescheid. Er war ein guter Varterschütze.

»Bei Vox!« brüllte er. »Kurbelt, ihr Onker! Kurbelt!«

Die Mannschaften spannten die Waffen, und wir machten uns daran, die Felsen zu laden. Dröhnend traf die gegnerische Salve und ließ das ganze Schiff erbeben. Die Luft war voller sirrender Holzsplitter. Zwei Männer starben schreiend an sechs Fuß langen Holzsplittern. Andere Männer rutschten auf dem frischen Blut aus. Ein Seemann starrte verständnislos auf sein Handgelenk. Wo die Hand geblieben war, würde niemand erfahren.

Noch dreimal schossen Rogahan und ich. Von den sechs Schüssen saßen fünf im Ziel, und jeder von uns behauptete, der Fehlschuß sei von ihm gekommen.

Wieder wurde die *Ovvend Barynth* getroffen.

Währenddessen kam der Shant unerbittlich näher.

Kapitän Ehren stürmte mit blankem Rapier auf das Poopdeck. »Prinz!« brüllte er. »Wir müssen wenden und kämpfen. Gib den Befehl, ich bitte dich, Majister! Wir müssen entern!«

Wenn es dazu kam, mochte der Ausgang des Kampfes im Ungewissen liegen. Ich habe von den kämpferischen Seeleuten aus Vallia eine hohe Meinung. Doch ich kenne die ungeheure Wildheit, die barbarische Macht der Leem-Freunde aus dem geheimnisvollen Südlichen Ozean.

»Prinz Dray!« rief Ehren drängend.

Die Männer starrten mich an. Ich sah ihre Augen, die Bartstoppeln auf ihren Wangen, die Schweißtropfen auf ihrer Stirn. Ich nickte, da ich in diesem Augenblick kein Wort über die Lippen brachte.

»Hai Jikai!« brüllte Kapitän Lars Ehren. Befehle gebend kehrte er auf das Achterdeck zurück, während ich mich an Deldar Rogahan wandte. »Auch ich werde auf dem Achterdeck gebraucht. Kämpfe gut. Wenn wir beide überleben, werde ich mich um dich kümmern.«

»Corg beschützt mich, Prinz«, sagte er. »Ich bete, daß Opaz über dich wacht.«

Ich nickte und stieg die Leiter zum Achterdeck hinab. Alle standen auf ihren Posten. Schwerter schimmerten im Licht der Sonnen. Männer atmeten mit weit aufgerissenem Mund, mit knurrenden Kehlen. Die Chuliks hatten sich in Reihen aufgebaut und schienen völlig ungerührt zu sein.

Wir pflügten durch das Wasser. Die Bugwelle schäumte auf. Banner wehten über uns, die herausfordernde rote Flagge mit dem gelben Schrägkreuz, den Farben Vallias, dazu das Rot-Hellblau von Ovvend.

Immer näher kamen wir unserem Ziel. Die Varters taten ihr Vernichtungswerk auf kürzeste Entfernung, Pfeile zischten über den schmaler werdenden Streifen Wasser zwischen den Schiffen. Die Attacke mußte mit dem ersten Sturm gelingen.

Ohne mich um die heranschießenden Pfeile zu kümmern, erkletterte ich einige Wanten des Fockmasts. Von hier aus hatte ich einen klaren Ausblick auf das Deck des Shant, und ich sah das Gewimmel der Besatzung, die zum größten Teil aus den gefährlichsten und wildesten Rassen Kregens bestand.

Die Schiffe berührten sich, und ich starrte geradewegs auf die massiven Achteraufbauten des Shant. Ein Felsbrocken zischte an mir vorbei und zerriß zwei Segelbahnen.

Pfeile sirrten durch die Luft.

In diesem Augenblick wäre mir ein Schild sehr willkommen gewesen, doch die Vallianer halten nichts von dieser Abwehrwaffe, ebensowenig wie die Krieger aus Segesthes und Turismond. Daß ich der erste war, der auf das Deck des Feindes sprang, ist lediglich der Tatsache zuzuschreiben, daß ich schleunigst aus den gefährlichen Wanten verschwinden wollte.

Die überraschten Shants traten uns mit einer Mauer aus Stahl entgegen.

Nach wenigen Murs hatten sie ihre Kräfte gesammelt und griffen an, wobei sie ein schrilles Geschrei anstimmten, das uns das Blut in den Adern gefrieren ließ. Im Nu hatten sie uns auf das eigene Deck zurückgetrieben und verfolgten uns in einer kreischenden Woge höllischer Vernichtung!

3

Es gibt Augenblicke im Leben, bei deren Erinnerung man sich mehr oder weniger bemühen muß, den Gleichmut zu bewahren – Augenblicke, in denen man sich wie ein Dummkopf benahm, da man Dinge tat, die man hinterher bereute oder am liebsten anders angepackt hätte. Und es gibt Ereignisse, an die man sich überhaupt nicht gern erinnert.

In diesem Bericht über mein Leben auf Kregen habe ich so manchen Kampf ausgelassen. Die Auseinandersetzung an Bord der *Ovvend Barynth* möchte ich nur andeuten. Nicht weil ich mich scheue, von einer Schlacht zu berichten, die ich verloren habe. Auch aus dem Kampf zwischen Miglas und Canops auf dem Feld von Mackee gingen wir als Verlierer hervor – und doch habe ich davon berichtet. Und ich habe andere Kämpfe verschwiegen, die ich siegreich bestand: Kämpfe meiner großartigen Klansleute von Felschraung, meiner großartigen Valknier, auch Seeschlachten auf dem Auge der Welt.

Der Kampf auf der *Ovvend Barynth* war lang und mühsam. Männer rangen miteinander. Pfeile sirrten, Schwerter hoben und senkten sich, Blut besudelte Freund und Feind. Wir sammelten uns, griffen an und drängten die Gegner zurück, die sich jedoch neu formierten und zurückkehrten. Unsere Chuliks tobten wie Dämonen.

Doch auch die Piraten kämpften mit teuflischer Macht.

Unsere Gegner waren von besonderer Art. Sie haben auf diesen Bändern bereits von den vogelähnlichen Rapas gehört und von den katzengleichen Fristles und von vielen anderen großartigen Diff-Rassen, die es auf Kregen gibt.

Die Shanks jedoch – so will ich sie nennen – besaßen biegsame, muskulöse Körper, die sehr menschenähnlich waren. Doch anstelle von Haut hatten sie Schuppen und einen kurzen, fischähnlichen Schwanz. Schultern und Schulterblätter waren ähnlich gestaltet wie bei den Djangs – jeder Shank besitzt vier Arme. Im Gegensatz zu den Djangs sind die Arme der Shanks nicht gleichgestaltet; das obere Paar ist schwächer ausgebildet als das untere. Und darüber – ein fischähnlicher Kopf.

Natürlich wirkten die grotesken Reihen der Fischköpfe mit ihren starren runden Augen und schuppigen Mäulern und Nasenschlitzen fremd und abstoßend auf uns.

Ich mag keinen Fisch. Wenn nötig, esse ich Fisch, aber nicht gern.

Der Anblick der in schimmernde Stahl- und Bronzerüstungen gekleideten Fischwesen, die kreischend und zischend und mit erhobenen Waffen angriffen, brachte mich in Wut.

Die verschlungenen grünen Korallenmuster an den gegnerischen Helmen, die Juwelenreihen, die Tangpflanzen darstellten und die Krieger schmückend umgaben, all diese Unterwasser-Pracht und Arroganz eines Volkes aus dem Wasser, die groteske Verlagerung eines Lebensbereiches in einen anderen, stieß mich ab. Dabei handelten die Shanks nur nach ihrem inneren Wesen, nach ihrer Natur – wie auch ich.

Die Klingen prallten klirrend aufeinander. Die Shanks setzten kurze, stark gekrümmte Bögen ein, und ihre Pfeile hatten scheußliche Widerhaken. Die Vallianer benutzten Bögen, wie sie auch auf Valka gebräuchlich waren, kürzer und gedrungener als Langbögen, die ich in diesem Augenblick sehr vermißte. Immer wieder stellte ich mir die Frage, warum ich keine Bogenschützen aus Loh bei mir hatte – woraufhin sich meine Gedanken automatisch mit meinem alten Waffengefährten Seg Segutorio beschäftigten. Inch mit seiner ungeheuren Axt wäre hier ebenfalls am Platze gewesen, ganz zu schweigen von Turko, der mich mit seinem massiven Schild beschützte.

Unser rotes Blut vermengte sich mit dem grünlichen Blut der Shanks. Wir kämpften auf den Decks der Galleonen im unruhigen Meer, und allmählich sanken die beiden Sonnen Kregens, Zim und Genodras, die rote und die grüne Sonne, dem Horizont entgegen.

Vielleicht sind Sie jetzt der Meinung, ich hätte die Widerleichkeit der Shanks übertrieben. Möglich. Jedenfalls ging von ihnen ein widerwärtiger Geruch aus, der Gestank verwesenden Fischs. Fairerweise muß ich anmerken, daß unser Geruch den Shanks wohl ähnlich zuwider war.

Wir kämpften – zuerst auf unserem Deck, dann auf dem des Gegners, dann wieder auf der *Ovvend Barynth*.

»Vallia! Vallia!« riefen unsere Männer.

»Ischtisch! Ischtisch!« kreischten die Shanks.

Erst im Laufe des Kampfes wurde mir etwas bewußt, das im Grunde ein absonderliches Phänomen ist. Auf meinen bisherigen Reisen durch jene Gruppe von kregischen Kontinenten und Inseln, die später als Paz bekannt werden sollte, hatte ich festgestellt, daß inmitten der unzähligen lokalen Dialekte der rote Faden einer gemeinsamen kregischen Sprache vorhanden war. Diese Sprache war mir universal vorgekommen. Jetzt aber mußte ich erkennen, daß die Sprache der Shanks von den Vallianern nicht verstanden wurde!

Nachdem ich einige Minuten lang darüber nachgedacht hatte, kam ich zu dem Schluß, daß dieser Tatbestand logischer war, als wenn man in anderen Teilen der Welt von Antares, auf anderen Kontinentgruppen, ebenfalls das universale Kregisch gesprochen hätte. Meine Gedanken zu diesem Thema wurden immer wieder durch Hiebe und Stiche unterbrochen, wenn ich mich eines gefährlichen Gegners zu entledigen hatte.

In dieser Phase der Auseinandersetzung begann ich mir erste Hoffnungen zu machen, daß wir siegen würden.

Die Sprachpille, die mir vor langer Zeit in der Schwingenden Stadt Aphrasöe gegeben worden war, sorgte dafür, daß ich ohne große Mühe auch die Sprache der Fischwesen verstand. In der Hitze der Auseinandersetzung kümmerte ich mich zunächst nicht weiter um diese Erkenntnis.

»Vallia! Vallia! Opaz sei mit uns!« Das Geschrei unserer

Kämpfer klang triumphierend. Die Shanks wurden über ihre braun-schwarz gestreifte Reling zurückgetrieben, der Kampf verlagerte sich erneut auf das gegnerische Deck. Überall lagen Tote, und es war keine Zeit, über all das vergossene rote Blut nachzudenken, das sich mit der grünen Flüssigkeit vermischte. Es blieb lediglich ein vager Eindruck von den gegensätzlichen Farben, von dem Rot und dem Grün, die auch am kregischen Himmel tagtäglich und auf ewig im tödlichen Kampfe standen und die nun hier im Blut sterblicher Wesen ihre Entsprechung fanden.

Mancher gute Mann mußte sein Leben lassen.

Hikdar Insur kämpfte sich durch eine Gruppe von Shanks, und während seine Klinge ihre Reihen lichtete, fiel mir auf, daß ihre Verteidigung ins Wanken geriet. Wir siegten!

»Die Risshamal-Inseln dicht an Backbord, Prinz!« rief Insur keuchend.

Das war keine gute Nachricht. Der Wind würde beide Schiffe, die fest miteinander verbunden waren, auf die Riffe und Felsen treiben. Wenn wir Glück hatten, liefen wir an einem langen Sandstrand auf, an einer niedrigen Düneninsel. Doch selbst dann war es nur noch eine Sache der Zeit, bis die Schiffe von der Brandung in Stücke geschlagen wurden.

Ich sah Kapitän Ehren, der von mehreren Seiten bedrängt wurde. Die Chuliks kämpften mit großer Disziplin. Wir waren dabei, die Fischmenschen zu besiegen, doch der Kampf war noch lange nicht gewonnen – eher würde er noch heftiger werden, da wir langsam ermüdeten. Gefolgt von einer zerzausten Meute von Seeleuten sprang ich auf das Achterdeck des Shanks. Wir benutzten unsere Clanxer und Speere und hieben die Reihen der Dreizacke beiseite, die sich uns entgegenstellten. Wir drangen bis auf das Achterdeck vor; dahinter ragte das Poopdeck auf, von dem aus mehrere Fischmenschen ihre Pfeile verschossen.

Unsere Bogenschützen blieben die Antwort nicht schuldig. Eigentlich brauchten wir jetzt Schilde, dachte ich sinnloserweise und stürmte weiter. Aber bei den meisten Völkern dieser Welt galt es als feig, sich hinter einem Schild zu verstecken. Hier mußte sich die Kommandozentrale des Schiffes befinden, hier würde sich der Kapitän der Shanks aufhalten.

Und tatsächlich – ich entdeckte das Wesen, das von einer Leibwache flankiert wurde, umhüllt von einem goldschimmernden Panzer. Es schwenkte einen Dreizack in der Hand. Sein Fischgesicht sagte mir nichts. Ich vermochte ein Shankgesicht vom anderen zu unterscheiden – so wie ich eine Forelle und einen Hecht auseinanderhalten kann. Für die Shanks waren das vermutlich bereits rassische Unterschiede. Der Kapitän, dem ich mich gegenübersah, hatte das Gesicht eines Barrakudas.

Herrisch fuchtelte er mit seinem Dreizack. Vom Körperbau her entsprachen die Fischmenschen etwa einem normal großen Mann. Sie tänzelten herum und wanden sich und kämpften verzweifelt, während ich mich durch die Leibwache arbeitete. Der Kapitän äußerte mit hoher, zischender Stimme seine Befehle – und ich verstand jedes Wort.

»Sinotas! Verteidige die Treppe!« Es folgte ein Fluch, der mir nichts bedeutete. Dann: »Der haarige Abschaum kommt näher!«

Aye! sagte ich zu mir und zog meinen Clanxer durch eine vorstehende Makrelenschnauze. Aye, wir Haarigen kommen verdammt dicht heran, du stinkender Fisch-Cramph!

Und wir drängten weiter, und trotz ihrer Kampfstärke wichen die Shanks zurück und gaben schließlich auf. Wenn man überhaupt einmal mit Stolz auf einen Kampf zurückblicken kann – ein zweifelhafter Punkt –, dann taten es sicher die Vallianer in der Erinnerung an den Kampf der *Ovvend Barynth* gegen das Schiff der Leem-Freunde, das – wie ich später erfuhr – *Maskinonge* genannte wurde.

Vielleicht wären wir doch noch mit heiler Haut davongekommen. Vielleicht hätten wir etwas erreichen können, das meines Wissens nie zuvor geschafft worden war – wir hätten vielleicht das Schiff als Prise nach Vondium geschafft...

Wie es sich gehörte, hatte ich nicht in die Führung der Galleone eingegriffen. Der Kapitän war der alleinige Herr an Bord, und ihm oblag das Kommando. Meine Rolle als Prinz Majister lief darauf hinaus, das Oberkommando zu führen. Als ich nun den Sieg zum Greifen nahe sah, begann ich mich der Hoffnung hinzugeben, daß ich an diesem Tage vielleicht nicht versagt hätte. Es war sinnlos, all die guten Männer zu beklagen, die im Kampf gefallen waren – das brachte sie nicht wieder zum Leben, zumal es keine Möglichkeit gegeben hatte, einem Kampf mit der *Maskinonge* aus dem Wege zu gehen, deren überlegene Segeleigenschaften unser Handeln bestimmten.

Aus den Augenwinkeln warf ich einen Blick auf Kapitän Ehren und Insur ti Fotor, die mit einigen Männern verzweifelt bemüht waren, das Shank-Schiff loszuhacken. Mein Anteil am Kampfgeschehen hatte mich auf das Achterdeck der Fischwesen geführt, wo ich jetzt dem barrakudaähnlichen Kapitän gegenüberstand. Ich wollte dieses Schiff erobern und, sobald es von der *Ovvend Barynth* frei war, der Gefahr der Klippen entreißen.

Über dem Kampflärm war das Tosen der Brandung immer lauter geworden. Die Felsen waren bereits gefährlich nahe. Die Schiffe ruckten unter unseren Füßen; die Strömung hatte von ihnen Besitz ergriffen. Wir kämpften weiter, Stahl gegen Stahl, Haarwesen gegen Schuppenhäuter. Endlich hatte ich mich auf eine Schwertlänge an den Kapitän herangearbeitet und hieb auf einen seiner letzten Leibwächter ein. Hinter und neben mir weitere Männer, die meinen Angriff flankierten.

In diesem Augenblick brach mein Clanxer in zwei Teile.

Ich stieß den Griff in das Gesicht eines schreienden Shanks und sah ihn zu Boden sinken. Hastig zog ich mein Rapier, das in solchem Kampfgewühl nicht gerade die beste Waffe war; doch ich war geschickt genug, mir auch diese Waffe nützlich zu machen.

Ein Dreizack sauste auf mich zu, und ich parierte ihn mit der ungeschliffenen Seite des Rapiers, dann zuckte die schmale Klinge vor, die in den Strahlen der tiefstehenden Sonnen silbern aufblitzte, und bohrte sich in eine Spalte des goldschuppigen Wamses zwischen Helm und Brustteil.

Grünes Blut spritzte hervor, als ich die Waffe zurückzog. Der Kapitän sank um.

Die Shanks waren nun völlig durcheinander.

»Vallia! Vallia!« brüllten meine Männer. »Hai Jikai! Prinz Dray! Hai Jikai!«

Plötzlich legte sich ein Schatten über das Deck – ein dunkler, scharf umrissener Schatten. Es handelte sich nicht um eine Wolke.

Nun, wir hatten unseren Kampf gekämpft – und währenddessen waren wir der hamalischen Küste immer näher gekommen. Nun mischte sich plötzlich eine andere Partei in die Auseinandersetzung ein.

Das hamalische Flugboot machte kehrt und kam nach dem ersten Inspektionsflug gegen den Wind wieder auf uns zu. Ich wußte, was wir zu erwarten hatten. Das Schiff der Shanks war ziemlich mitgenommen, während die Galleone ein wenig besser im Schuß war. Die Versuche der Vallianer, die Schiffe zu trennen, waren bisher erfolglos geblieben, so daß beide Galleonen nach wie vor gemeinsam auf das Land zutrieben. Die Sonnen standen fast schon unter dem Horizont; ihr rotgrünes Licht ließ die schroffen Felszacken der Küstenlinie wie hungrige Zähne hervortreten.

Irgendwie gelang es mir, Deldar Rogahan zu finden. Ich packte ihn am Arm. Er war blutbespritzt, eine grünschimmernde Gestalt im Dämmerlicht.

»Du mußt sie mit einem Varterschuß empfangen, Rogahan!« rief ich.

Er verschwand sofort. Da einige Shanks den Verlust ihres Schiffes noch immer nicht hinnehmen wollten, sammelte ich eine Handvoll Chuliks um mich und stürmte los, um der blutigen Schlächterei ein Ende zu machen.

Gleich darauf hörte ich eine Varter dröhnen und wußte, daß Rogahan meiner Bitte entsprochen hatte.

Und dann ertönte der Schrei, dem wir alle entgegengebangt hatten.

»Feuer! Feuer!«

Der opazvergessene Cramph von Hamaler hatte einen Eisentopf mit Feuer abgeworfen!

Mit erschreckender Geschwindigkeit breiteten sich die Flammen an Bord der Schiffe aus.

Rauch und Flammen stiegen in die Dämmerung empor. Die Flammenzungen verzahnten sich, prasselten dröhnend empor, versuchten den Himmel zu erreichen. Das Flugboot beschrieb eine Kurve; seine Bewegung hatte etwas Herausforderndes. Schließlich wandte es uns das Heck zu und flog davon.

Brennend und hilflos trieben wir auf die öde Küste zu.

4

Dunkelheit breitete sich über Land und Meer.

Die Brecher schäumten wild gegen die Felsen. Die beiden aneinandergefesselten Schiffe trieben dahin, eingehüllt in Flammen, die sich bis auf die unruhige Oberfläche des Wassers auszubreiten suchten. Die Wogen nahmen einzelne Flammennester mit und vernichteten sie im Aufprall gegen die Küstenfelsen. Langsam erschien die Frau der Schleier am sternenübersäten Himmel. Die Überlebenden versammelten sich auf der windwärtigen Seite der Flammen. Das Feuer toste und wand sich in gespenstischen Streifen und zuckenden Spitzen auf die Brecher zu.

Wenn uns die Flammen nicht vorher vernichteten, würde der Wind uns gegen die Küste drücken. Wir kauerten auf schmalen Vorsprüngen am Heck und auf den Varterplattformen des Poopdecks. Ich nahm nicht an, daß von den Shanks auch nur einer am Leben geblieben war; jedenfalls bekam ich keinen zu Gesicht. Allerdings zuckte mir der Gedanke durch den Kopf, daß sich diese Wesen im Meer vielleicht besonders zu Hause fühlten, stammten sie doch in direkter Linie von Fischen ab. Wie dem auch sein mochte, sollten die Shanks über Bord gesprungen sein, waren sie jedenfalls sehr weit von zu Hause entfernt.

Eine tosende Hölle aus schäumenden Wellen und tödlich scharfen Felsen wartete auf uns.

»Dauert nicht mehr lange!« brüllte Kapitän Ehren durch den Wind.

Wir hatten unsere Rüstungen abgelegt, nicht dagegen die Waffen. Ich freute mich, als ich den lamnischen Kaufmann erblickte, der der Hölle entgangen war. Hinter ihm sah ich den Vad von Kavinstok, der von Gischt besprüht wurde. Über eine Wange zog sich ein blutiger Striemen; seine zornblitzenden Augen sahen mich vorwurfsvoll an. Ich kümmerte mich nicht um ihn. Ganz in meiner Nähe klammerte sich Wersting Rogahan an seine Varterplattform. Der Wind fetzte die Gischt von den Wogen, die uns umgaben. Vor unseren Augen tobten und knisterten die Flammen, die den Besanmast plötzlich in eine Feuersäule verwandelten.

Der Brand war nun so intensiv geworden, daß sich einige Männer ins Meer stürzten, um den Versuch zu wagen, sich gegen die Brecher durchzusetzen. Zu früh. Nur wenige sollte ich wiedersehen. Die Hitze beleckte unsere Körper. Die Gischt dampfte an den Stellen, wo sie auf das glühendheiße Pech der Decksplanken traf.

»Wenn wir auflaufen, brechen wir zur Seite aus!« brüllte Ehren. »Dann ist der richtige Augenblick zum Springen gekommen – sobald sich das Heck in der Nähe der Küste befindet.«

Damit hatte er recht, was aber nur ein kleiner Trost war.

Die Szene war ein einziger wirrer Alptraum: die schwarzen Felsen, die vom Feuerschein rosa gefärbten Wellen, die daran emporleckten, der fauchende Wind, die schmerzenden Gischtspritzer auf der Haut, das ständige schrille Kreischen, das die Ohren schmerzen ließ. Plötzlich liefen die Schiffe auf. Ehe sie herumschwingen konnten, rasselten die Wogen darauf nieder und schlugen sie zu Kleinholz. In einem wilden Strom hilflos zappelnder Körper wurden wir von unseren notdürftigen Zufluchtsorten geschwemmt. Bedrängt von Planken und Spieren, von Fässern, Körben, Segeltuch, Leinen und anderen Wrackteilen, klatschten wir kopfüber ins Meer. Die Brandung ließ uns nicht zur Ruhe kommen, sondern wirbelte uns herum. Manch einer wurde bewußtlos geschlagen und versank reglos unter der Wasseroberfläche. Die meisten aber nahmen kühn den Kampf auf; verzweifelt wehrten sie sich gegen die Gewalt der Wogen und taumelten schließlich auf ein langes schräges Stück Strand zwischen den Felsformationen. Die zurückflutende Brandung zerrte an unseren Schultern, unseren Hüften, unseren Beinen, bis wir schließlich aus dem Wasser waren und wie trunken zu Boden sanken. Wir atmeten hustend und keuchend – doch der silbrige Sandstrand verhieß uns endlich Sicherheit!

Die Nacht verbrachten wir eng zusammengedrängt am Strand. Wir waren erschöpft, machten aber kaum ein Auge zu. Gegen Mitternacht hatten wir genug Holz gesammelt und begannen es abzuschaben, um an den trockenen Kern zu kommen. Endlich wurde das Feuer entzündet. Wir rückten ganz dicht an die Flammen heran, wärmten uns und trockneten unsere Kleidung, und ich dachte an die Zahmheit dieses Feuers im Vergleich zu dem Brand, der uns vernichtet hatte. Der Mensch hat es gelernt, sich Kräfte nutzbar zu machen, die so mächtig sind, daß er sie im Grunde nicht versteht.

Als der erste Schimmer der Morgendämmerung am Himmel erschien, reckten wir uns gähnend. Langsam richteten wir uns auf, bereit, unserer Situation ins Auge zu sehen.

Die Risshamal-Inseln bestehen aus einer Anzahl von Inselketten unterschiedlicher Größe – Formationen, die sich fingerartig in nordöstlicher Richtung erstrecken und an der Nordostecke Havilfars ihren Anfang nehmen, welche zugleich die Nordostecke des hamalischen Reiches ist. Alles in allem hätten wir uns einen schlechteren Landeplatz aussuchen können. Obwohl viele Inseln der Risshamal-Formation unbewohnt waren, galten hier die hamalischen Gesetze, und ich wußte, daß es Garnisonen des allmächtigen hamalischen Staates geben würde – was schon durch den heißen Empfang bewiesen war, den uns das Flugboot bereitet hatte.

»Wir müssen uns ein Fischerdorf suchen«, sagte Kapitän Ehren. »Dort kaufen oder stehlen wir ein Boot.«

Der Vad von Kavinstok schnaubte angewidert durch die Nase.

»Wir haben nichts, kein Geld und keine Tauschwaren, Kapitän. Du mußt ein Boot *stehlen*.«

»Wie auch immer«, erwiderte Lars Ehren mit eisiger Höflichkeit. »Wir werden uns ein Boot zu verschaffen wissen, mit dem wir nach Vallia fahren können.«

In diesem Augenblick kam Wersting Rogahan den Strand herauf. Über seiner Schulter baumelte eine Leine, an der mehrere Fische hingen. Ich verzog angewidert das Gesicht.

»Es ist mit ziemlicher Sicherheit anzunehmen, daß es zwischen Hamal und Vallia zum Krieg kommt«, schaltete ich mich in die Diskussion ein. »Die Hamaler leben mit einem verrückten politischen Ehrgeiz. Dies verschafft uns den Vorwand, das Boot zu beschlagnahmen. Die hamalischen Gesetze sind in diesem Punkt sehr genau.«

Von den hamalischen Gesetzen hat ein Vallianer von vornherein die Nase voll. In Hamal ist alles geordnet, numeriert, mit einem Etikett versehen, alles verboten, was nicht ausdrücklich erlaubt ist. Noch immer klammerte man sich an viele alte starre Vorschriften, die eine Stärke des Reiches gewesen waren. Inzwischen machte sich überall eine neue Ära bemerkbar, nicht zuletzt in der Machtergreifung von Königin Thyllis, die nur noch die günstige Gelegenheit eines großen Sieges über Hamals Gegner abwartete, um sich zur göttlichen Herrscherin über den ganzen Kontinent und die umliegenden Inselreiche krönen zu lassen. Ich war sicher, daß sie das enge Netz der hamalischen Gesetze lockern würde, um selbst einen größeren Bewegungsspielraum zu gewinnen – und dadurch konnte ihre Nation erheblich geschwächt werden. Diesen Tag sehnte ich herbei.

Ein unangenehmer Duft stieg mir in die Nase, und ich wandte mich um. Die Seeleute waren damit beschäftigt, Fisch zu braten. Doch der Geruch kam nicht von den toten Tieren.

»Bei Vox, Wersting! Was für ein übles Zeug verbrennt ihr denn da?«

Ich hätte es wissen müssen.

»Wir haben uns Planken des corgverdammten Shanks genommen, Prinz. Sein Holz verursacht den Gestank.«

»Von dem verdammten Fischgestank durchdrungen«, sagte Kapitän Ehren.

Ich untersuchte ein paar Stücke, die von den Seeleuten eingesammelt worden waren. Das Holz war außerordentlich fest und besaß einen fettigen grünlichen Schimmer, fühlte sich dennoch schwammig an und war überraschenderweise gar nicht schwer. Von unseren Männern hatte noch niemand dieses Material gesehen.

»Das Holz stinkt von innen heraus«, stellte ich fest. »Ein großartiger Grundstoff für den Schiffbau!«

»Aye!« sagte Kapitän Ehren. »Großartig für die Fischmenschen! Aber mir war die *Ovvend Barynth* tausendmal lieber!«

»Wenn ich mich nicht irre, wird der Gestank die Leute aus der Gegend anlocken«, sagte ich.

Ich merkte mir, wer in diesem Augenblick instinktiv zu den Waffen griff, wer sich überzeugte, ob das Schwert griffbereit hing, der Speer zur Hand war, das Messer im Gürtel steckte...

Wir aßen den Fisch – eine wirklich bescheidene Mahlzeit. Dann begannen wir unseren Marsch nach Süden, auf der Suche nach Wasser.

Der beißende Gestank unseres Feuers begleitete uns ein gutes Stück.

Das brennende Shankschiff hatte wahrscheinlich die auf der Insel wohnenden Menschen alarmiert. Wir hielten die Augen offen.

Wie es sich herausstellte, hatten die Bewohner der Gegend viel mehr Angst vor uns als wir vor ihnen. Wir bekamen sie zu Gesicht, als sie landeinwärts vorsichtig die Köpfe über einige Sanddünen steckten, auf denen magere Büsche und trockenes Gras wuchsen. Ihre Gesichter wirkten verängstigt und schienen nur aus Augen und Mündern zu bestehen, bis sie kehrtmachten und die Beine unter die Arme nahmen. Es handelte sich um Yuccamots, eine schlanke, otternähnliche Rasse mit langem, breit auslaufendem Schwanz. Der Ursprung ihrer Rasse lag im Meer, wo sie einzeln herumgeschwommen waren und Fische gefangen hatten. Jetzt befuhren sie mit offenen Booten das Wasser und schleppten halbkreisförmige Netze, deren Ertrag für ein ganzes Dorf bestimmt war. Die Finger des Yuccamots sind nicht mehr durch Schwimmhäute verbunden, während die Füße noch die alte Flossenform besitzen.

Nicht ohne Mühe nahmen wir mit den Yuccamots Kontakt auf und vermochten sie schließlich davon zu überzeugen, daß wir keine bösen Absichten hegten. Daß wir ihnen vielleicht ein Boot stehlen mußten, war eine Frage, die zunächst noch nicht zur Sprache gebracht wurde. Die Boote der Yuccamots schwangen sich an Bug und Heck empor, wie es sie vor zweitausend Jahren im Mittelmeer gegeben hatte. Sie besaßen einen flachen Boden und waren breit gebaut und ohne Segel. Sie wurden durch sechs massive Ruder bewegt, an denen jeweils mindestens acht Ruderer saßen. Die hellgestrichenen Boote mit den Otternaugen am Bug erinnerten mich stark an *Xavegas*. Die *Xavega* ist ein portugiesisches Boot und wird auf dem Atlantik zum Sardinenfischen verwendet; leider findet man diesen Bootstyp auf der Erde nur noch sehr selten.

Kapitän Ehren brachte zum Ausdruck, daß er mit den Booten sehr zufrieden wäre, wenn sie auch in der Kielgestaltung etwas kräftiger hätten sein können. Allerdings mißbilligte er das Fehlen von Masten und Segeln.

»Wir können uns jederzeit einen Mast bauen, Kapitän Lars«, sagte ich. »Und Segel dürften auch keine Schwierigkeiten bereiten.«

Sobald wir die Yuccamots überzeugt hatten, daß wir harmlose gestrandete Seeleute waren, halfen sie uns gern. Natürlich waren ihnen unsere Waffen nicht entgangen, die erkennen ließen, daß wir uns im Falle des Verrats zu wehren wußten. Man gab uns etwas zu essen – wieder Fisch! –, dazu aber getrocknete Blätter und verschiedene Schalen mit Früchten. Die hellgelben Palinebeeren wurden förmlich verschlungen – ein vorzügliches Mittel gegen Depression. Der Paline-Busch ist eins der schönsten Geschenke Zairs an Kregen.

Später saßen wir dösend im blauen Schatten der mit Stroh und Schilf gedeckten Hütten, als der dunkle Schatten eines

Flugbootes über den Lehmplatz huschte. Vorsichtig hob ich den Blick und starrte hinauf. Der Voller war offenbar auf Patrouillenflug; mit wehenden Flaggen schwebte er langsam dahin und versuchte auszukundschaften, was am Boden vor sich ging.

»Ein Flieger des Marine-Luftstützpunkts«, sagte der Häuptling der Yuccamots, der schon ziemlich alt war, aber noch ein herrliches seidenglänzendes Fell und einen dicken flachen Schwanz hatte. Er hieß Otbrinham und trug eine weiße Robe mit eingestickten Mustern aus Muscheln, Seepferdchen und wundersamen Fischen. »Sie sagen, wir müssen uns vor Angriffen in acht nehmen.«

Er bemerkte mein Erstaunen.

»Aye, Notor. Angriffe.« Er bewegte seinen Schwanz hin und her und erzeugte damit auf dem trockenen Boden ein dumpfes Geräusch. »Wenn ich frage, wer uns arme Leute denn angreifen sollte, lacht der Hikdar und sagt, das würden wir ja in dem Augenblick sehen, wenn wir angegriffen würden. So etwas begreife ich einfach nicht!«

»Wo liegt der Stützpunkt, Otbrinham?« fragte ich.

Er wies mir mit dem Schwanz die Richtung – ins Landinnere, vorbei an einem nicht gerade kleinen Berg, der sich etwa einen Dwabur entfernt erhob. Die Insel, auf der wir uns befanden, war ziemlich groß. Da sie sich in der Äquatorzone Kregens befand, hätte ich eigentlich mit einem dichten Dschungelbewuchs gerechnet. Doch der Hauch des Salzwassers machte sich hier bis weit hinein ins Landesinnere bemerkbar und ließ die Vegetation verkümmern. Andere Inseln der Risshamal-Kette erstickten förmlich unter dem Urwald. »Wie weit?«

Ich hätte es wissen müssen, daß einem Meerwesen Landentfernungen fremd waren. Zwei Tage, erwiderte er, doch ich mußte das auf die Schritte meiner Apim umrechnen und mindestens einen halben Tag davon abziehen.

Später sagte ich zu Kapitän Ehren: »Ich habe den Eindruck, daß wir den Yuccamots nun doch kein Boot zu stehlen brauchen, Kapitän Lars.«

»Das freut mich zu hören. Ein Boot stellt für diese Leute einen enormen Wert dar.«

»Na und?« fragte Kov Nalgre Sultant mit unangenehm schnarrender Stimme. »Die Yuccamots sind nicht mit Vallia verbündet!«

»Sie behandeln uns aber freundlich!« sagte Ehren aufgebracht.

»Streite dich nicht mit mir, Kapitän!« Das Gesicht des Vad von Kavinstok war rot angelaufen, seine dünnen Lippen waren zusammengepreßt, und eine juwelengeschmückte Hand umfaßte den gleichermaßen geschmückten Rapiergriff.

Wenn es nicht anders ging, wollte ich diesen unerträglichen Vad zur Ordnung rufen. Wenn das Reich, über das Delias Vater herrschte, weiterbestehen sollte, brauchten wir jeden guten Kämpfer in Vallia. Es bereitete mir keine Mühe, zwischen diesen beiden zu wählen, zwischen dem offenherzigen Schiffskapitän und diesem herausgeputzten, hochmütigen Schnösel. Doch zu meiner Überraschung schaltete sich plötzlich der kleine lamnische Kaufmann ein. In der Hand hielt er einen Lederbeutel. Wir sahen ihn verblüfft an, als er plötzlich die Schnur öffnete und den Beutel in seine offene Hand entleerte – ein kleiner Strom von Silberstücken wurde sichtbar.

»Dies sind Sinvers aus Xilicia«, sagte Lorgad Endo gelassen. »Ich habe sie im Zuge meiner Geschäfte ehrlich erworben. Bei Antritt unserer Reise habe ich mir überlegt, daß sich Sinvers als Währung in Havilfar sicher gut verwenden ließen, ist doch Xilicia eines der alten Königreiche am Nebelmeer.«

»Das ist wahr, Koter Endo«, sagte Strom Diluvon.

»Mit diesem Geld können wir den guten Yuccamots ihre Gastfreundschaft vergelten. Wenn wir alle unsere Besitztümer zusammenlegen, haben wir vielleicht sogar genug, um ein Boot zu kaufen!«

»Das möchte ich bezweifeln, Koter«, sagte Kapitän Ehren. »Meine Schätze sind mit der alten *Ovvend Barynth* untergegangen!«

»Und meine auch!« »Meine auch!« tönte es von verschiedenen Seiten.

Ich trat vor.

»Koter Endos Angebot ist gutgemeint und großzügig. Wir werden den Yuccamots Nahrung und Getränke bezahlen. Dennoch brauchen wir kein Boot zu stehlen. Wir nehmen den opazvergessenen Cramphs des hamalischen Luftdienstes ein Flugboot ab!«

Die Männer starrten mich sprachlos an.

»Und wie gedenkst du das zu erreichen, Prinz Majister?«

fragte Vad Nalgre, wobei er meinen Titel in beleidigender Weise betonte.

Doch Hikdar Insur ti Fotor war bereits erregt aufgesprungen. »Bei Vox!« rief er und übertönte damit die letzten Worte des Vad. »Das ist ein guter Plan! Greifen wir an, zeigen wir den hamalischen Vosks, wie echte Vallianer kämpfen!«

In dem nun folgenden Durcheinander schälten sich zwei Gruppen heraus. Es gab eine Gruppe unter der Führung des Vad, die sich dafür aussprach, ein Boot zu beschlagnahmen. Die anderen wollten den Stützpunkt des Luftdienstes angreifen und ein Flugboot erobern. Ich hob den Arm.

»Wir wollen uns nicht streiten. Wenn wir einen Voller in unseren Besitz bringen können, ist das ein Sieg für Vallia. Stehlen wir dagegen ein Boot, bringen wir die armen Fischer hier in Verlegenheit.« Ich wandte mein häßliches Gesicht dem Vad zu. »Und selbst wenn wir uns entschlössen, ein Boot zu stehlen, Vad Nalgre, glaube ich nicht, daß wir dich vom Ruderdienst befreien könnten.«

Einige Männer aus der Gruppe, vorwiegend Seeleute, stimmten ein herzhaftes Gelächter an. Der Vad fuhr auf, doch er beherrschte sich. Er fühlte sich zutiefst beleidigt durch die rücksichtslosen Worte, durch das respektlose Gehabe dieses haarigen Barbaren, der es gewagt hatte, die Prinzessin Majestrix des vallianischen Reiches zu heiraten.

Mein Gesicht muß wieder einmal seinen teuflischen Ausdruck offenbart haben, denn so sehr sich der Vad von Kavinstok auch beherrschte, er zuckte unwillkürlich zurück. Seine Hand fuhr empor und betastete das schwarzweiße Zeichen an seinem Umhang, das Zeichen der Racterpartei. Der Zorn fraß an ihm, seine Augen ließen erkennen, wie sehr er an sich halten mußte, um nicht mit einer ungebührlichen Bemerkung herauszuplatzen. Schließlich beschränkte er sich auf die Worte: »Das vergesse ich dir nicht, Prinz Majister! Bei Lycurs, das vergesse ich dir nicht!«

5

Es gibt wenig zu berichten über den Angriff gegen den Stützpunkt des hamalischen Luftdienstes auf jener einsamen kleinen

Insel der Risshamal-Kette. Wir ließen die Männer zurück, die keine Kämpfer waren, außerdem die Verwundeten, die wir auf Bahren mitgetragen hatten, und setzten uns in Marsch.

Mühsam arbeiteten wir uns über den groben Sand und durch das stechende Gras voran. Das Wetter blieb klar und heiß, so daß wir schnell ins Schwitzen gerieten. Dennoch drängte ich zur Eile.

Der Stützpunkt des Luftdienstes erwies sich als einfache Palisade aus Korallen und Felsbrocken; Holz war in dieser Gegend kaum zu finden. Die hamalische Flagge hing an einem Mast. Wächter patrouillierten die Anlage ab, ihre Bronzehelme schimmerten im Licht der Doppelsonne.

Nein, es gibt nicht viel zu berichten. Wir überraschten die Hamaler und kämpften, bis wir genug Männer getötet hatten, um die übrigen dazu zu bringen, die Waffen niederzulegen. Wir behandelten die Überlebenden rücksichtsvoll, auch wenn Wersting Rogahan mit einem gefährlich aussehenden Messer herumfuchtelte und etwas von »Kehledurchschneiden« knurrte.

Der Stützpunkt verfügte über zwei Voller. Einer war das kleine Patrouillenboot, das wir bereits gesehen hatten, ein schneller und einfach gestalteter Dreisitzer. Der andere Voller war von größerer Bauart, mit abgestuften Decks und Varterplattformen und zwei Masten, von denen wir sofort die hamalischen Fahnen entfernten.

Bei dieser Gelegenheit stellten wir fest, daß sich ein drittes Flugboot von der Bauart des zweiten Vollers auf einem ausgedehnten Patrouillenflug über die Inseln befand. Vermutlich handelte es sich dabei um den Rast, der die *Ovvend Barynth* und die *Maskinonge* in Flammen hatte aufgehen lassen.

Sobald dieser Voller zurückkehrte, mußten wir damit rechnen, verfolgt zu werden.

Während des Kampfes war da und dort der Ruf ertönt: »Für Vallia! Vallia!« Und ein anderer hatte gebrüllt: »Für Vallia und Prinz Dray!«

Die Hamaler wußten also, wer wir waren.

Nein, es gibt nicht viel zu berichten. An ein Detail erinnere ich mich allerdings noch heute mit großer Klarheit: Varterschütze Nath, den Deldar Rogahan einen Onker genannt hatte, warf sich im Kampf vor den Ersten Leutnant und wurde dadurch zum Opfer des Pfeils, der Insur ti Fotor getötet hätte.

Später schüttelte Insur verwundert den Kopf, während er auf den hageren, haarigen Nath hinabblickte, der sterbend zu seinen Füßen lag.

»Warum hat er das getan, Prinz?« fragte er und sah mich mit schmerzverzogenem Gesicht an.

»Die Antwort darauf kennst du besser als ich, Insur.«

»So etwas passiert mir nicht zum erstenmal, Prinz. Wir kämpften einmal gegen einen Argenter aus Pandahem, und dabei warf sich Naghan das Langohr, ein lebenslustiger Bursche, der wirklich ziemlich große Ohren hatte – nun, er warf sich in einen Speer, der mich unweigerlich getroffen hätte. Ich tötete den Angreifer, doch ich begreife den Vorgang nicht.«

Es lag nicht an mir, ihm zu erläutern, daß sich einfache, lebensfrohe Kämpfernaturen in der Hitze des Gefechts manchmal dazu hinreißen lassen, ihr Leben für einen anderen Menschen zu opfern, den sie mögen. Dies ist ein Phänomen, über das in den Boudoirs der Zivilisation nicht oft gesprochen wird. Zumindest ist so etwas hier auf der Erde aus der Mode, von Psychologen als Besessenheit oder Todessehnsucht interpretiert, als zwielichtige Kehrseite des Heldentums. Gewiß, vieles spricht dafür, doch im Kampf verändern sich viele normale Dinge ins Übernormale, und es kann alles passieren.

Ich war allerdings nicht der Meinung, daß sich bei den Seeleuten oder Söldnern jemand finden würde, der sich schützend vor Nalgre Sultant, den Vad von Kavinstok, stellte.

Ich klopfte Insur ti Fotor auf die Schulter und forderte ihn auf, Opaz zu danken, daß er am Leben sei. »Du darfst das Opfer Naths nicht verschwenden«, fügte ich hinzu.

»Das werde ich nicht, Prinz. Ich möchte so schnell wie möglich ins Dorf zurück. Dort habe ich die Ledertasche zurückbelassen, die mir von Kapitän Ehren anvertraut wurde. Der Lamnia Lorgad Endo paßt darauf auf. Er ist ein mutiger Mann, doch eben kein Kämpfer.«

Er meinte die Tasche mit meinen Notizen über das Geheimnis der hamalischen Voller.

»Dir und Kapitän Ehren obliegt es, das Dokument dem Herrscher Vallias persönlich zu übermitteln. Wenn ihr Schwierigkeiten habt, zu ihm vorgelassen zu werden, was durchaus sein kann, fragt nach Delia, der Prinzessin Majestrix, und sagt ihr, daß ich euch schicke.«

Er lachte. Nun galt seine Aufmerksamkeit wieder den Problemen Kregens, seine Mutmaßungen über den Tod Naths waren wieder ins richtige Licht gerückt. »Aye, mein Prinz! Bote von Dray Prescot, Prinz Majister von Vallia – das ist ein verläßliches Losungswort für die Prinzessin Majestrix!«

Damit hatte er recht, ein Gedanke, der mich zuweilen bedrückte. Wenn etwa ein Gegner behauptete, von mir geschickt worden zu sein, und sich an Delia heranmachte...! Ich hatte keinen Ring, den ich einem Boten als Kennzeichen mitgeben konnte, denn ich habe etwas gegen Schmuck an den Fingern oder sonstwo und habe sogar auf einen zünftigen Seemannsring im Ohr verzichtet. Mir blieb nichts anderes übrig, als Insur ti Fotor bestimmte Worte einzuschärfen, die ihm durch die Formalitäten und nüchternen Protokollvorschriften des Palastes den Weg ebnen würden.

Strom Diluvon konnte mit einem Voller umgehen. Die Männer bestiegen das größere der beiden Flugboote, während ich den kleinen Flieger mit Beschlag belegte und unterwegs Ausschau hielt.

Wir landeten in der Nähe des Dorfes und legten den Rest des Weges zu Fuß zurück.

Als wir unser Ziel erreichten, ließ sich Hikdar Insur als erstes den kostbaren Briefbeutel von Endo aushändigen.

Die Arrangements waren schnell getroffen. Der lamnische Kaufmann bezahlte Häuptling Otbrinhan mit xilicianischen Sinvers. Dafür nahmen wir Trockenfisch, Krüge mit Wasser und einen Vorrat Brot an Bord. Ein Handelsschiff ließ sich einmal im Monat in diesem Teil der Inselgruppe blicken, so daß Otbrinham das Geld auch nutzbringend verwenden konnte.

»Jetzt können wir für die Kuppel unseres Tempels echte Bronzeplatten kaufen!« rief er erfreut und klatschte mit seinem Schwanz auf den Boden, daß es staubte.

Der Fischfang der Dorfbewohner mußte nicht nur zur eigenen Ernährung ausreichen, sondern auch groß genug sein, um andere wichtige Dinge einzukaufen. Ich warf einen Blick auf den Felsentempel mit den gekalkten Wänden. Die Kuppel, ein geschickt abgestütztes Bauwerk aus Lehm, schimmerte hell in der Sonne. Welcher Triumph für die Yuccamots, wenn sie ihr Gotteshaus mit Bronzeplatten bedecken konnten, die in der Sonne funkelten! Welche Überlegenheit gegenüber den anderen Dörfern der Inseln! Welcher großartige Dienst an Havil dem Grünen!

Ich kenne den großen Tempel Havils des Grünen in Ruathytu. Ich lasse mich nicht von Gefühlen leiten, wenn ich die Bauwerke jener betrachte, die sich meine Feinde nennen. Ich verspürte damals großen Abscheu vor dem Grün, das ist Ihnen bekannt. Havil der Grüne war der Gott der hamalischen Staatsreligion. Doch ich hatte voller Freude erkannt, daß die wahre und aufgeklärtere Religion Opaz', des herrlichen Zwillingsgeistes, auch in Hamal Fortschritte machte. Zugleich breitete aber auch sich der abscheuliche Kult um Lem den Silber-Leem aus, mit düsteren Ritualen, mit Blutriten und Opfern. Sogar ich, Dray Prescot, Krozair von Zy, mußte eingestehen, daß der große Tempel Havils des Grünen in Ruathytu sehr eindrucksvoll war.

»Ich wünsche dir alles Gute, Otbrinhan.«

»Möge Havil der Grüne für den Rest deiner Tage über dir leuchten, Notor.«

Ich lächelte nicht. Dieser kleine Yuccamot hatte keine Ahnung, daß ich seit meiner Taufe im Heiligen Teich des Zelph-Flusses im fernen Aphrasöe ein tausendjähriges Leben erwarten durfte. Ich grüßte ihn förmlich und entfernte mich. Am Boot war Hikdar Insur ti Fotor damit beschäftigt, die Verladung der Vorräte zu beaufsichtigen.

»Wie lange führst du schon den Titel eines Waso-Hikdars?«* fragte ich.

»Drei Jahre, mein Prinz.«

Ich überlegte. In der vallianischen Marine war mein Einfluß gering, doch kannte ich den alten Sonomon Barcash, den Kov von Ava. Er war ein führender Admiral, Hyr-Jen-Admiral geheißen, und schuldete mir einen Gefallen. Außerdem hatte dieser talentierte junge Mann eine Beförderung verdient.

Mit Sepiatinte schrieb ich einen kurzen Brief an Sonomon Barcash, machte ihn auf den Waso-Hikdar Insur aufmerksam und schlug vor, ihn mindestens zum Shiv- und vielleicht sogar zum Shebov-Hikdar zu befördern.

Ich verriet Insur nichts vom Inhalt des Briefes. Er verstaute das Stück Tuch in seinem Lederbeutel.

* *Waso:* Fünf; *Shiv:* Sechs; *Shebov:* Sieben; *Ord:* Acht; *So:* Drei; *Dwa:* Zwei.

An dieser Stelle möchte ich meinem Bericht einmal kurz vorgreifen: Ich erfuhr später, daß Kapitän Ehren und Hikdar Insur auf eigene Initiative eine Kopie meiner Notizen über die hamalischen Voller gemacht hatten, so daß nun jeder der beiden eine Ausfertigung bei sich trug. Als meine Delia davon erfuhr und meine Wünsche vernahm, setzte sie sich dafür ein, so daß Insur sogar zum Ord-Hikdar befördert wurde.

Als ich Kapitän Ehren sagte, mir sei daran gelegen, daß auch Wersting Rogahan bedacht würde, wenn er in seiner Mannschaft Beförderungen aussprach, verzog der gute Kapitän das Gesicht.

»Wahrlich, mein Prinz, dieser Frechdachs hat das Glück des fünfhändigen Eos-Bakchi! Nun gut, ich werde ihn deinen Wünschen gemäß befördern. Aye, Majister! Ein Schandmaul hat er, doch der Lohn seiner Unverschämtheit ist wohlverdient!«

Insur nahm ein weiteres Stück Stoff in Verwahrung, worin ich Delia auf Kapitän Lars Ehren hinwies. Sie wußte so gut wie ich, daß loyale Freunde in den bevorstehenden Auseinandersetzungen in und um Vallia von größter Bedeutung waren. Kapitän Ehren hatte die Stufenleiter des Hikdar-Ranges fast erklommen, so daß eine weitere Beförderung all ihre Geschicklichkeit erfordern würde. Aber natürlich gelang ihr das Werk: Lars Ehren übersprang die erste Stufe des Jiktar-Ranges – er wurde sofort zum Dwa-Jiktar ernannt. Ich freute mich sehr, als ich später – viel später – davon erfuhr...

Wie Sie hören werden, lagen zwischen diesem glücklichen Augenblick und der Gegenwart viele Abenteuer, viele törichte Aktionen und große Gefahren.

Sollte Ihnen nicht klar geworden sein, daß ich durchaus begriff, wie egoistisch ich bei der Verteilung solcher Gunstbeweisungen war, dann haben Sie meinen bisherigen Abenteuern nicht richtig zugehört. Es befriedigte mich sehr, meinen Freunden zukommen zu lassen, was ihnen zustand. Freunde zu finden fällt mir schwer, und ich schätze Freundschaft über alles. Dabei kommt es nicht darauf an, wie lange ich einen Menschen schon kenne. Vielleicht ist die Freude, Menschen zu helfen, die mir helfen, eine Schwäche, der Versuch einer Absicherung, eine tiefgreifende, nicht erklärbare Angst davor, daß sich diese Menschen eines Tages gegen mich wenden könnten. Ich weiß es nicht.

Die Vorbereitungen wurden abgeschlossen, der Flugkurs festgelegt, die Voller überprüft. Ich wollte noch vor Sonnenuntergang aufbrechen.

Kapitän Ehren begann sich aufzuregen, als er von meinen Plänen hörte. »Aber Prinz! Du willst doch mit uns nach Vallia zurückkehren!« rief er armeschwenkend.

»O nein, Kapitän Lars. Meine bisherigen Feststellungen über die hamalischen Voller befinden sich in deinem Besitz, sind in der Ledertasche dort sicher verwahrt. Aber das Geheimnis ist erst zur Hälfte gelöst. Ich muß herausbekommen, was sich hinter dem Namen Cayferm verbirgt. Vielleicht wissen es die vallianischen Weisen auch nicht. Dabei ist es lebenswichtig, daß Vallia eigene Flugboote baut. Du hast selbst gesehen, was die riesigen Himmelsschiffe der Hamaler zu leisten vermögen. Also! Wenn uns die Hamaler in Vallia angreifen – ich sage *wenn* und nicht *falls* –, müssen wir gewappnet sein. Du mußt nach Vondium fliegen und dem Herrscher meine Überlegungen vortragen. Ich aber kehre nach Hamal zurück – in neue Gefahren, neue Kämpfe...!«

Verwirrt mochte Lars Ehren sein, doch er war loyal.

»Wenn dies dein Befehl ist, Prinz, dann sollen die Unsichtbaren Zwillinge mein Zeuge sein, daß es meine Pflicht ist, zu gehorchen.« Er begab sich an Bord des Patrouillenschiffes. »Remberee, mein Prinz! Remberee!«

»Remberee!« rief ich zurück. »Remberee!«

6

Ich, Dray Prescot von der Erde und von Kregen, Lord von Strombor und Krozair von Zy, schritt wieder einmal über das Marmorpflaster der großen Stadt Ruathytu, der Hauptstadt des hamalischen Reiches.

Und wieder war ich in die Rolle Hamuns ham Fartytu geschlüpft, des Amaks aus dem Paline-Tal.

In meinen Abenteuern auf Kregen habe ich viele Namen getragen, doch ich muß gestehen, daß die Person Hamun ham Fartytus mir trotz des Versprechens, das ich dem sterbenden Amak Naghan gegeben hatte, zu schaffen machte. Zum einen fiel es mir nicht leicht, den Dummkopf und Schwächling zu spielen. Ich mußte einen törichten Gesichtsausdruck aufsetzen und meine verwitterten Züge zu einem Lächeln zwingen und verhindern, daß meine wilden Gefühle von mir Besitz ergriffen – nicht einmal so weit, daß ich instinktiv zum Griff meines Thraxters oder Rapiers griff, wenn mir danach war.

Ich suchte auf direktem Wege meine Schänke *Kyr Nath und die Fifi* auf.

Der lamnische Kaufmann Lorgad Endo hatte sehr großzügig, wenn auch für einen Kaufmann untypisch reagiert, als ich ihn um einen Kredit in Höhe von drei Deldys bat. Er drückte mir ohne Umschweife sechs havilfarische Goldmünzen in die Hand. Ich hatte darauf bestanden, ihm ein Stück Tuch zu überreichen, auf dem ich Delia schriftlich anwies, die sechs Deldys zurückzuzahlen, außerdem die Sinvers, die Koter Endo im Dorf der Yuccamots für uns alle ausgelegt hatte.

Endos Kredit hatte es mir ermöglicht, ein anständiges graues Hemd, blaue Hosen, billige Lederstiefel und ein schickes grünes Jackett zu erstehen, dazu einen nicht genau zu definierenden Pelz, den ich mir wie eine Husarenschärpe um die Schultern werfen konnte. Rapier und Main-Gauche, die ich am Gürtel trug, waren im heiligen Viertel von Ruathytu inzwischen ein alltäglicher Anblick; die Heißsporne dieser Stadt hatten sich dieser ausländischen Waffen mit der gleichen überschäumenden Begeisterung angenommen, mit der sie sich auch auf das Sleeth-Rennen gestürzt hatten.

Nun, Sie können sich die Gefühle vorstellen, die mich erfüllten, als ich in die schmale Gasse des heiligen Viertels einbog und zur Schänke ging, die sich in eine Baumgruppe schmiegte. Der große Baum am Balkon meines Fensters hatte in der Zeit, da ich in Ruathytu nach den Vollergeheimnissen suchte, manche heimliche nächtliche Kletterpartie erlebt.

Als ich diese Schänke zum letztenmal verließ, in der Rolle Bagor ti Hemlads, hatte ich mir nicht träumen lassen, daß bis zu meiner Rückkehr so viel geschehen würde: daß ich das Geheimnis finden, als Dieb gefaßt werden würde, daß ich als Sklave arbeiten mußte und schließlich zu Königin Thyllis von Hamal gebracht wurde, die mich quälte und verspottete. Bei dieser Königin stand noch eine große Rechnung offen, die ich eines Tages einfordern würde.

Ich trat ein und stieg sofort in mein Zimmer hinauf. Als ich die Tür öffnete, sah ich eine hübsche kleine Fristle-Fifi – ihr silbriges Fell schimmerte vor Leidenschaft, ihre Augen funkelten, ihre Arme lagen um einen haarigen, stämmigen, dicknasigen Mann, der sich mit ihr auf dem Bett herumwälzte und ziemlich intim beschäftigte.

»Nulty!« brüllte ich, daß sich die Fenstervorhänge bauschten.

Chaos!

Das Fristlemädchen sprang vom Bett, ihre langen Beine blitzten im Zwielicht, ihre apfelgrüne Bluse platzte ganz auf. Sie war von erstaunlicher Schönheit, wie so manches junge Mädchen dieser Katzenrasse.

»Herr!«

Nulty war außer sich. Er warf sich förmlich vor mir auf den Boden, ehe er eine hektische Betriebsamkeit entfaltete. Er scheuchte das Mädchen fort, versuchte das Bettzeug geradezuziehen und das Zimmer aufzuräumen. Er zog einen Sturmholzstuhl heran und holte ein Messingtablett mit einer Flasche Malabsblut, ehe ihm einfiel, daß mir dieser dunkelrote Wein ja nicht schmeckte, woraufhin er eine frische bauchige Flasche Weißwein holte, mir ein Glas einschenkte, dazu eine Schale Palines anbot, und...

»Halt!« brüllte ich. »Nulty, du alter Schurke! Laß dich anschauen!«

»Herr!« sagte Nulty. Er warf sich mir an die Brust – ein breitschultriger Bursche mit einer derart großen Knollennase, daß ich mich zurückhalten mußte, um sie nicht wie eine Shonage-Frucht in die Hand zu nehmen, ein großer behäbiger Bursche mit langem Haar und überdurchschnittlich wachen Augen. Er wußte, daß ich nicht Hamun ham Farthytu war, hatte er doch dem alten Naghan und dessen Sohn Hamun gedient. Ihm war bekannt, daß ich Dray Prescot hieß und daß mir im Grunde nur der Amak-Titel zustand, der mir auf dem Totenbette vermacht worden war.

»Kümmere dich um deine Freundin, Nulty«, sagte ich. »Ich möchte einer schönen Freundschaft nicht im Wege stehen, doch ich bin hungrig und durstig! Verschaff mir vom Wirt eine Mahlzeit! Und Tee – Nulty! Tee!«

»Aye, Herr«, sagte Nulty, der Bedienstete, der mir mit dem

Titel Amak des Paline-Tals zugefallen war. Er eilte davon, und ich bekam noch einige leise Worte über die Art und Weise mit, wie Havil der Grüne die Geschicke dieser Welt lenkte, und daß er jemanden kenne, der das verdammt viel besser könnte, womit er sich zweifellos selbst meinte.

Meine Lippen bewegten sich, und ich wurde gewahr, daß ich lächelte.

Nulty war mein Leibdiener und mein Freund. Zugleich war er ein Hamaler und deshalb ein gefährlicher potentieller Gegner – schließlich war ich ja in Wirklichkeit Prinz Majister von Vallia.

Ach, wie gern hätte ich auf jede Nationalitätszugehörigkeit verzichtet!

Er brachte Tee – herrlich duftenden kregischen Tee – und einen Teller mit ausgesuchten Vosk-Stücken und Momolams mit Taylynes und einen großen Squishkuchen mit dicker Sahne. Ich begann zu essen und forderte ihn auf, sich zu setzen und mitzuhalten, und erzählte ihm mit vollem Mund die Geschichte, die ich mir für ihn zurechtegelegt hatte.

Ich berichtete, ich hätte einen Urlaub eingelegt, in dessen Verlauf ich mein gesamtes Vermögen am Spieltisch verlor. Diese Ausrede war so überzeugend, daß damit schon alle Fragen beantwortet waren. Ich hatte das gestohlene Flugboot auf Ostkurs gebracht und weiterfliegen lassen, so daß es sich inzwischen weit über dem Ozean der Wolken befinden mußte, wenn ein Unwetter die Reise nicht schon beendet hatte; der Voller gehörte zu einem Typ, der auf Winddruck empfindlich reagierte.

Anschließend hatte ich meine Reise zu Fuß fortgesetzt und war schließlich von einem Amithwagen mitgenommen worden. Im Näherkommen hatte ich mir Ruathytu angesehen – die große Stadt mit den mächtigen Aquädukten, die aus den Bergen im Norden und Süden kristallklares Wasser heranführen, ich hatte die Tempel mit den zahlreichen Kuppeln erblickt, die dicken Mauern und die überdachten belebten Brücken – so die Sicce-Brücke über den Schwarzen Fluß. Ich hatte das düstere Schloß betrachtet auf der schmalen Felseninsel ein Stück östlich des Zusammenflusses der beiden Ströme – das Schloß von Hanitcha dem Sorgenbringer, auch Hanitchik genannt. Und natürlich hatte ich einen widerwilligen Blick auf den großen Palast auf der künstlichen Insel geworfen, auf den Palast Hammabi el Lamma, wo Königin Thyllis ihre teuflische, boshafte Macht ausübte.

Als ich fertig war, hatte Nulty nur eine Frage im Sinn: »Wann kehren wir ins Paline-Tal zurück, Amak? Ich habe genug von der großen Stadt.«

»Was? Und wie willst du dort ein Fristlemädchen finden?«

»Ich komme auch ohne sie aus. Amak, ich bin kein Mann für Frau und Kind. Ich habe Amak Naghan und seinem Sohn treu gedient. Nachdem du nun wohlbehalten zurückgekehrt bist, möchte ich Havil dem Grünen danken...«

»Nun, was gibt es denn im Paline-Tal, das eine Rückkehr lohnt?«

»Wir können doch das Land wiederaufbauen! Wir können Menschen suchen, die mitkommen wollen, um sich dort ein neues Leben aufzubauen. Ich habe in der Stadt Freunde gefunden – Guls und auch Clums –, die eine solche Chance freudig ergreifen würden.«

Das entsprach sicher der Wahrheit. In Ruathytu gab es viele Sklaven, bei Zair! Und eine winzige Stufe über ihnen vegetierten die Massen der Clums dahin, deren gesellschaftliche Stellung sich nur insoweit von der der Sklaven unterschied, als sie sich frei nennen durften. Darüber kamen die Guls, die als Handwerker mit gesetzlich geschützten Rechten noch etwas besser dran waren. Doch alle spürten die schwere Last der Steuern und der strengen Gesetze des Staates. Wenn ein Gul, ein Schuhmacher, zwei Sinvers am Tag verdiente, forderte ihm die hamalische Regierung die Hälfte dieses Einkommens als Steuer wieder ab. Als Amak zahlte ich dagegen nur zehn Prozent Einkommensteuer.

Und dieses System setzt sich nach oben hin fort – durch alle Ebenen des Adels. Ein Elten zahlte neun Prozent und ein Rango acht Prozent Steuern. Ein Strom brauchte nur noch fünf Prozent abzuführen, ein Trylon vier, ein Vad zwei Prozent. Und ein Kov war aller Steuersorgen ledig. Wahrlich, es lohnte sich, in Hamal zur Oberschicht zu gehören!

Ich lebte zwar auf einer Welt, die vierhundert Lichtjahre vom Planeten meiner Geburt entfernt war, und erlebte mit dem Schwert in der Hand erstaunliche Abenteuer – trotzdem mußte jemand für die prachtvollen Städte bezahlen, für die Brunnen und Aquädukte, für die Armeen und Luftflotten. Vermutlich gibt es keinen Ort im Universum, wo man nicht Steuern auferlegt bekam, aber das Besteuerungssystem von Hamal war von zynischer Ungerechtigkeit.

»Ich wüßte da einen Gul mit einem Laden am Platze der Horters«, fuhr Nulty fort. »Er ist ein ehrlicher Bursche und heißt Lon der Honigverkäufer. Sein Bruder unterhält außerhalb der Stadtmauern einige Bienenstöcke, und Lon verkauft den Honig. So ein Mann wäre im Paline-Tal sehr nützlich. Und dann gibt es da einen Schmied, der zu Unrecht eine Prügelstrafe hat hinnehmen müssen. Und zwei Näherinnen, Schwestern, die herrliches Tuch weben können und keine Lust mehr haben, Kleider zu nähen für die Horteras ...«

»Hör auf, Nulty!«

Ich begriff, was er getan hatte. Er war überzeugt gewesen, daß ich tot war. Als intelligenter junger Mann hatte er seine Loyalität von mir auf das Paline-Tal übertragen, das nun ohne Amak weiterbestehen mußte. Das fruchtbare Land im Schatten der Berge des Westens war von wilden Räubern aus dem Gebirge überfallen und praktisch vernichtet worden – in einem Grenzkrieg, der schon seit langer Zeit dort tobte. Mit neuen Menschen, mit Männern und Frauen, die keine Herren hatten, konnte er einen Neuanfang wagen. Mir wurde klar, daß dies der richtige Weg war.

Ich hatte versprochen, den Namen Hamun ham Farthytu in Ruathytu berühmt zu machen, etwas, das ich bisher nicht getan hatte. Vielmehr hatte ich den dümmlichen Verschwender gespielt, der zu schwach war, um sich auf einen ernsthaften Schwertkampf einzulassen. Allerdings hatte ich bei einem Duell einen Strom verwundet, doch ich hatte es so aussehen lassen, als wäre das alles nur rein zufällig gewesen.

»Nulty!« sagte ich, und beim Klang meiner Stimme hob er hastig den Kopf. »Du hast genau das Richtige getan. Du wirst alle Leute zusammenholen, die du kennst. Ich bin überzeugt, daß du eine gute Wahl getroffen hast. Ab sofort bist du nicht mehr mein Leibdiener, sondern Crebent des Paline-Tals.« Ein Crebent ist eine Art Statthalter oder Kastellan, ein Mann, der für seinen Herrn Besitztümer, Schlösser oder Firmen verwaltet. Er sah mich an, und ich vermochte im ersten Augenblick nicht zu erkennen, ob Trauer oder Freude bei ihm die Oberhand hatten.

»Ich danke dir, Herr«, sagte er schließlich. »Ich werde dir ein treuer Crebent sein. Ich bin froh über dein Vertrauen.« Er runzelte die Stirn. »Aber bei Havil dem Grünen wünschte ich, du würdest persönlich in das Tal zurückkehren!«

»Das ist leider nicht möglich, wie du sehr wohl weißt, Nulty. Allerdings wüßte ich nicht, wie wir die große Rückkehr in die Heimat finanzieren sollten.«

»Ich auch nicht, Amak.«

»Wenn das so ist, Nulty, dann würde ich sagen, Hamun ham Farthytu sollte endlich einmal vergessen, was er dir am Schrein von Beng Salter gesagt hat.«

Als Nulty diese Worte hörte, erschien ein Ausdruck der Zufriedenheit auf seinem Gesicht. Er warf das lange Haar zurück und strahlte mich an. »Wir werden den Namen ham Farthytu auf einen wunderbaren Marmorstein im Palast der Namen einmeißeln lassen!«

»O ja, Nulty!«

Und das taten wir in aller Förmlichkeit – nach den Ereignissen, von denen ich jetzt berichten möchte.

»Wieviel Geld haben wir eigentlich noch, Nulty?«

Er zog eine Grimasse und holte die Lenkholztruhe mit den Messingscharnieren und -schlössern. Er nahm vier Gold-Deldys, vier Silber-Sinvers und einen Lederbeutel voller Obs heraus.

»Ist das alles?«

»Du hast damals den Rest mitgenommen.«

»Richtig. Und ich habe den Voller verkauft.«

Nulty durfte nicht erfahren, daß das Geld dazu verwendet worden war, auf Umwegen hinter das Geheimnis der Voller zu kommen. Ich räusperte mich und hob die Schale an die Lippen, doch der Tee war bereits kalt. Diese Tatsache kam mir recht, um weiteren Erläuterungen zu entgehen. »Nulty!« brüllte ich. »Bring mir frischen Tee!«

»Jawohl, Herr!«

Er hatte also keine hohe Meinung von meinen Fähigkeiten am Spieltisch.

Da gab ich ihm recht.

Der Plan, den wir anschließend ausheckten, paßte sich den Notwendigkeiten an. Er gab uns keine Garantien, doch die Chancen standen auch nicht schlecht.

Ich hatte darauf verzichtet, mich sofort mit lautem Hallo im heiligen Viertel umzusehen, um meine alten Freunde wiederzufinden, sondern blieb sitzen und trank geduldig den Tee, den Nulty mir brachte. Beim Teetrinken muß man Zeit und Geduld haben – eine Maxime, die besonders für den kregischen Tee gilt.

Das Geschick ganzer Nationen hing von meinem Verhalten in Hamal ab, das war mir klar – trotzdem verwendete ich Zeit darauf, einen kleinkrämerischen Wetthandel zu inszenieren, mit dessen Hilfe eine Gruppe von Menschen, die kaum besser waren als Sklaven, in einen fernen Bezirk auswandern sollte. Manchmal fragte ich mich, ob ich meinen Verstand noch ganz beisammen hatte, und überlegte mir, wie ich Delia mein törichtes Handeln erklären sollte.

Würde sie sagen, ein echter Vallianer hätte all die hamalischen Cramphs den Eisgletschern Sicces überantwortet? Ich hatte irgendwie das Gefühl, daß Delia nicht so reagieren würde; vielmehr glaubte ich, daß sie mich verstehen würde.

Ich hatte noch das Bild Delias vor Augen, als ich mich wieder der Gegenwart zuwandte. »Hör zu«, sagte ich zu Nulty. »Und paß gut auf. Du führst diese neuen Leute an. Du hast eben gesagt, daß sie frei sind. Nun, im Paline-Tal wird es ab sofort keine Sklaven mehr geben – jetzt nicht und auch in Zukunft nicht mehr. Hast du verstanden?«

»Ich höre deine Worte, Herr.« Er rieb sich das Ohr. »Verstehen tue ich sie allerdings nicht. Ein Gutteil der Arbeit ist schwer – und dafür sind doch Sklaven da.«

»Wie nützlich Sklaven auch sein mögen – im Paline-Tal ist es mit der Sklaverei ein für allemal vorbei!«

»Wie du willst, Amak.« Er richtete seine schlauen Augen auf mich. »Und wenn man uns wieder einmal überfällt und wir Gefangene machen, sollen wir sie nicht zu Sklaven machen, sondern alle töten?«

Das war die alte ethische Frage, mit der schon in Urzeiten Barbarenhäuptlinge konfrontiert wurden.

»Wenn ihr sie nicht austauschen könnt, müßt ihr sie über Lösegeld loswerden. Geht das nicht, müßt ihr mit den Männern sprechen und sie freilassen und ihnen androhen, daß sie unweigerlich ums Leben kommen, wenn sie noch einmal angreifen.«

»Mir will scheinen, daß das für die Zukunft erhebliche Gefahren mit sich bringt.«

»Bei Krun! Ich weiß, wovon ich spreche!«

»Ja, Herr.«

Ich gedachte mich nicht bei ihm zu entschuldigen; meine Meinung zu diesem Thema ist Ihnen bekannt. Statt dessen sagte ich: »Achte darauf, daß deiner Gruppe auch eine Anzahl Flieger angehören, vorzugsweise Mirvolkrieger. Der alte Amak hatte eine ausgezeichnete Mirvol-Kavallerie.«

»Aye, Herr.«

»Ich gehe jetzt aus. Besorg mir ein paar hübsche Sachen – viel Spitzen, hübsch auffallend und extravagant. Hamun ham Farthytu wird wiederauferstehen, so wie ihn die Dummköpfe des heiligen Viertels kennen. Aber zum letztenmal!«

Ich kleidete mich in ein prunkvolles Gewand voller Spitzen und Schleifchen, voller Seidenbändchen und Firlefanz – ein schimmerndes weißes Rüschenhemd, dazu ein grünes Jackett und darüber ein rotes Cape. Ich sah schrecklich aus. Auf den Kopf drückte ich mir einen harten schwarzen Hut im spanischen Stil, der von einem schmalen Lederband im Nacken festgehalten wurde. Die Stiefel hatte Nulty auf Spiegelglanz gewienert. In der rechten Hand schwenkte ich ein Taschentuch und in der Linken einen mit Bändern geschmückten Balasstab. Ich sah wie ein Lackaffe aus.

Zuletzt legte ich eines der vorzüglichen Rapiere um, die Delia mir mitgegeben hatte, und den dazu passenden linkshändigen Dolch – den Jiktar und den Hikdar.

Und dann marschierte ich los, um zu Rees dem Löwenmann, zum kinnlosen Chido und zu den anderen nichtsnutzigen Burschen aus dem heiligen Viertel der Stadt zurückzukehren.

7

Das heilige Viertel der Stadt Ruathytu ist ein verworrenes Gassenlabyrinth zwischen zahlreichen von hohen Mauern umgebenen Villen, die sich zum Teil auf Felshügeln innerhalb der Stadt erheben. Das Gewirr wird von breiten Boulevards mit Kolonnaden und Ladenzeilen durchstoßen. In der Mitte ist ein riesiger freier Platz, umgeben von Arkaden in drei oder vier Etagen, übersät von Blumenarrangements und Grünanlagen, verschönt durch das Plätschern von Brunnen – der große Kyro der Vadvars. Im östlichen Ende des Viertels erhebt sich auf einer V-förmigen Landzunge der Große Tempel Havils des Grünen mit seinen drei Kuppeln. Unter einer dieser Kuppeln befindet sich der

Palast der Namen. Der Name ham Farthytu sollte dort in Marmor geschlagen werden, ehe ich Ruathytu verließ. Das heilige Viertel enthält im übrigen Duellsäle, Theater, Kampfarenen für kleinere, doch nicht weniger blutige Auseinandersetzungen und zahlreiche Schänken verschiedenster Art. Kurz, das heilige Viertel ist ein lebendiger, farbenfroher Teil der Stadt, ein Viertel, wie es in jeder großen kregischen Stadt zu finden ist. In Ruathytu vereint sich all die Energie jedoch nicht zu einem einzigen lautstarken Ausbruch der Lebensfreude. Wie ich schon angemerkt habe, sind die Hamaler ein wenig stimmungsfrohes Volk und benötigen vielleicht ein wenig zuviel von der Anregung des Jikhorkdun, des großen Amphitheaters, ehe ein freudiger Glanz auf ihren Gesichtern erscheint.

Vielleicht tue ich den Hamalern unrecht, doch die Menschen aus Sanurkazz, Vondium oder Zenicce waren mir in ihrer heiteren Lebensart tausendmal lieber!

Auf meiner Wanderung durch das Labyrinth des heiligen Viertels überfiel mich plötzlich die vertraute Sehnsucht nach meinen beiden frechen Ruderkameraden Nath und Zolta, die ich schon zu lange nicht mehr gesehen hatte. Sie lebten weit entfernt im Auge der Welt und mußten mich für tot halten. Oh, wie ich Zair, die mächtige Gottheit der roten Sonne, darum anflehte, daß die beiden noch am Leben waren und ich sie eines Tages wiedersehen durfte!

Wenn Sie sich ein Bild von mir machen – ein Prachtstück von Dandy, mit Bändchen und Rüschchen verschnörkelt, blasiert einherstolzierend, den schmalen Balasstab schwenkend, ein parfümiertes Spitzentaschentuch an die Nase haltend –, können Sie sich dann vorstellen, wie meine beiden bulligen Ruderfreunde Nath und Zolta reagiert hätten? Sie hätten losgebrüllt, bis ihnen die Tränen in die Augen geschossen wären. »Pur Dray!« würden sie rufen. »Ist das die rechte Kleidung für den Dienst an den Rudern eines zairverfluchten magdagschen Ruderers, während dir die magdagschen Oberherren den Rücken in Streifen legen?« Und sie würden lachend einem guten Wein und einem Mädchen hinterherjagen. Mir wurde heiß bei dem Gedanken. Wie wir gekämpft und miteinander gefeiert hatten, damals am Binnenmeer! Ich vermißte die beiden sehr. Ich war noch immer Krozair von Zy, und das bedeutete mir viel. Liebend gern hätte ich all die Kov- und Strom-Titel und auch meinen

Rang als Prinz Majister abgelegt, wenn ich nur so Krozair von Zy bleiben konnte – das wußte auch meine Delia.

Den ersten guten alten Bekannten, den ich vor der Taverne *Die Zwei Fifis* zu Gesicht bekam, war Nath Tolfeyr. Als er mich erblickte, mußte er sich sichtlich Mühe geben, den herablassenden, gleichgültigen Gesichtsausdruck beizubehalten, der für den Dandy des heiligen Quartiers selbstverständlich ist.

»Amak Hamun! Bei Havil! Ihr seid ein überraschender Besucher!«

»Aber nicht mehr lange, Nath! Welche Freuden hat das Viertel dieser Tage zu bieten?«

Er ließ sich anmerken, daß er eigentlich nicht weiter mit mir sprechen wollte, sich der unangenehmen Aufgabe aber nicht entziehen konnte. Seine langen Arme und Beine vollführten elegante Bewegungen, während er neben mir einherschritt. Wie die meisten jungen Leute Ruathytus trug er Rapier und Dolch – Waffen, mit denen er umzugehen verstand.

»Dieser teuflische Krieg, Hamun. Er verdirbt einem die ganze Lebensfreude.«

Ich verkniff mir die Frage, warum er nicht in der Armee oder beim Luftdienst war, hatte ich doch keine Lust, mich mit ihm auf einen Kampf einzulassen.

»Hast du Nachrichten von Rees, Chido oder Casmas dem Deldy?«

»Weißt du es noch nicht? Nein, wenn du fort gewesen bist, muß das natürlich eine Neuigkeit für dich sein. Rees' Regiment ist in einen Kampf verwickelt worden. Soweit ich weiß, haben wir gewonnen – aber das Gegenteil zu vermuten, wäre heutzutage lebensgefährlich.«

»Erzähl mir davon, Nath, schnell!«

Mein Tonfall schien ihn zu überraschen.

»Rees ist schwer verwundet worden.«

Obwohl der Löwenmensch Rees im Grunde ein Gegner Vallias war, betrübte mich diese Mitteilung sehr.

»Schwebt er in Lebensgefahr?«

»Vielleicht nicht – jedenfalls liegt er seit Wochen zu Hause fest. Die Ärzte sagen, er wird sich wieder erholen. Doch im Augenblick ist nicht viel mit ihm anzufangen.«

»Das tut mir sehr leid. Und Chido?«

Nath Tolfeyr lachte. »Chido ist mit seiner Zorca losgaloppiert und hat sich kopfüber in einen Trog mit Voskfutter schleudern lassen. Dabei hat er sich eine Rippe gebrochen – du mußt zugeben, das ist typisch für Chido!«

Es war wirklich amüsant, sich vorzustellen, wie der kinnlose, großäugige und gutmütige Chido mit dem Kopf voran in einem Vosktrog landete. Chido ham Thafey, der den Proforma-Titel Amak trug und beim Tode seines Vaters Vad werden würde, gehörte zu jenen dümmlichen, gutmütigen, nichtsnutzigen jungen Männern dieser Welt, die trotz ihrer Absonderlichkeiten immer Freunde und Verständnis finden.

»Typisch für Chido – das muß ich zugeben. Ist Rees zu Hause auf seinem Anwesen des Goldenen Windes, oder...«

»Nein, hier in seiner Villa, zusammen mit Chido. Die beiden liegen nebeneinander in einem Zimmer und brüllen sich den lieben langen Tag an und beklagen ihr Schicksal.«

Ein lustiges Bild, wenn ich mir auch sagte, daß Rees sein Regiment aus Zorcareitern nicht in den Kampf hätte führen dürfen, denn er war damals noch nicht wieder ganz bei Kräften gewesen. Als wir den Boulevard der Goldschmiede erreichten, verabschiedete ich mich höflich von Nath Tolfeyr.

»Ich gedenke ein neunfaches Bad zu nehmen und dann die Tanzhalle aufzusuchen, Hamun. Willst du nicht mitkommen?«

»Vielen Dank für die Einladung, Nath. Ich möchte lieber Rees und Chido besuchen.«

»Dann geh mit Havil.«

Er winkte mir spöttisch zu und ging. Hätte er gesagt: »Lem sei mit dir«, wäre das ehrlicher gewesen – doch der Lem-Kult, zu deren Anhängern er gehörte, gedieh in Ruathytu nur im Geheimen, was auch für die Religion des Opaz galt. Auf dem Weg zu Rees' Villa ging mir durch den Kopf, daß die Staatsreligion um Havil viele Menschen dieses Landes fesselte, während zugleich kleinere Glaubensgemeinschaften, etwa um Werl-am-Nardith und die Gebende Xerenike, geduldet wurden und in verschiedenen Stadtteilen eigene kleine Tempel besaßen. Wie es um die Religionen der Guls und Clums stand, war mir damals im einzelnen nicht bekannt, wenn ich auch gehört hatte, daß sie zuweilen Kuerden den Gnadenlosen und Kaerlan den Gnadenvollen anriefen. Und was die Sklaven betraf, so durften sie die teuflischen Riten, die sie aus ihren Heimatländern mitgebracht hatten, nach Belieben zelebrieren, solange sie zu Havil dem Grünen ein Lippenbekenntnis abgaben.

Rees' kleine Villa hatte sich seit meinem letzten Besuch nicht verändert. Ich wurde angemeldet, trat ein und blieb an der Tür stehen. Am liebsten hätte ich laut losgelacht.

Meine beiden Freunde Rees und Chido lagen in Betten, die man nebeneinander aufgestellt hatte. Die Betten waren mit Rädern versehen, so daß sie bei schönem Wetter auch auf den Balkon gerollt werden konnten. Zwischen den beiden stand ein Tisch, auf dem sich ein Jikaida-Brett mit einem Gewirr von Spielfiguren befand. Rees machte gerade Anstalten, eine blaue Figur – den Königspaktun – zu Chido hinüberzuschleudern, der die Bettdecke über sein strahlendes kinnloses Gesicht zog und brüllte: »Gnade, Rees! Gnade! Na gut, ich schlage deinen Pallan nicht, aber es ist nicht fair, Rees!«

»Natürlich ist es nicht fair, du Fambly! Aber du hast mir den Pallan genommen, während ich zur Krankenschwester schielte, als sie sich gerade bückte. Damit machst du das ganze Spiel kaputt! Ich habe keine Lust, noch einmal von vorn anzufangen. Wir machen diese Runde zu Ende.«

»Aber ich habe dir den gefangenen Pallan ordnungsgemäß genommen!«

»Du kreischender Onker!« knurrte Rees und schleuderte den Königspaktun, und Chido schrie auf und verschwand völlig unter dem Bettzeug.

Ich hob die Stimme. »Ach, so kämpfen also die aus dem Krieg heimgekehrten Helden ihre Schlachten noch einmal!«

»Hamun!« riefen beide, und Chido schoß unter der Bettdecke hervor, um Luft zu schnappen.

Da keiner der beiden das Bett verlassen konnte, ging ich zu ihnen und gab ihnen auf hamalische Art die Hand. Ein lebhaftes Gespräch begann. Wir unterhielten uns über den Krieg und die Erlebnisse der beiden. Wir lachten von neuem über Chidos Landung im Futtertrog. Ich verschwieg, daß auch ich einmal Futtertröge und Vosks eingesetzt hatte, um ein bestimmtes Ziel zu erreichen – vor langer Zeit in den Schwarzen Marmorbrüchen von Zenicce. Wir gerieten ins Plaudern, Wein wurde gebracht, und die Zeit verging wie im Fluge. Das Gespräch drehte sich um ziemlich unwichtige Dinge, doch es war ein schönes Gefühl, die beiden Freunde wiederzusehen!

Ihre Wunden verheilten gut. Chido lag in einem Preßverband, und Rees hätte trotz seines wilden Geschreis, das typisch war für einen Löwenmenschen, große Schmerzen gehabt, wäre er nicht am ganzen Leib mit Akupunkturnadeln gespickt gewesen. Er sah aus wie ein Stachelschwein.

Sein Regiment war schließlich doch an die Nordfront geschickt worden. Die Soldaten waren auf der Insel Pandahem zum Einsatz gekommen, wo die hamalischen Streitkräfte nach Osten stürmten, nachdem sie im äußersten Westen das Zentralgebirge überquert hatten. Rees' Zorcaregiment hatte Aufstellung genommen – ich sah es förmlich vor mir: die ordentliche Formation, die schimmernden Speere. Rees war ein hervorragender Ausbilder. Doch schon lange vor dem Gefecht hatte ich ihm gesagt, daß seine Männer für einen solchen Kampf nicht geeignet waren. Eine Zorca, ein herrliches vierbeiniges Satteltier, hochrassig und temperamentvoll, ist nicht der geeignete Untersatz für einen Sturmangriff, für ein Scharmützel von Sattel zu Sattel im Gewühl der Schlacht. Rees hatte vom kommandierenden Chuktar den Angriffsbefehl erhalten – doch das Regiment war an den Speeren der Pandahemer gescheitert.

»Die verdammten Schurken aus Iyam!« knurrte Rees. »Sie wollten nicht stehenbleiben! Sie zogen ihre Waffen und rückten näher und steckten ihre verdammten Spieße in meine schönen Zorcas. Und dann kam von der Flanke und von hinten ein Regiment havilverfluchter Totrixes – dabei waren es eigentlich keine Totrixes, sie sahen nur so aus. Und damit war der Kampf so gut wie gelaufen.«

Ich seufzte.

Er sprach von einem Regiment pandahemischer Hersanys, häßlicher sechsbeiniger Wesen mit dickem, kreideweißem Fell, hartem Maul und bösem Blick.

»Jetzt ist nicht der richtige Augenblick, von solchen Dingen zu sprechen«, sagte ich energisch. »Oder von Chido im Voskfutter. Ihr beide müßt schnell wieder gesund werden. Dann fällt euch der Gedanke an ein Totrix-Regiment vielleicht nicht mehr ganz so schwer.«

Eigentlich hätte ich mir diese Worte gegenüber einem Feind ersparen können, doch Rees ließ es nicht zu diesem Verrat an meiner vallianischen Sache kommen, denn er bellte: »Totrixes sind nichts für mich, Hamun! Ich habe mit dem alten Kov Pereth gesprochen. Er ist einverstanden, daß ich das Regiment neu bilde. Dann werden wir weitersehen.«

Kov Pereth war der kommandierende Pallan an der Nordfront – Oberbefehlshaber der hamalischen Armee in Pandahem.

Obwohl ich mir gesagt hatte, daß es Rees bestimmt an nichts fehlte, hatte ich einen Korb frischer Früchte mitgebracht und überspielte nun meine Verlegenheit, indem ich das Geschenk präsentierte und mich zugleich mit einer Handvoll saftiger Palines versorgte.

Wir aßen eine Zeitlang, dann sagte Rees: »Du wirst uns also nicht begleiten, Hamun, wenn wir wieder in den Kampf ziehen?«

»Nicht, wenn du weiter auf deinen Zorcas bestehst.«

»Nun, dann bleib bei deinen verflixten Totrixes!«

»Nicht, daß ich eine besondere Vorliebe für die Totrix habe – im Gegenteil. Aber es gibt Augenblicke, da einem das Tier sehr nützlich ist.«

In diesem Augenblick eilte ein Arzt in das Zimmer – Dr. Larghos der Nadelstecher – und scheuchte mich mit der Nervosität einer Henne aus dem Zimmer.

Ich rief über die Schulter, ich würde mich am nächsten Tag wieder sehen lassen, und wurde von Dr. Larghos in den Flur hinausbefördert, wobei er mir mit seiner Akupunkturnadel, die er in der Hand hielt, bei seinem Gefuchtel fast ein Auge ausstach.

Das kameradschaftliche Geplauder war ja ganz angenehm – nicht nur eine Pflicht, die ich gegenüber meinen Freunden hatte, sondern auch ein Gebot der Menschlichkeit. Aber es brachte mich in meinen Plänen nicht weiter. Diese Pläne standen zwar auf ziemlich wackligen Füßen und waren sehr einfach – ich bin sehr für die Geradlinigkeit, wenn ich im Notfall auch sehr raffiniert vorgehen kann –, doch ich sah keinen anderen Weg, an das Geld zu kommen, das ich für eine Neubesiedlung des Paline-Tals brauchte.

Bitte bedenken Sie, daß Rees und Chido mich für einen törichten Nichtsnutz hielten, wie Chido einer war, für einen Mann, der im Gegensatz zu Chido ungeschickt war im Umgang mit Rapier und Main-Gauche. Zwar hatte ich bei einem Duell meinen Gegner verwundet, doch man nahm allgemein an, daß es sich dabei um einen Zufall gehandelt hatte. Mein Ruf als Duellant und

Schwertkämpfer war also denkbar schlecht. Die Cliquen des heiligen Viertels behandelten mich durchweg abweisend, verächtlich oder geradeheraus unverschämt. Ich ignorierte sie, hatte ich es doch in diesem Augenblick auf einen einzigen Mann abgesehen. Wer meinen Bericht aufmerksam verfolgt hat, weiß natürlich genau, wer dieser Mann war.

Leotes ti Ponthieu.

Die Aristokraten Ruathytus hatten sich des Rapiers angenommen und versuchten auf ihre Weise, mit den Kampftricks des Jiktars und Hikdars vertraut zu werden. Zu diesem Zweck hatten sie Meister des Schwertes ins Land geholt, hauptsächlich aus Zenicce. Leotes ti Ponthieu war meines Wissens ein hervorragender Mann, der sich als Bravo-Kämpfer in Zenicce hervorgetan hatte und der jetzt sein Geld machte, indem er den jungen hamalischen Heißspornen Waffenunterricht gab.

Er hatte auf Veranlassung Vad Garnaths ein Duell mit Rees ausgefochten und den Löwenmenschen verwundet. Vad Garnath, der mit Rees verfeindet war, hatte vorgeschützt, nicht kämpfen zu können, und die Schiedsrichter überzeugt, so daß Leotes als sein Champion in den Ring gestiegen war.

Sobald mein großartiger Plan gelungen war, gedachte ich, einen Teil des gewonnenen Geldes dazu zu verwenden, das Geheimnis des Cayferm zu ergründen, jener geheimnisvollen Unsubstanz, die sich in den silbernen Paol-Kästen der Voller befand und die Fahrzeuge schwerelos werden ließ.

Wie Sie sehen, war mein Plan bis ins letzte ausgearbeitet. Nun, der Mensch sät, Opaz erntet, so heißt es auf Kregen.

Ich stand nun nicht mehr unter dem Schutz Rees' des Trylon vom Goldenen Winde, der schwer verwundet das Bett hüten mußte. Das war natürlich allgemein bekannt, so daß sich mancher gute Mitmensch Mühe gab, mich denkbar unfreundlich zu behandeln. Da es meine Rolle erforderte, daß ich nach wie vor mit gutmütigem, dümmlichem Grinsen reagierte und die frechsten Bemerkungen tatenlos duldete, kamen diese Männer ungeschoren davon. Ich wollte keine Serie von Kämpfen, sondern einen einzigen großen Schlag.

So wichtig mir der Kampf war, hatte ich doch nicht die Absicht, Leotes ti Ponthieu zu töten, auch wenn das Haus von Ponthieu in Zenicce mit meinem Haus von Strombor bitter verfeindet war. Ein kleiner Stich mit dem Rapier, einige Tropfen Blut genügten, um den Kampf nach den hamalischen Vorschriften siegreich zu beenden.

Schließlich erreichte ich die angesehene Taverne *Der Goldene Talu*. Hier hatte ich vor langer Zeit einen Auftritt mit der hübschen Rosala von Match Urt, die meine Hilfe erflehte, um von Casmas dem Deldy loszukommen. Später hatte ich sie aus seinem Haus befreit, wovon der dicke Geldverleiher aber nichts wußte. Ich hoffte, daß sie in Djanduin eine gute Heimat gefunden hatte.

Im eleganten Speiseraum des *Goldenen Talu* saßen weder Vad Garnath noch Leotes ti Ponthieu, dafür erblickte ich andere, denen ich gern aus dem Weg gegangen wäre: zwei befreundete Stroms, die von vielen Hamalern verabscheut wurden, Strom Lart ham Thordan, den ich beim Duell – scheinbar versehentlich – verwundet hatte, und Strom Hormish na Rivensmot, dessen Frechheit mich auf meine jetzige Rolle als nichtsnutziger Feigling gebracht hatte.

Ich ignorierte die beiden, die mich am liebsten sofort herausgefordert hätten, in dem sicheren Bewußtsein, daß Trylon Rees krank zu Bett lag und ich im Duell kein gleichwertiger Gegner war. Das hätte dazu geführt, daß ich mich ernsthaft wehren mußte, womit meine Rolle geplatzt wäre und mein Coup gegen Vad Garnath keine Erfolgschancen mehr gehabt hätte.

Nach längerer Suche fand ich endlich Vad Garnath; er saß inmitten einer widerlich tobenden Menge in einer Privatarena, schlug brüllend auf die Seitenlehnen seines Sitzes und genoß eine Abart des ruathytischen Kampfsports. Etwa fünfzig Menschen saßen an der luxuriös ausgestalteten Privatkampfbahn, in deren Sand ein Wersting und ein Menschenjäger gegeneinander kämpften. – Wersting gegen Menschenjäger!

Ich, Dray Prescot, muß zugeben, daß mir dieser Anblick das Blut schneller durch die Adern schießen ließ.

Die bösartigen, schwarz-weiß gestreiften Jagdhunde sind für ihre Größe ungewöhnlich wild und gefährlich. Aber gegen einen Menschenjäger? Gegen einen Jiklo, einen Menschen, einen Apim, der genetisch über Generationen hin verändert und noch dazu trainiert worden war, daß er auf allen vieren lief, eine lange, verfilzte Haarmähne auf dem Rücken, die Nägel zu gefährlichen Klauen ausgewachsen, die Zähne spitz und lang! Mit spitzen Ohren, mit wildem Blick, mit einer gedrungenen Nase, die mit unfehlbarer Sicherheit der leisesten Spur folgte! Menschen, Jiklos, doch zugleich Geschöpfe von feinstem Jagdinstinkt und äußerster Wildheit! Ich kannte die Menschenjäger von Antares bereits.* Ich war vor ihnen geflohen, hatte mit einem Holzknüttel gegen sie gekämpft. Mit diesen Wesen hatte ich noch eine Rechnung zu begleichen.

Ich wartete im Schatten der hinteren Reihen; mein Status als Amak und meine prachtvolle Kleidung hatten mir den Zugang zu der Privatarena gesichert. Elten Nath von Maharlad gestattete seinem Kammerherrn, meinen Gold-Deldy entgegenzunehmen und ein Fristle-Mädchen mit einem Kelch Wein herbeizurufen.

»Na, gefällt es dir, Amak Hamun?« Elten Nath lachte. Er war übermäßig dick, und seine Wangen bebten mit jeder Bewegung. Sein Haar spannte sich in dünnen Strähnen über dem schimmernden Schädel.

»Wie bist du nur an einen Jiklo gekommen, Elten Nath?« fragte ich entgeistert.

Er machte eine Handbewegung. »Die Königin, ihr Name sei gepriesen, gestattet es zuweilen einem privaten Horter, ihr einen Jiklo abzukaufen. Sie trägt sich übrigens mit dem Gedanken, eine eigene Jiklozucht einzurichten, damit sie nicht mehr vom Import abhängig ist.«

Der Lärm aus der Arena, eine Folge von Heultönen und schrillen Schreien des Wersting und zischender und schnaubender Knurrlaute des Jiklos, erschwerte das weitere Gespräch. Ich zwang mich dazu, dem Kampf zuzusehen.

Vad Garnath saß neben Leotes inmitten von Freunden in der ersten Sitzreihe. Da Leotes in Garnaths Diensten stand und sich als bester Schwertkämpfer Ruathytus erwiesen hatte, war es ratsam für die führenden Herren, sich mit dem Vad gutzustellen. Sein dunkles Haar war zurückgekämmt und mit Brillanten verziert, seine Wangen waren angemalt. Ringe blitzten an seinen weißen Fingern, und er lachte viel.

Ich möchte Sie nicht mit Einzelheiten des Kampfes zwischen dem Wersting und dem Jiklo langweilen. Es war eine blutrünstige Angelegenheit von unbeschreiblicher Wildheit. Werstings sind gefährliche Tiere. Der Menschenjäger hatte zahlreiche

* *Die Menschenjäger von Antares*, die Saga von Dray Prescot, Band 6.

Kratzer hinnehmen müssen und ein Auge verloren; sein Fell war blutbesudelt. Dennoch siegte er. Der Lärm nahm zu und wurde wieder leiser, dekadente Begleitung zu einem dekadenten Schaupiel. Der Wersting verendete elend – seine Reste wurden in vier Körben aus der Arena geschafft. Aus jedem Korb tropfte dunkles Blut.

»Bei Lem!« rief Vad Garnath bebend und fuhr sich mit einem Seidenhandtuch über das dicke schwitzende Gesicht. »Eine großartige Sache, Elten Nath! Eine hübsche Vorstellung! Ich muß dir gratulieren.«

Elten Nath von Maharlad lachte.

»Es freut mich, daß dir unsere kleine Schau gefallen hat, Vad. Wir spielen mit dem Gedanken, den Menschenjäger gegen einen Chavonth antreten zu lassen.«

»Ein großartiger Plan, mein lieber Nath, wirklich großartig! Vergiß nicht, mich zu verständigen und mir diesen ausgezeichneten Platz zu reservieren.«

»Selbstverständlich nicht!«

»Bei Lem!« rief Vad Garnath noch einmal. »So etwas macht das Leben lebenswert!«

Er gebrauchte den Namen Lem, der noch immer offiziell verboten war. Ich näherte mich seinem Sitz.

Er sah mich.

Er riß die Augen auf. Dann warf er den Kopf zurück und lachte; Schweiß lief ihm über die Stirn, die Edelsteine blitzten in seinem Haar.

»Möge der allherrliche Lem bezeugen, was wir hier vor uns sehen! Den Amak des Paline-Tals! Den Feigling! Nachdem sein Beschützer, der berüchtigte Rees, im Bett herumliegt, kommt der Nulsh zu mir gekrochen, um mich um meine Gunst anzuflehen! Bei Lem! Das ist ein Scherz!«

»Trylon Rees liegt im Bett«, sagte ich, »weil er im Kampf um sein Land schwer verwundet wurde.«

Garnath konnte sich vor Lachen kaum noch beherrschen. »Rees der Löwenmensch, der Arme! Er ist mit eingekniffenem Schwanz vom Schlachtfeld geflohen. Ich weiß es! Er ist ein Feigling und ein Dieb, und meine Augen vertragen seinen Anblick nicht!«

»Dennoch ist er ein Mann, Garnath, was man von dir kaum sagen kann.«

»Was?« Verblüfft fuhr er hoch.

Leotes legte ihm eine Hand auf den Arm.

»Ich spucke ihm für dich ins Gesicht, Vad, wenn du es wünschst.«

Ich starrte Leotes ti Ponthieu in die Augen.

»Du kannst es versuchen, Bravo. Du kannst es versuchen.«

»Ha! Was ist denn das für Gerede! Der jämmerliche Waschlappen hat wohl plötzlich Kampfgefühle?« Vad Garnath traute seinen Ohren nicht. Die anderen anwesenden Edelleute und Horters lauschten eifrig; sie waren sicher, daß ich in diesen Sekunden meinen Tod besiegelte.

»Ich muß sagen, daß ich deinen Anblick eigentlich auch schwer ertrage...«

»Ich – ich bin Vad Garnath! Vergiß das nicht, du mickriger Yetch!«

»*Du* bist hier der Yetch.« Ich sprach leise und gemessen, doch jeder konnte mich verstehen. »Du, Garnath der Schmutzfink, bist ein großmäuliger Prahlhans, ein aufgeblasener Nulsh, ein Yetch, ein stinkender Rast, ein Cramph!« Bei jedem Wort schwollen seine Adern mehr an, sein Gesicht rötete sich im Zorn. »Und dieses Geschöpf, das du dir mietest, damit es die Drecksarbeit für dich macht, der berüchtigte Leotes – er ist ein Kleesh.«

Mit erregt verzerrtem Gesicht stürzte Leotes auf mich zu. Ich versetzte ihm einen Schlag auf die Nase. »Arrangiere das Duell, wie es dir gefällt. Abschaum wie dich sollte man auslöschen, gemeinsam mit eurem üblen Lem.«

8

Gewiß, es war prahlerisch, unter der Würde eines echten Mannes, egoistisch. Aber zugleich war es befreiend, das kann ich Ihnen sagen!

Als ich schließlich Casmas den Deldy aufspürte, wußte er bereits Bescheid, so schnell war die Sensation verbreitet worden.

Nacht lag über Ruathytu, und die Jungfrau mit dem Vielfältigen Lächeln und die Zwillingsmonde spiegelten sich rosagolden im ockerfarbenen Wasser des Havilthytus und in der schwarzen Strömung des Mak-Flusses. Lichter flimmerten überall, und

Lampensklaven geleiteten Gruppen von Horters und Edelleute durch die Straßen. Casmas wohnte im Leuchtenden Viertel, das im Winkel der Kazlili-Mauern mit dem Schwarzen Fluß lag. Hier erhob sich das Gelände zu einem Hügel, den die Mauern umschlossen; außerhalb der Mauern, im Süden, lagen die verstreuten Siedlungen der Clums. Das Leuchtende Viertel auf dem kleinen Hügel war mit Lichtern und Brunnen und Kieswegen ausgestattet, sehr abgeschieden, sehr vornehm, eine Zuflucht für die reichste Klasse der Horters, die es noch nicht ganz bis in den Adel geschafft hatten.

Der Weg führte mich in westlicher Richtung aus dem heiligen Viertel durch eines der zahlreichen Tore in den alten Mauern und über einen der großen Ost-West-Boulevards zum Kyro der Horters. Dieser Stadtteil ist in Parallelstraßen angelegt, die rechtwinklig von den Hauptstraßen abgehen, eine Folge von Häuserblöcken, deren Ausstattung von bequem bis luxuriös reicht. Hier leben die Horters. Am großen Platz wandte ich mich nach Süden über die Brücke Nalgre des Büßers. Ich beeilte mich nun, wandte mich hinter der Brücke scharf nach rechts und folgte der gepflasterten Straße am Südufer des Flusses.

Unmittelbar links von mir ragte das massige Bauwerk des Jikhorkdun der Toth auf. Es war nicht mit dem Großen Jikhorkdun des Nordens zu vergleichen, war aber dennoch von erstaunlicher Größe. Das Geschrei des Publikums stieg in den nächtlichen Himmel empor, das Raunen vieler tausend Menschen, die das nächtliche Spektakel genossen, das im Schein von vielen tausend Fackeln und Lampen ablief.

Den Hang hinauf ins Leuchtende Viertel, auf baumgesäumten Kiespfaden, an denen die Villen lagen, bewacht von Werstings. Endlich Casmas' Haus. Ich kam gerade noch rechtzeitig. Bei meinem letzten Besuch in diesem Viertel hatte ich Rosala befreit, wobei ich mich, angefeuert durch Rosalas Zofe Paline, gegen Werstings und Wächter zur Wehr setzen mußte.

Casmas wollte gerade in eine Preysany-Sänfte steigen, die kostbar ausgestattet war. Wächter standen bereit, ihren Herrn durch die Nacht zu geleiten.

Ich stieß einen Schrei aus und lief los, und ein Wächter wollte mich aufhalten. Ich nahm ihm elegant den Stux ab und steckte den Kopf zwischen die Vorhänge. Der dicke Casmas blickte überrascht auf.

»Amak Hamun! Bei Havil, wir alle waren der Meinung, du seist zu den Eisgletschern Sicces eingegangen!«

»Lahal, Casmas. Vielleicht ist es auch bald soweit.«

»Lahal, Amak – ich habe schon davon gehört. Ich muß mich beeilen. Das Wetten hat bestimmt schon begonnen.«

Kurzentschlossen stieg ich zu ihm in die Sänfte. »Dann begleite ich dich, Casmas. Ich habe viel mit dir zu besprechen.«

»Hast du schon dein Testament gemacht?«

Der Anführer der Leibgarde rief einen Befehl, und die beiden Preysanys setzten sich in Bewegung. Die Kavalkade nahm den Weg, den ich eben zu Fuß gekommen war. Casmas hatte guten Grund, in so großer Entfernung vom heiligen Viertel zu wohnen. Schon mancher junge Dandy hatte es als zu beschwerlich empfunden, die Strecke zu Fuß zurückzulegen, um eine Kreditverlängerung zu erbitten, nachdem er bereits seine Zorca oder seinen Sleeth verkauft hatte und nicht mehr über die Mittel verfügte, eine Preysany-Sänfte oder einen hamithgezogenen Wagen zu mieten.

»Daran habe ich noch gar nicht gedacht«, sagte ich. Geldverleiher Casmas hatte viele der jungen Leute aus dem heiligen Viertel fest im Griff. Die meisten hatten Angst vor ihren Vätern, die über Titel und Vermögen verfügten. Casmas wurde nicht umsonst »der Deldy« genannt. Aus meinem bevorstehenden Duell würde er gutes Geld zu schlagen wissen. »Ich habe einen Plan, Casmas, und du mußt darin eine Rolle übernehmen.«

Er schloß die eingesunkenen Augen und lauschte aufmerksam. Er hatte den Finger am Puls des hamalischen Geldmarktes. Ich sagte ihm, ich hätte Rapierunterricht genommen und bildete mir ein, ich könne gegen Vad Garnath gewinnen. Dementsprechend wollte ich auf mich selbst wetten.

»Wenn du möchtest, Amak.« Die Sänfte ruckelte über das Kopfsteinpflaster; außerhalb der Vorhänge flackerte rosa Lampenlicht. »Aber woher willst du wissen, daß Vad Garnath wirklich zum Kampf antritt?«

»Was Leotes angeht...« Ich sprach nicht zu Ende, sondern ließ Casmas in dem Glauben, ich setzte meine ganze Hoffnung auf einen Sieg über Vad Garnath. Schließlich brachte ich ihn dazu, viele Wetten zu meinen Gunsten anzunehmen.

»Das wird dich einen Haufen Geld kosten, Amak Hamun. Kannst du deine Schulden auch bezahlen?«

»Ja. Das Paline-Tal ist nicht ohne Reichtümer.«

Er brummte vor sich hin. Wir unterhielten uns anschließend über andere Dinge; er erzählte mir, daß er sich mit einer Witwe verlobt habe, deren Mann bei Luftkämpfen in Nivendrin gefallen war, einem der zahlreichen Königreiche und Kovnate zwischen dem Nebelmeer und dem breiten Os-Fluß. »Sie ist gemütlich und dick und fröhlich und eine Ranga. Ihr Mann, der selige Rango, war kein vermögender Mann.« Casmas breitete die plumpen bleichen Finger mit ihrer Last an Goldringen aus. »Aber was will man mehr? Sie hat den Titel, ich das Geld. Mein lieber Amak, ich glaube, daß die Königin, deren Name verehrt sein soll, mir bald das Adelspatent ausstellt.«

»Dazu muß man dir gratulieren, Casmas«, sagte ich. Zumindest war eine dicke lustige Witwe eine passendere Braut für Casmas als die hübsche Rosala von Match Urt. Allerdings interessierten mich seine Privatangelegenheiten nicht allzu sehr, so daß ich ihn bat, mir von anderen Dingen zu berichten. Es hatte den Anschein, daß das Bestreben Hamals – meiner Meinung nach kein bloßer Ehrgeiz mehr, sondern der schiere Wahnsinn –, die Grenzen des Reiches gleichzeitig nach Süden, Westen und über das Meer nach Norden auszudehnen, vorübergehend festgefahren war. Dieser Gedanke machte mir allerdings keine Freude, denn der westwärtige Vorstoß über die Berge war in den Grenzscharmützeln mit Wilden steckengeblieben, und den Marsch über den Os-Fluß, die natürliche Südgrenze Hamals, hatte man bewußt gestoppt, nachdem Nivendrin in fester Hand war.

Hier wurde zunächst eine neue Grenzlinie etabliert und gehalten. Dies machte es möglich, die verbleibende hamalische Kampfkraft nach Norden zu richten – gegen die Insel Pandahem.

Und nach Pandahem kam Vallia!

»Südlich des Os leben seltsame Menschen«, fuhr Casmas fort und schüttelte den Kopf. »In erstaunlichen Traditionen verhaftet, äußerst ungewöhnlich.« Nun, das glaubte ich ihm gern. Der größte Teil des riesigen Havilfars mit seinen Kriegen, mit der komplizierten Politik, mit all den Rassen aus Menschen und Halbmenschen, das gesamte Gebiet, das aus ersichtlichen Gründen ›Land der Dämmerung‹ genannt wurde, war mir völlig unbekannt. Sicher bekam ich eines Tages Gelegenheit, auch diese Landstriche zu besuchen und mir die Überreste der Zivilisation der Dämmerung anzusehen.

Doch hier und jetzt mußte ich mich auf ein Duell vorbereiten.

Casmas war der Meinung, daß die Ruathyter lebhaft wetten würden – eine Einstellung, die mich überraschte. »Es gibt doch sicher keinen, der mir gegen Leotes eine Chance einräumt!« Ich berichtigte mich hastig. »Gegen Garnath natürlich!«

Er lachte leise. »Normalerweise stimmt das schon. Doch Leotes ist so berühmt, daß er seit seinem Kampf gegen Rees nur in wenige Duelle verwickelt gewesen ist. Die Wetten werden sich um die Kunstfertigkeit drehen, mit der er dich erledigt.« Casmas hustete. »Entschuldige bitte, Amak. Aber so ist die Welt nun einmal.« Und wieder breitete er bedauernd die dicken bleichen Hände aus.

»Nun, für mich sollst du auf Sieg wetten, ohne Sonderabsprache. Wenn du jemanden findest, der auf eine bestimmte raffinierte Methode setzen möchte, mit der ich Leotes um die Ecke bringen soll, sag mir Bescheid. Ich werde das berücksichtigen.«

Er warf mir einen verwirrten Blick zu.

»Ich spüre eine seltsame Veränderung in dir, Amak Hamun. Du redest, als rechnetest du damit, ungeschoren aus dem Kampf hervorzugehen.«

»Soweit es die Wetten betrifft, Casmas, werde ich gewinnen!«

Er zog es vor, nicht zu antworten. Er schien meine Worte für bloße Prahlerei zu halten, und ich war es zufrieden, eine Zeitlang den Mund zu halten.

Um die Wahrheit zu sagen, hatten die Vorbereitungen des Duells mein Interesse an der Sache bereits erlahmen lassen. Ich sehnte mich danach, Nulty die dicken Gold-Deldys in die Hand zu drücken, damit er seine Anhänger zusammenrufen und zum Paline-Tal aufbrechen konnte, während ich mich daran machte, das Geheimnis des Cayferm zu ergründen. Wie ich das erreichen sollte, wußte ich noch nicht; vielleicht blieb mir nichts anderes übrig, als mich mit Gul Ornol in Verbindung zu setzen und ihn von neuem zu bestechen.

Der Rest der Nacht verging mit weiteren Vorbereitungen: Der Kampfsaal mußte gemietet werden, Wetten waren unterzubringen, wobei sich die Quoten immer mehr zu meinen Ungunsten verschoben, als den Leuten klarwurde, daß ich törichterweise einen Ausgang zu meinen Gunsten für möglich hielt.

Casmas versuchte mich zurückzuhalten, als ich immer mehr Wetten annahm. In einer weinstinkenden Taverne schwenkte ein Mann seinen Zinnkrug und wettete, daß ich es nicht schaffte, Leotes' Hosen mit dem Rapier so zu zerschneiden, daß sie ihm in Streifen vom Leibe fielen.

»Ich halte dagegen«, sagte ich und dachte noch rechtzeitig daran, töricht zu lächeln und zu kichern. »Ich zahle dir auf deinen Einsatz bis zu tausend Deldys!«

Casmas hielt den Atem an. Der halb betrunkene Mann, Jefan aus Nulvosmot, einer nicht allzu sauberen Stadt aus dem Nordosten des Hauptkontinents, verschüttete seinen Wein. »Tausend Gold-Deldys?« fragte er und sah mich mißtrauisch an. »Kannst du denn dafür einstehen?«

»Vielleicht besser als du.«

»Ich besitze Fischfabriken, Tangfabriken und mehr Sklaven als, als...« Erregt hielt er inne und trank von seinem Wein. »Also gut!« rief er. »Tausend! Casmas ist mein Zeuge.«

»Abgemacht!«

Und so ging es weiter. Ich nahm eine Wette nach der anderen an. Die Hamaler waren wie die Chanks des Binnenmeeres; gierig schnappten sie nach dem letzten Blutstropfen. Casmas schüttelte den Kopf und notierte die Wetten, von denen er natürlich eine Provision abbekam. Auf dem Wege zur nächsten Taverne raunte er mir zu: »Amak – du kannst die Wetten unmöglich bezahlen! Damit übertrittst du das Gesetz!«

»Ich kann bezahlen, Casmas. Mach dir keine Sorgen! Deine Aufgabe ist es, die besten Quoten zu erzielen.«

So ging es die ganze Nacht hindurch. Dabei war ich durch Vad Garnaths Sekundanten noch nicht einmal formell zum Kampf gefordert worden!

Dies geschah früh am nächsten Morgen. Ich erwachte aus leichtem Schlaf, als Nulty die beiden Männer hereinführte. Die Angelegenheit wurde ganz sachlich besprochen. Rapier und Main-Gauche? Aber gern. Schluß beim ersten Blutstropfen, wie es das Gesetz vorsah? Wieso, wünscht sich denn der Rast von Garnath einen Kampf bis zum Tode? Er spielt mit dem Gedanken. Dann sagt dem Cramph, daß es mir egal ist, ob er sich nach dem Gesetz richten will. Wie du wünschst. Nein, meine braven Freunde, wie *ihr* wünscht, denn ich gebe mich mit dem ersten Blutstropfen zufrieden und werde dann zu kämpfen aufhören.

Der Vad dagegen, so hätte ich seine Sekundanten verstanden, will bis zum Ende kämpfen. Er oder Leotes, beides elende, feige Cramphs!

Die beiden herausgeputzten Nichtsnutze wußten bald nicht mehr, was sie sagen sollten. Doch schließlich war alles besprochen, und sie gingen wieder. Sie wetteten sogar mit mir privat, jeder um fünfhundert Deldys, daß ich verlieren würde und auf welche Weise Leotes mich fertigmachen würde.

»Nun, Herr«, sagte Nulty. »Ich weiß zwar, daß du ein Schwertkämpfer bist – doch seit gestern bist du auch ein Prahlhans.«

»Das ist wahr, Freund Nulty. Aber schließlich verfolge ich damit einen Zweck.«

Während des Tages erreichte uns das Gerücht, daß Vad Garnath angesichts der Ernsthaftigkeit des Duells einen Sondererlaß erwirkt hatte, wonach der Kampf notfalls sogar bis zum Tode fortgesetzt werden konnte. Die strengen hamalischen Gesetze galten natürlich auch weiterhin, doch der Erlaß nahm ihnen den Stachel. Dies bedeutete, daß der Vad oder Leotes mich ungestraft töten konnte. Ich ließ ausrichten, daß ich mich mit dem ersten Blutstropfen zufriedengeben würde.

Nach einigen Stunden erfuhr die Angelegenheit eine interessante Wende: Zwei weitere Sekundanten meldeten sich bei mir an. Sie kamen von Leotes ti Ponthieu, der mich aus eigenem Antrieb zum Duell herausforderte. Ich nahm sofort an. »Ich kämpfe mit den Rasts, einzeln oder zusammen!« brüllte ich den beiden davonhastenden Männern aus dem Fenster der Schänke nach.

So benahm sich bestimmt kein vornehmer Herr – doch ich fühlte mich seltsam erfrischt...

Mit meinem Gehabe hatte ich den Eindruck erweckt, ich sei fort gewesen, um Rapierunterricht zu nehmen, und hielte mich nun in meinem halbbetrunkenen Zustand für unbesiegbar. Jede andere Erklärung wäre meinem Ziel abträglich gewesen. Jeder Ruathytuer hielt Leotes für den besten Schwertkämpfer der Stadt, der mit meinen neugewonnenen Fähigkeiten schnell ein Ende machen würde. In einer Beziehung hatten sie recht: Er war der beste Kämpfer von den Herumtreibern des heiligen Viertels. Sie kennen meine Ansicht über Schwertkämpfer. Ich habe ein bestimmtes Alter und eine gewisse Geschicklichkeit erreicht, doch mir ist stets bewußt, daß ich vielleicht eines Tages auf einen Mann stoße, der mit dem Schwert besser umgeht als ich. Wenn dieser Tag heranrückt, werde ich vermutlich den großartigsten Kampf meines Lebens bestehen. Leotes konnte dieser Mann sein. In Ruathytu war er noch nicht besiegt worden, nicht einmal von Rees. Im Grunde setzte ich wirklich einiges aufs Spiel. – Leichter Verdienst hatte Leotes von Zenicce nach Ruathytu gelockt. Wie ich zwischenzeitlich erfahren konnte, lag ein Grund für seine Auswanderung auch darin, daß er nicht Hauschampion der Ponthieus geworden war, was bedeutete, daß es in Zenicce zumindest einen Bravokämpfer gab, der besser war als er – und der für Ponthieu kämpfte; mochte Drig sich um ihn kümmern!

Der Abend des Duells rückte heran. Ich hatte vorher Rees und Chido besucht, ohne ein Wort über die Angelegenheit zu verlieren. Aber sie wußten natürlich Bescheid. Ihre Sorge bedrückte mich. Ich konnte keine Erklärungen anbieten und mußte mich darauf beschränken, ihnen zu sagen, daß sie sich keine Sorgen machen sollten – eine sinnlose Aufforderung, bei Vox! –, und ich würde sie am nächsten Tag wieder besuchen. Chidos Vater sollte kommen, außerdem wurde Rees' Frau mit den Zwillingen erwartet. Diese Nachricht überraschte mich nicht, hatte ich doch vermutet, daß Rees Ehemann und Vater war.

»Ah! Hamun! Warte, bis du meinen Jungen gesehen hast, den kleinen Reesnik! Er ist siebzehn, ein Prachtbursche! Und dann meine liebe Saffi!« Seine buschige Mähne schimmerte im Licht der untergehenden Sonnen, das durch das offene Fenster hereindrang.

»Seit er von dem Besuch erfuhr, spricht er von nichts anderem mehr«, sagte Chido.

»Und das gehört sich auch so, Fambly! Meine Frau, die wunderbare Rashi, und mein kleiner Roban kommen ebenfalls. Auf so eine Familie, das sage ich dir, alter Junggeselle, kann man stolz sein!«

Und damit hatte Rees natürlich recht. Als Trylon hatte er die Aufgabe, für einen Nachfolger zu sorgen, auch wenn sich jeder kregische Titelhalter seinen Posten erst erkämpfen mußte.

Der Duellsaal war ausverkauft, und noch immer machten die Wetter neue Geschäfte. Die Edelleute und Horters und ihre Damen füllten die Ränge bis auf die letzten Stehplätze. Die Kampfbahn in der Mitte war sogar etwas verkleinert worden, um noch eine zusätzliche Stuhlreihe unterzubringen. Die Samphronöllampen verbreiteten ein angenehmes gelbes Licht. Ich machte den Schiedsrichter auf das zu kleine Duellfeld aufmerksam. Ehe er antworten konnte, schaltete sich Vad Garnath verächtlich ein:

»Um so weniger Gelegenheit hast du zur Flucht, du Yetch!«

Ich antwortete nicht.

Meine Freunde waren gekommen und natürlich auch meine Feinde. Ich hatte mir keinen Sekundanten genommen, was der Schiedsrichter durchaus verstand. Nath Tolfeyr fungierte als mein Helfer, doch ohne die Verpflichtung, in den Ring zu treten, sollte ich ausfallen. Die Vorbereitungen wurden abgeschlossen. Erregtes Stimmengewirr war zu hören. Die Menschen wetteten darauf, wie Leotes oder Garnath mich zerstückeln würde. Niemand verschwendete einen Gedanken an die Möglichkeit, daß ich vielleicht den ersten Blutstropfen holte.

Ich hatte darauf bestanden, daß sich Casmas neben Nath Tolfayr an mein Ende der Matte setzte. Noch immer strömten ihm die Wetten nur so zu, die er persönlich in seinem dicken Buch notierte. Neben Casmas saß eine kleine rundliche Frau, deren modisch geschlitzter Rock dicke weiße Schenkel zur Schau stellte. Ich nickte ihr zu. Sie stieß einen leisen Schrei aus und ergriff Casmas am Arm, der sich aber nicht ablenken ließ.

»Fünfhundert Deldys, die Quote ... Ja, meine Liebe? Mach dir keine Sorgen. Es ist alles in Ordnung.« Und er drehte sich um und akzeptierte bescheidene hundert Sinvers darauf, daß Leotes mir das linke *vor* dem rechten Ohr abschneiden würde.

Ich wußte, daß die Wetter mit den großen Einsätzen vorher mit Leotes gesprochen und ein genaues Programm arrangiert hatten, nach dem ich planmäßig verstümmelt und massakriert werden sollte. Diese Wetten in der letzten Minute kamen von kleinen Fischen, die keine Ahnung hatten.

Ich mußte zahlreiche Spott- und Buh-Rufe über mich ergehen lassen. Die parfümduftenden, geschminkten Nichtsnutze machten sich über mich lustig. Alle wußten, daß ich ein Schwächling und ein Feigling war, was ich hundertmal bewiesen hatte, indem ich jedem Streit aus dem Weg gegangen war, indem ich eine Beleidigung überhört hatte, indem ich auf eine Duellherausforderung nicht reagiert hatte. Und jetzt prahlte ich mit den Dingen, die ich Leotes antun wollte, jetzt setzte ich große Summen auf mich selbst. Nun, so hieß es auf den Rängen, wenn ich verlor, mußte ich blechen. Wenn ich die Wetter getäuscht hatte, konnte ich – wenn ich es überlebte – damit rechnen, den Rest meines Lebens in den Himmlischen Bergwerken zu verbringen, bei Havil dem Grünen!

Leotes trat vor.

Er hatte sich für die purpurbraunen Ponthieufarben entschieden, was ihn zum Liebling des Publikums machte, führte die Königin doch Gelb und Purpur in ihrem persönlichen Wappen. Ich begnügte mich mit einer einfachen schwarzen Hose, die bis zu den Knien reichte, mit Stiefeln und einem weißen Hemd, von dem ich den größten Teil der Rüschen heruntergerissen hatte. Außerdem hatte ich mir eine scharlachrote Schärpe um die Hüfte gewunden. Bei Makki-Grodnos wurmzerfressenen Eingeweiden! Diese Farbe sollte den Dummköpfen in den Augen brennen!

»Ach, Garnath!« sagte ich laut in den Lärm. »Du schickst also zuerst deinen Lakaien vor! Keine Sorge, du Rast! Ich werde dich voller Freude noch persönlich auf die Hörner nehmen!«

»Stinkender Yetch!« brüllte er mit hochrotem Gesicht aus seiner Loge.

Der Richter forderte mich auf, mich würdevoller zu verhalten, wie es dem ernsten Anlaß entsprach.

»Würde ist etwas für Männer!« rief ich. »Nicht für Nulshes wie diese Calsany-Köter!«

Nun, solche Worte waren die rechte Würze, um das Blut in Wallung zu bringen. Die notwendigen Formalitäten wurden rasch erledigt. Leotes war ein viel zu guter Schwertkämpfer, um sich durch so etwas anstacheln zu lassen. Er blieb ruhig und kühl professionell. »Ich werde dich zerstückeln, Onker Hamun, wie du es verdienst!«

Wir kreuzten die Klingen.

Ich spürte sofort die Kraft seines Handgelenks und versuchte herauszufinden, wie gut er wirklich war. Natürlich hatte ich das beste Rapier und die beste Main-Gauche mitgebracht, die Delia mir geschenkt hatte. Die Klingen klirrten und kreischten, glitten einander entlang, trafen sich, trennten sich. Er begann eine energische, doch im Grunde einfache Serie von Angriffen und Passagen. Ich konterte alle wie aus dem Lehrbuch. Er lächelte. Er hatte sagen hören, daß ich fort gewesen war und Unterricht genommen hatte, und interpretierte meine Paraden als die Standardreaktionen eines eifrigen Schülers. Nun setzte er etwas mehr Druck dahinter. Wieder wehrte ich ihn mühelos ab. Wenn er sich schließlich ernsthaft bemühte, wenn es wirklich ernst wurde, würde ich es wissen.

Unsere Füße stampften in perfekter Linie hin und her. Unsere Körper verharrten im Gleichgewicht, unsere Arme bewegten sich nach Vorschrift, Rapier und Dolch im korrekten Winkel. Die Zuschauer hatten zuerst noch laut gebrüllt, rechneten sie doch damit, daß Leotes kurzen Prozeß mit mir machen würde. Jetzt wurden sie langsam stiller und verfolgten schließlich atemlos den Kampf. Ich hielt mir Leotes vom Leibe und ließ meinen Dolch schließlich ein Stück vom Weg abkommen, um dem Gegner eine Chance zu bieten. Er sah die Gelegenheit sofort, fintete und griff an. Ich, der ich einen sauberen Stich erwartet hatte mit einem anschließenden Hieb auf mein schutzlos sich darbietendes Ohr, brachte mein Rapier im letzten Augenblick hoch und hieb den Dolch zur Seite, der sich meiner Brust näherte.

Er sprang zurück, überrascht, daß er nicht getroffen hatte.

Ich fluchte. Er hatte die letzten Rüschen meines Hemdes abtrennen wollen, ein hübsches kleines Spektakel für die Zuschauer, der Anfang der Schnippelei, die das Publikum erwartete. Ich konnte es mir nicht leisten, dem Mann weitere Blößen zu geben. Im nächsten Augenblick griff er ernsthaft an, und ich erfuhr, wie gut dieser Bravokämpfer aus Zenicce wirklich war.

Er war gut, sehr, sehr gut.

Er war so gut, daß er schnell erkannte, daß sein Gegner ein Meister mit dem Rapier war. Ein gespannter Ausdruck trat in seine Augen. Er versuchte es mit einfachen Angriffen, mit komplizierten Serien von Vorstößen; ich kannte sie alle und wehrte sie ab. Bis jetzt hatte ich noch nicht angegriffen. Die Klingen klirrten und sirrten, unsere Füße stampften hin und her, und allmählich begannen wir schwer zu atmen.

»Los, Leotes!« brüllte ein frustrierter Zuschauer. »Nimm ihn endlich auseinander!«

»Ja, bei Havil! Wir wollen Blut sehen!«

Die Klingen prallten aufeinander, Dolch und Rapier, Rapier und Dolch.

Leotes gab die Versuche auf, mich stückchenweise zu erledigen; jetzt kam es ihm nur noch darauf an, mich möglichst schnell auszuschalten und dem Kampf ein Ende zu machen. Ich wehrte ihn ab, trieb ihn zurück und leitete meinen ersten Angriff ein. Wie gesagt, er war sehr gut. Er überlebte die Attacke, doch jetzt stand ihm der Schweiß auf den Nasenflügeln, und sein Mund klaffte weit, er atmete schwer. Seine Hose war fortgeschnippelt, wie es meiner Wette mit Jefan entsprach.

Mit anmutigen, vorsichtigen Bewegungen ließ ich meine Klinge in seinen linken Arm sinken.

»Erster Blutstropfen!« rief ich.

»Nein! Nein!« tobte die Menge. »Bis zum Tode!«

Leotes starrte mich mit bleichem Gesicht an. Er tat mir leid. Ich war durchaus bereit, die Sache als erledigt anzusehen und mich um Garnath zu kümmern. Doch schon stürmte der Bravokämpfer aus Zenicce vor, offenbar nicht entscheidend verwundet, denn die linke Hand hielt noch immer den Dolch. »Nein!« rief er. »Bis zum Tode!«

Ich ging um ihn herum, umkreiste ihn. Es folgte eine schnelle Passage, und er taumelte zurück. An seiner Schulter schimmerte dunkles Blut.

Ich blickte zum Schiedsrichter: »Erster und zweiter Blutstropfen!« rief ich. »Bitte bezeuge das! Ich möchte den Mann nicht töten. Gemäß den hamalischen Gesetzen lehne ich die Verantwortung für seinen Tod ab – diese Verantwortung kommt ihm allein zu!«

»Töte ihn, du Dummkopf!« kreischte Garnath. »Töte ihn, Leotes!« Er beugte sich zur Seite und flüsterte einem Sklavenmädchen etwas zu. Sie trug ein graues Lendentuch und ein Wams aus Silberstoff und hatte die Aufgabe, ihn mit würzigem Wein zu versorgen. Ich fuhr zurück. »Willst du sterben, Leotes?«

»Ich werde dich töten, Rast!«

Und er versuchte es.

In der Absicht, den armen Onker zu schonen, schlug ich spielerisch seine Angriffe zurück, und als seine Main-Gauche schwächer wurde, stieß ich vor und wollte ihn am Schenkel treffen, was ihm das Weiterkämpfen unmöglich machen würde. Aber er versuchte ganz besonders raffiniert zu sein, wandte sich zur Seite und duckte sich, um mich mit einem langen, nach oben gerichteten Stich zu erledigen, wobei er sich mit der linken Hand auf dem Boden abstützte. Mein Rapier drang ihm in die Kehle.

Er zuckte zurück, wand sich an meiner Klinge und taumelte

zu Boden, als ich die Waffe zurückzog. Ich beugte mich über ihn, ehe seine Sekundanten zur Stelle sein konnten. In der Erkenntnis der fürchterlichen Wahrheit starrte er mich an. Sein Herz pumpte helles Blut auf den Boden. Er vermochte kaum noch zu sprechen.

»Wer – bist – du?«

Ich beugte mich zu ihm hinab. Er hatte die Antwort verdient. »Du kennst das Haus Strombor, Leotes von Ponthieu?«

Er nickte. Offenbar bekam er kein Wort mehr heraus. In seinen Augen stand ein seltsamer Schimmer.

Leise fuhr ich fort: »Ich bin Lord von Strombor.«

Im nächsten Augenblick starb er – Leotes, Schwertkämpfer, Schwertmeister des Hauses Ponthieu, Bravokämpfer aus Zenicce.

Es herrschte ein unbeschreibliches Durcheinander. Ich erinnerte mich an meine Seemannsstimme und brüllte aus vollem Hals in den Lärm: »Garnath der Kleesh! Garnath der Stinkende! Komm in den Ring, Garnath, wehre dich deiner Haut!«

Ich war ein rechter Onker – immer mußte ich übertreiben.

Ich nahm das Glas Wein, leerte es mit einem Zug und warf es nach Nath Tolfeyr. Dann kehrte ich in die Mitte der Kampfmatte zurück und wartete.

Sekunden später erschien Vad Garnath. Er galt als vorzüglicher Schwertkämpfer; dennoch waren ringsum viele Menschen verzweifelt bemüht, ihre abgeschlossenen Wetten zurückzunehmen und jetzt auf mich zu setzen.

Ich blickte den Vad an und sagte laut, damit es alle Zuschauer auf den Rängen hören konnten: »Du hast davon gesprochen, mit mir bis zum Tode zu kämpfen. Ich bin einverstanden. Ich kämpfe für meinen Freund Trylon Rees vom Goldenen Winde. Du bist nicht der Mann, der...« Plötzlich verstummte ich. Eine schwindelerregende Woge der Schwäche überflutete mich. Vad Garnath lächelte. Er ließ sein Rapier hin und her zucken, angeberisch, selbstsicher, stolz.

»Was wolltest du gerade sagen, Amak?«

»Beim Schwarzen Chunkrah! Du – du hast...«

»Bis zum Tode, nicht wahr, Amak Hamun, Prahlhans, Feigling...«

Schwankend stand ich da; mein Rapier machte unkontrollierbare Bewegungen; meine Umgebung schien sinnlose

Sprünge zu vollführen. Der Schweinehund hatte mir etwas in den Wein getan! Die Sklavin! Ich kannte das Gift nicht, doch es sollte mir offenbar allmählich Kräfte und Gleichgewichtssinn rauben. Ich taumelte und nahm mich zusammen. Der Raum begann um mich zu kreisen; die Gesichter verschwammen.

Der Schiedsrichter rief zum Kampf auf. Garnaths Rapier zuckte vor, und irgendwie hielt ich meine Klinge dagegen. Stahl prallte klirrend aufeinander; es dröhnte mir wie Glockengeläut in den Ohren.

Im nächsten Augenblick kämpfte ich verzweifelt um mein Leben – nicht nur gegen die tödliche Klinge, sondern auch gegen ein immer stärker werdendes Schwindelgefühl, das mich zu überwältigen drohte.

9

Garnaths Klinge flammte vor meinen Augen, ein zuckender Silberstreifen, der sich in mein Gehirn brannte. Ich hatte das Gefühl, als heulte ein Werstingrudel an meinen Fersen und versuchte mich zu Boden zu ziehen. Die Ränge der Zuschauer waren verschwommen und schienen wie ein Schiff zu schwanken. Befand ich mich an Bord einer Brigatte vor Brest?

Mein Instinkt als Kämpfer rettete mir das Leben, wehrte Garnaths Stahl immer wieder ab.

Er drängte auf eine Entscheidung, wußte er doch, daß das Mittel bald voll wirken würde, das mir die gehorsame Sklavin in den Wein getan hatte. Dem Schiedsrichter und den Zuschauern konnte es nicht entgehen, wenn ein Schwertkämpfer ohne Wunde zu Boden sank. Er mußte mich also möglichst schnell erledigen. Ich nahm alle Kraft zusammen und unterdrückte die Übelkeit, das Schwindelgefühl, und mein Handgelenk wurde ein wenig sicherer, so daß ich einen heftigen Angriff zurückschlagen und sogar einen Gegenschlag einleiten konnte.

Garnath sah mich überrascht an.

Einen Augenblick lang standen wir dicht voreinander, die vier Klingen waren verschränkt in den Himmel gehoben. Ich starrte ihn an.

»Du Kleesh, Garnath! Ich werde dich jetzt nicht töten, sondern dich am Leben lassen, damit du in Angst und Schrecken lebst vor meiner Rache!«

»Prahlerischer Yetch! Du kannst gewiß sein, daß ich dich aufspieße!«

Sein Rapier wand sich aus der Parade und zuckte auf meine Rippen zu, während er zurücktrat, um Platz zu machen für seinen ausgestreckten Arm. Mein Dolch senkte sich mit qualvoller Langsamkeit, doch die Klinge lenkte Garnaths Stahl zur Seite. Eine Sekunde später, eine Sekunde näher, und er hätte mich an der Brust verletzt und den ersten Blutstropfen erzielt, womit meine Wetteinsätze verloren gewesen wären, unabhängig davon, wer später getötet worden wäre.

So konnte es nicht weitergehen.

Wenn ich sage, daß ich all die geheimen düsteren Energien meines Geistes und meines Körpers aufbot, tue ich den mystischen Disziplinen der Krozairs von Zy unrecht, die mir zu Hilfe kamen und mich retteten. Ich sammelte meine Willenskraft, ich beschwor die Vision des Gegners als durchsichtige Gestalt herauf, als wäre es allein mein Wille, der mir Arm und Auge führte, der mir eine unerklärliche Vorahnung von Garnaths Bewegungen vermittelte. Diese Disziplinen entsprangen langer Verinnerlichung und ausgedehnter Waffenübungen auf der Insel Zy, wohin ich während meines langen Aufenthalts am Auge der Welt immer wieder zurückgekehrt war, um die Fähigkeiten aufzufrischen, die ich in meinem ersten Jahr völliger Konzentration dort gelernt hatte. Das Dasein als Krozair von Zy ist ein ständiger Prozeß, ein Vorgang, der erst aufhört, wenn man sich schließlich auf die lange Reise zu den Eisgletschern Sicces begibt.

In meiner Konzentration erschien mir Vad Garnath plötzlich als ganz durchsichtig, als weit entfernt; ich sammelte meine Willenskräfte, formte daraus ein einziges kraftvolles Werkzeug und vermochte damit für kurze Zeit bei klarem Bewußtsein zu bleiben, meine Klinge zu packen und den Kampf zu Ende zu bringen.

In schnellem, wildem Angriff trat Garnath vor, fintend, angreifend, zustoßend, zuschlagend. Ich stemmte mich ihm entgegen, blendete ihn mit meinem Rapier und schlug ihm den langen, schmalen linkshändigen Dolch auf den rechten Schenkel. Dann trat ich zurück.

»Erstes Blut!« glaubte ich zu brüllen; in Wirklichkeit konnte ich nur noch krächzen.

Garnath stand einen Augenblick lang reglos da und kam mir wie ein onkerischer Calsany vor. Dumpf starrte er auf den Streifen Blut, der auf seinem Hosenbein sichtbar wurde.

»Geh zu Boden, du Rast!« sagte ich.

Er versuchte von neuem anzugreifen und taumelte, sein Bein stützte ihn nicht mehr. Er stürzte.

Ich stand vor ihm. Er zwang sich auf Hände und Knie hoch und sah mich mit verdrehtem Kopf an. Auf seinem Gesicht dämmerte eine schreckliche Erkenntnis.

»Du bist eine Schande für diese Welt, Garnath! Die Ehre Trylon Rees' ist wiederhergestellt, doch die deine existiert nicht mehr. Du bist beschämt, Garnath! Runter mit dem Gesicht – oder ich durchbohre dich!«

Er gehorchte.

Ich war nicht gewillt, meine Verkleidung aufzugeben, indem ich etwa einen Kampfschrei ausstieß, der mich verraten hätte. Ich hatte mir große Mühe gegeben, die Rolle des Amak Hamun aufzubauen; ich gedachte diese Anstrengung nicht so einfach zunichte zu machen, denn es gab noch viel zu erreichen für Vallia. Ich taumelte vor. Bestimmt erdröhnte jetzt der Saal vom Geschrei der Menge, doch ich bekam nichts davon mit. Ich bückte mich und säuberte vorsichtig meine Main-Gauche an Garnaths Rüschenhemd, wobei ich ihn zu mir herzog, um besser an ihn heranzukommen. Er lag zitternd am Boden. Auch ich bebte.

Es ist nicht meine Art, eine blutbeschmierte Klinge in die Waffenscheide zu stecken, die mir meine Delia geschenkt hat.

Der Lärm in meinem Kopf hatte nichts zu tun mit dem Toben der Menge ringsum. Die Matte schwankte unter mir. Ich trat zurück, und irgend jemand packte mich am Ellenbogen. In einem immer kleiner werdenden Blickfeld, das von schwarzen und purpurnen Schatten eingeengt wurde, sah ich Garnaths Sekundanten, die sich um den Vad kümmerten. Ich versuchte den Kopf zu schütteln. Ich spürte, ich sah, ich fühlte... dann ergriff die Dunkelheit Notor Zans von mir Besitz.

Ich erwachte in Rees' kleiner Villa, in einem Bett, das zwischen die beiden Invaliden geschoben worden war – wir lagen wie drei verwundete Soldaten in einem Lazarett nebeneinander.

»Dank Havil, daß du endlich wach bist, Hamun!« Rees

wirkte erstaunlich munter. Seine goldene Löwenmähne schimmerte. Chido lachte leise. Die beiden machten sich daran, mir ausführlich zu schildern, was geschehen war.

Nulty war aufgelöst zu Rees gekommen. Garnaths Männer hatten die Schänke *Kyr Nath und die Fifi* überfallen und versucht, mich zu entführen. Rees' Loyalität zu mir als Mensch fand keinen klareren Ausdruck als in jenem Augenblick. Er hatte sofort eine Gruppe seiner Bediensteten losgeschickt, woraufhin es in den schmalen Straßen des heiligen Viertels zu einem heftigen Kampf gekommen war. Rees' Leute hatten sich mit Garnaths Männern geprügelt. Rees schüttelte seine Mähne.

»Der Rast hatte seinen großartigen Ringer geschickt, Radak den Syatra. Als Radak erkannte, daß er gegen meine Leute kämpfen sollte, weigerte er sich. Garnath war vielleicht der Ansicht, ihn dürste nach Rache, weil ich ihn in einem fairen Kampf besiegt hatte. Inzwischen habe ich Radak auf die Ebenen des Goldenen Windes geschickt – wofür uns ein Prozeß wegen Entführung eines Bediensteten ins Haus steht. Aber das sind bloße Kleinigkeiten neben der Sensation, die du ausgelöst hast, Hamun!«

»Und ob!« rief Chido. »Wie hast du das nur geschafft? Wo hast du den Umgang mit dem Rapier gelernt, Hamun? Wir haben ja die widersprüchlichsten Geschichten gehört!«

Ich antwortete, ich hätte auf meiner Wanderschaft einen Schwertmeister getroffen, der nach Zenicce reisen wollte und der mir ein paar Tricks beigebracht hatte.

Mehr verriet ich nicht. Ich versprach lediglich, daß ich einige der erstaunlichen Tricks weitergeben würde, was natürlich durchaus möglich war. Es gibt beim Rapierkampf bestimmte mechanische Bewegungsabläufe, die in jeder Situation nützlich sind; doch das Herauskehren des Willens, die intuitive Reaktion auf eine Attacke, die noch gar nicht richtig begonnen hat, hat nichts Mechanisches an sich – hier liegt die wahre Kunst, das innere Wesen des Schwertkampfes.

Als ich mich nach Casmas dem Deldy erkundigte, deutete Rees auf eine dicke eisengefaßte Lenkholztruhe in der Ecke.

»Voller Gold, Hamun!« sagte er. »Wir haben die Münzen noch nicht gezählt, aber der alte Casmas schwört, der Betrag sei komplett – natürlich abzüglich seiner Provision.«

»Und die tausend von Jefan ti Nulvosmot, für den ich Leotes die Hosen abgeschnitten habe?«

»Alles da – abzüglich Casmas' Provision!«

»Natürlich!«

Sie lachten und freuten sich über mein Glück.

All meine Besitztümer waren herangeschafft worden. Nulty hatte den Umzug beaufsichtigt und galt inzwischen als bevorzugter Bediensteter im Haushalt des Numin Rees ham Harshur, Trylon des Goldenen Windes. Als Gentlemen hatten der Trylon und der Amak darauf verzichtet, einen Blick in meine Lenkholztruhen zu werfen. Das erfüllte mich mit Erleichterung, denn einige meiner Besitztümer waren so offensichtlich vallianischen Ursprungs, daß ich sie schlecht hätte erklären können. Wenn ich es bedauerte, die beiden Freunde täuschen zu müssen, so mußte ich dieses Gefühl auf das noch tiefergehende Bedauern abstellen, daß die Widersinnigkeiten des Schicksals und die verrückten ehrgeizigen Pläne der Herrscher uns trennten – von der Nationalität her verfeindet, auf persönlicher Basis aber Freunde.

Als ich erst einmal zu Bewußtsein gekommen war und wieder essen und trinken konnte, ließ die Wirkung des Betäubungsmittels schnell nach. Rees nickte, als ich ihm davon erzählte.

»Eine üble Sache«, sagte er. »Mir ist berichtet worden, was du vor allen Leuten zu Garnath über mich gesagt hast. Dafür danke ich dir, Hamun.«

»Und das Mittel?«

»Memphees. Gewonnen wird es aus der Rinde des Memphbaums, mit einer Anreicherung durch den Kaktus Trechinolc. Das Mittel breitet sich langsam im Körper aus und raubt einem allmählich Kräfte und Verstand. Wenn das Mittel reichlich gegeben wird, kann man daran sterben.«

Ich verzog das Gesicht. »Leider müssen wir wohl weiter mit diesem Cramph rechnen.«

»Wir können nichts gegen ihn unternehmen. Es gibt keinen Beweis dafür, daß er dir das Mittel eingegeben hat, denn sicher hat der Rast inzwischen seine Sklavin ermordet. Casmas hat vielleicht etwas gesehen, aber es wäre ein Risiko für ihn, zuviel zu sagen.«

Trotz der umfassenden hamalischen Gesetzgebung waren wir im Kampf gegen Vad Garnath auf uns selbst angewiesen. Er war reich, das war allgemein bekannt, und führte das stolze »ham«

in seinem Namen, einen Zusatz, der ihn als Abkömmling einer der ältesten Familien Hamals auswies. Er war Garnath ham Hestan, Vad von Mittel-Nalem, einem Vadvarat westlich der Schwarzen Berge, in denen der Schwarze Fluß entspringt. Daß er seine Zeit lieber in der Hauptstadt verbrachte, zeigte lediglich, daß er ein vergnügungssüchtiger Mann war, der sich einen solchen Lebensstil leisten konnte. Daß er kein Regiment in den Krieg geschickt hatte, wurde mit einer gewissen Zurückhaltung gesehen und mochte im weiteren Verlauf des Krieges zu immer deutlicherer Kritik führen. Sicher mußte er deswegen bald etwas unternehmen. Rees lachte leise vor sich hin und sagte, der Rast habe davon gesprochen, er wolle eine Schwadron kleiner Flugboote zusammenstellen oder eine Flotte Himmelsschiffe ausstatten. – Ich war unruhig. Der Arzt wollte mich erst nach einem ganzen Ruhetag aus dem Bett lassen, und ich mußte hier liegen und mir vorstellen, was in der großen Welt passierte. Das Gerede über Regimenter und Himmelsschiffe verbitterte mich. Meine Valkaner und Vallianer brauchten dringend Voller! Die Exemplare, die wir vor Ausbruch der Unruhen in Hamal gekauft hatten, waren besserer Schrott, denn die Hamaler hatten uns Krasny-Ware verkauft, Voller zweiter Wahl, die im Betrieb sehr störanfällig waren. Kurz nach meinem Ausflug auf die Erde, wo ich Alex Hunters' Geschichte nachgegangen war, hatte ich in meinem Königreich Djanduin Befehl gegeben, sechs Paare Flutduin-Vögel – Flugtiere mit breiten gelben Flügeln und gefährlichen schwarzen Schnäbeln – in Vollern nach Valka zu bringen und Delia zum Geschenk zu machen. Sie wußte, was mit den Tieren zu tun war. Bis zum hamalischen Angriff blieb uns in Valka nicht die Zeit, eine eigene Rasse Sattelvögel zu züchten, doch ich hatte ein tausendjähriges Leben vor mir und Zeit genug, viele ähnliche Pläne zu verwirklichen, die in meinem Kopf schlummerten.

»Du träumst ja!« bellte Rees. Beim fröhlichen Klang seiner Stimme hob ich den Kopf und entdeckte eine Gruppe von Numins an der Tür, die in einem Gewirr aus wehenden Bändern und wogenden Haarschöpfen losstürmten und Rees freudigbrüllend begrüßten.

»Rashi!« sagte er begeistert nach der ersten Lahal-Begrüßung und umarmte seine Frau mit einer Energie, die Dr. Larghos veranlaßte, nervös von einem Fuß auf den anderen zu treten. Dann kam sein ältester Sohn an die Reihe, der mögliche Erbe des Trylonats, der junge Rees. Dann seine Zwillingsschwester Saffi. Und schließlich der jüngere Sohn Roban. Ich muß sagen, diese Familie brachte Leben in unser Krankenzimmer!

Larghos sah mich besorgt anœ

»Rees, du Löwenmensch!« brüllte ich, so laut ich konnte. »Willst du mir die Freude vorenthalten, deiner Familie Lahal zu sagen?«

Rees schwenkte die Arme und stellte mich und Chido vor. Nach einiger Zeit setzte sich Larghos durch und scheuchte den Besuch hinaus. »Euer Vater braucht Ruhe! Wenn ihr so weitermacht, brecht ihr ihm noch alle Rippen und laßt seine Wunden wieder aufplatzen!«

»Ruhe, du alter Quacksalber!« brüllte Rees, doch ich sah, daß der Arzt recht hatte. Sein Gesicht hatte eine ungesunde gelbe Farbe. Er war immer noch sehr krank, und all die Aufregung schwächte ihn.

Später kam es zu einem ruhigeren Gespräch mit seiner Familie. Seine Frau war eine charmante, vornehme Dame. Seine beiden Söhne waren wohlgeraten, und Rees ließ mit siebzehn bereits erkennen, daß er in den Fußstapfen seines Vaters wandelte. Ich kümmerte mich besonders um den jungen Roban, damit er nicht das Gefühl hatte, übergangen zu werden. Er besaß natürlich noch keine Mähne, doch er hatte blitzende braune Augen, und mir gefiel die Art und Weise, wie er seine Meinung äußerte. Ich spielte mit ihm eine Partie Jikaida, während sich Rees mit dem älteren Sohn unterhielt, der einige Zeit später von seiner Schwester Saffi abgelöst wurde.

Die junge Dame war wirklich bemerkenswert. Numins besitzen einen ähnlichen Körperbau wie Fristles, stammen doch beide von hominiden Katzenrassen ab. Doch während sich eine Fifi anschmiegsam und verführerisch-sinnlich gibt, ist eine junge Dame der Numin aus anderem Holz geschnitzt. Eine Numin besitzt dieselben Eigenschaften, ähnelt aber mehr einer vornehmen Löwin. Auch besitzt sie keine Barthaare, und ihr Gesichtsfell ist weich und glatt unter dem Schopf des prachtvollen goldenen Haars.

Chidos Laune verbesserte sich merklich, als sein Vater, der Vad, und seine Schwester Chelestima, ein faszinierendes Mädchen mit dunklem Haar und hellen Wangen, zu Besuch kamen.

Sie war dem Vater sichtlich ergeben. Die Mutter der Familie war vor einiger Zeit gestorben, so daß sich der alte Vad voll auf das Mädchen verlassen mußte. Ihre Kleidung wirkte in meinen Augen auf den ersten Blick teuer, aber langweilig und wenig modisch. Nach der Begrüßung kam der Vad sofort zum Thema: »Wieviel hast du durch den Sieg des Amak gewonnen, Chido?«

Chido geriet ins Stottern und gestand schließlich, daß er gar nicht gewettet habe.

»Dann bist du immer noch der Onker von früher!« Der alte Knabe war noch gut in Schuß; starr und aufrecht saß er da, seine schwarze Kleidung mit den Silberornamenten wies ihn als bedeutsamen hamalischen Horter aus. »Der Amak war dein Freund, so hat man mir berichtet, und es gab viel Geld zu gewinnen. Du hast dir wieder einmal eine Gelegenheit entgehen lassen, mein Junge. Das Geld fällt nicht gerade von Fluttrellflügeln herab.«

»Jawohl, Vater.«

Für einen Augenblick will ich mich auf die Bemerkung beschränken, daß Chidos Vater, der Vad von Eurys, ein Mann war, wie ich ihn mir nicht zum Gegner wünschte. (Eurys liegt in einer Ausbuchtung der Küste in Südost-Hamal gegenüber Niklana, einer kleinen Insel nördlich von Hyrklana). Ich werde über den Vad von Eurys später mehr zu sagen haben.

Sie können sich vorstellen, daß der Haushalt von all den Besuchern ziemlich durcheinandergebracht wurde. Ich rief, bis mir eine Sklavin meine Sachen brachte und ich mich anziehen konnte. Ich bewaffnete mich mit einem Thraxter, warf mir die hellgrüne Jacke um die Schultern und entfloh dem Durcheinander.

Die Sache mit Nulty wurde abgewickelt, so schnell es das Gesetz erlaubte. Aus dem gewonnenen Schatz sicherte ich mir einen Teil, der für meine weiteren Pläne ausreichte: Ornol war ein Gul, und der Anblick von Gold verängstigt die armen Leute oft.

»Wie willst du ins Paline-Tal gelangen, Amak?«

»Wenn ich komme, bin ich da, Nulty. Der Transport ist mein Problem.«

Die Anwälte Hamals sind reich und eingebildet und immer beschäftigt. Nulty wurde als Crebent des Paline-Tals ordnungsgemäß bestätigt. Aus vielen Gründen tat es mir leid, ihn zu verlieren, was er auch spürte. Doch das Leben besteht aus Begrüßungen und Abschieden, aus Lahals und Remberees...

Ich wurde amtlich von jeder Schuld am Tode Leotes' freigesprochen; die Regeln, nach denen wir gekämpft hatten, waren klar gewesen. Am gleichen Tag ließ ich den Namen ham Farthytu im Palast der Namen einmeißeln.

Ich hatte einen Thraxter mitgenommen, jene robuste Hieb- und Stichwaffe, die in Hamal gebräuchlich ist, weil ich Belästigungen befürchtete. Doch man ließ mich an dem Tag in Ruhe. Die Herumtreiber aus dem heiligen Viertel nahmen sich vor mir in acht und klopften mir höchstens kumpelhaft auf die Schulter oder luden mich zu einem Kelch Wein ein.

Ich fuhr mit einem Amithwagen ins Viertel der Horter und über die Brücke Nalgres des Büßers. Ich mußte mich bei Casmas für seine Mitwirkung bedanken. Zwar mochte ich Bankiers im Grunde nicht, denn sie sind auf nichts anderes als ihren Profit bedacht. Nun, auf die eine oder andere Weise achtet jeder Mensch auf seinen Vorteil, wenn auch weniger schamlos. Casmas empfing mich zuvorkommend und erzählte mir im Verlauf unseres Gesprächs, daß er sein Adelspatent in naher Zukunft erwartete. Seine Ehe mit der Ranga, der lustigen Witwe, hatte nicht zur Folge, daß er automatisch Rango wurde. Er hoffte Amaknik oder, wenn er Glück hatte, Elten zu werden.

»Meine Glückwünsche, Casmas.« Ich sagte nichts über meine wahren Gedanken: Je mehr Geld er Königin Thyllis lieh und je mehr er bereit war, Zinshöhe und Rückzahlungstermine mit einer gewissen Großzügigkeit zu handhaben, desto besser standen seine Chancen, bald zum hohen Adel zu gehören. Das wußte er natürlich auch, der alte Fuchs.

Ich trank meinen Tee und ging.

Auf dem Rückweg zur Brücke begleiteten mich die Schatten des großen Aquädukts, der aus dem Süden kommend über die Stadtmauern hinweg in der Nähe des Toth-Jikhorkduns vorbeiführte. Sklaven waren damit beschäftigt, Wasser in die Arena zu pumpen. Ich dachte an die riesigen Wasserräder in den Höhlen unter der Zitadelle von Mungul Sidrath. Ich seufzte und wanderte gedankenverloren weiter.

»Endlich habe ich dich gefunden, Amak Hamun! Lem sei gepriesen!« Vor mir stand Nath Tolfeyr, der einen sehr beunruhigten Eindruck machte. Eine Hand ruhte auf seinem Rapier, die andere hatte er vor den Mund gelegt.

Ich setzte bereits zu einer abweisenden Antwort an, doch Nath packte meinen Arm und sagte hastig: »Benimm dich ganz natürlich, Hamun! Wir sind dir für Rees einen Gefallen schuldig – Garnath ist in seinem Zorn wirklich unberechenbar. Er würde dich insgeheim foltern lassen. Du bist verloren, wenn wir dich nicht retten! Du mußt mich sofort zum Herrlichsten Tempel Lems des Silber-Leem begleiten! Nur das kann dich noch retten!«

10

Ich, Dray Prescot, Prinz Majister von Vallia und nomineller Hohepriester im Dienste Opaz' des reinen Geistes der Unsichtbaren Zwillinge, verzichtete darauf, diesen Anhänger Lems ins Gesicht zu schlagen.

»Beeil dich, Hamun, beeil dich! Deine Freunde werden sich natürlich größte Mühe geben, dir zu helfen, doch Garnath hat seine Spione überall!«

Er drängte mich in die verwirrenden Schatten des Aquädukts. Hoch über uns plätscherte das Wasser, und die Geräusche der arbeitenden Sklaven waren zu hören – das traurige Klappern der Bronzeeimer, das dumpfere Pochen der hölzernen Bottiche.

»Was ...« Ich war weniger schockiert als angewidert.

»Kein Wort, Hamun! Deine Freunde ... Nun, wir wußten natürlich alle, daß du siegen würdest. Lem ist jetzt deine einzige Hoffnung. Beeil dich, sag nichts, bleib dicht bei mir!«

Mir kam der Gedanke, daß es vielleicht ganz nützlich war, mehr über den monströsen Lem zu wissen. Bisher beschränkten sich meine Kenntnisse auf einige Informationsbrocken und die Dinge, die ich in Migla gesehen hatte – und auf die Charaktereigenschaften jener Männer, von denen ich wußte, daß sie das widerliche Leem-Ungeheuer anbeteten.

Ich zwang mich zur Ruhe und eilte neben Nath her.

Er war kein übler Bursche; immerhin hatte er als mein Sekundant gedient, wenn er sich auch geweigert hatte, notfalls für mich in die Arena zu steigen, was ich ihm kaum zur Last legen konnte. Er wurde von Rees als Freund anerkannt, der Lem ansonsten energisch ablehnte und sich bei seinen Flüchen lieber auf Krun verließ. Ich überlegte mir, daß ich vielleicht am Anfang eines interessanten Abenteuers stünde, und folgte Nath Tolfeyr in die Schatten.

Der Herrlichste Tempel war geschickt versteckt, das muß man den Leem-Freunden lassen! Wir eilten im Schatten des Aquädukts dahin und überquerten ein Ödgebiet voller Baumaterialien, gebrauchter Hölzer, kaputter Fahrzeuge und Flugboote und erreichten schließlich eine Öffnung, die gar nicht weiter auffiel, bei der es sich um eine Öffnung zwischen zwei alten Backsteinhaufen zu handeln schien. Der Durchgang war jedoch der Beginn einer Treppe, die steil in die Tiefe führte.

»Ich habe auf dich gewartet, denn ich wußte, daß du zu Casmas wolltest. Dies ist mein Tempel; es gibt andere, von denen ich nichts weiß.«

»Gehen wir nach unten, Nath. Vielleicht bin ich dort wirklich sicher, wie du sagst.«

Er lachte. Sobald die Tür hinter uns zugefallen war, schienen seine Sorgen verflogen zu sein. Wir eilten die Treppe hinab. »Oh, wir wollen dich hier nicht verstecken, Hamun. Nein, bei Lem! Vad Garnath ist einer der unseren, zumindest dem Glauben nach – aber das ist auch die einzige Gemeinsamkeit.«

Ich glaubte ihn langsam zu verstehen, was mir ganz und gar nicht gefiel. Doch ich hatte mich nun einmal auf dieses Abenteuer eingelassen; jetzt wollte ich es auch durchstehen.

Am Fuß der Treppe endete die Dunkelheit; eine Fackel warf schwaches Licht auf die schmutzigen Wände. Eine Lenkholztür ging auf, und wir traten hindurch. Der Durchgang wurde von einem Bleg bewacht, dessen Fledermausgesicht gut zu der Umgebung paßte. Er hatte den Thraxter blank gezogen und trug einen Schild über der Schulter. Der Mann trug eine ganz normale Swod-Uniform mit Brustpanzer und Bronzerock und Beinschienen. Der Helm wies keine Symbole auf und war braun mit silbernem Besatz. Waren das die Farben Lems?

Wenn ich die Menschen, die ich hier kennenlernen sollte, Leem-Freunde nenne, so soll das nicht bedeuten, daß sie gleichzusetzen wären mit den Shanks oder Shants, jenen gefährlichen Piraten von der anderen Seite der Welt, die ich ähnlich bezeichnet habe. Bei ihnen ist der Name abwertend gemeint, während es sich hier um die Ausübenden einer von mir verabscheuten Religion handelte.

»Bleib still, Hamun. Sage nichts. Wir sind spät dran.«

Wir standen vor einem hohen braunen Vorhang mit Silberquasten. Vorsichtig teilte Nath den Stoff und blickte hindurch. Dann gab er mir einen Wink, und wir traten ein.

Die riesige Höhle war natürlichen Ursprungs, mußte aber später erweitert worden sein. Aus einem Winkel sickerte dunkles Wasser herab; wir befanden uns in der Nähe des Schwarzen Flusses. Am Höhlendach tanzten Schatten, vom trüben Licht qualmender Fackeln geworfen. Unangenehmer Weihrauchgestank lag in der Luft. Mindestens hundert Menschen knieten auf dem Steinfußboden und sangen eintönig vor sich hin, erhoben sich, gingen wieder in die Knie und warfen sich schließlich flach hin – sie alle schienen von einem hysterischen religiösen Fieber befallen zu sein.

Hoch über dem Altar schimmerte die monströse Silberdarstellung eines Leem.

Das Gebilde mußte von der Schwanzspitze bis zu dem bösartig aussehenden Kopf mit dem drohend aufgerissenen Maul mindestens zwanzig Fuß lang sein. Die achtbeinigen Leem sind unglaublich gefährliche Katzenwesen. Sie besitzen einen weichen Pelz und einen keilförmigen Kopf mit Fängen, die sogar Lenkholz durchschlagen können. Die mit Krallen bewehrten Tatzen können den Kopf eines Menschen wie eine verfaulte Frucht zerquetschen. Wieselartig von Gestalt, doch von der Größe eines ausgewachsenen Leoparden, ist der Leem ein äußerst gefährliches Raubtier, mit dem ich, wie Sie wissen, schon meine Erfahrungen gemacht hatte.

Priester verschiedener Ränge, deren braun-silberne Roben mit Gold verziert waren, standen auf den Plattformen. Ein schwarzer Basaltblock bewies mir, daß zumindest einige Gerüchte über Lem der Wahrheit entsprachen. Ein hoher Eisenkäfig auf der anderen Seite stand offen, und vor dem Altar flackerte zischend ein Feuer. Schatten huschten wie Fledermäuse durch die riesige Höhle. Übelkeiterregender Leemgestank lag in der Luft, kaum verdeckt durch den verschwenderischen Einsatz von Weihrauch.

»Auf die Knie, Hamun, um Lem willen!«

Jetzt!

Wäre ich noch der Dray Prescot gewesen, der sich im Blumengarten des Opalpalastes von Zenicce Prinzessin Natema

Cydones von Esztercari gegenübersah, während er mit Beleidigungen überhäuft wurde, während seine Delia einem schrecklichen Schicksal ins Auge blickte... Nun, das ist eine alte Geschichte, die mich noch immer in Erregung versetzt, wenn ich nur daran denke.*

Natema war inzwischen mit meinem guten Freund Prinz Varden Vanek aus dem Hause Eward verheiratet, und ich, Lord von Strombor, hatte meine Delia geheiratet. Ich war nicht mehr derselbe Dray Prescot. Ich hatte versucht, jene Leidenschaften zu zügeln, die zu oft von mir Besitz ergriffen. Neuerdings versuchte ich zu überlegen, ehe ich handelte. Der alte Dray Prescot hätte sich niemals vor einer heidnischen Gottheit verbeugt. Heute aber siegte ich über mich selbst. Ich kniete nieder. Während ich diese Worte in das Mikrofon des Tonbandgerätes spreche, ist mir bewußt, daß ich auch später wieder die gleiche ungestüme Torheit offenbarte wie in meiner Jugend – manchmal schlage ich eben um mich und verteile Kopfnüsse, ehe ich einen klaren Gedanken fasse...

Nath Tolfeyr seufzte erleichtert, als er neben mir auf die Knie fiel.

Die Atmosphäre des Schreckens steigerte sich. Die Gesänge waren in einer künstlichen Sprache gehalten, die ein Gewirr von Dialekten und Neologismen zu sein schien. Die wundersame Sprachpille der Savanti machte mir die Worte verständlich – doch der Text ließ mich erschaudern. Wie Nath schon gesagt hatte, kamen wir spät.

Was von dem kleinen Mädchen noch übrig war, wurde der Silbergottheit zum Opfer dargebracht. Der Mann mit der silbernen Leem-Maske über dem Gesicht hielt den kleinen Leichnam in die Höhe, Blut tropfte herab. Opfer für den Gott! *Gott*! Was für ein Gott! Dieser widerwärtige Kult war das Erbrochene eines kranken Geistes...

Wären wir gekommen, ehe das Kind geopfert wurde, hätte ich mich niemals still auf die Knie fallen lassen; es wäre mir gar nicht möglich gewesen, selbst wenn mein Leben davon abgehangen hätte.

Die gespenstische Feier ging weiter, das hysterische Gemurmel der Stimmen, die sexuellen Riten der Priester, die den Got-

* *Transit nach Scorpio*, die Saga von Dray Prescot Band 1.

tesdienst abschlossen. Ich spürte, daß meine Hand am Thraxter lag. Vielleicht hatten mir die Herren der Sterne die Aufgabe gestellt, mich um den Silber-Leem-Kult zu kümmern. Sie hatten mich nicht umsonst nach Kregen geholt, das vierhundert Lichtjahre von der Erde entfernt war.

»Bleib hocken!« flüsterte Nath Tolfeyr, als ich mich mit ihm erheben wollte.

Er schlich davon. Wenige Murs später war er zurück; ihm folgte ein Mann in einer braunsilbernen Robe, eine breite Leem-Maske vor dem Gesicht, in der Hand eine Peitsche und auf der Brust ein Halsband mit der obszönen Darstellung eines Silber-Leem in geschlechtlicher Erregung.

Silber ist ein Metall, das mir gefällt. Hier wurde dieses Metall entschieden mißbraucht.

Auf einen Wink des Priesters hin folgten wir ihm in eine Seitenkammer, wo Lampen einen Altar mit einer kleineren Leem-Figur beleuchteten, einen schwarzen Basalttisch, auf dem eine Sammlung von Bronzemessern mit seltsamen Knochengriffen lag.

Uns folgten zehn Männer und Frauen. Auch sie trugen Masken, die aber kleiner waren. Ich erkannte einige von den Leuten – Herumtreiber und Dirnen aus dem heiligen Viertel. Sie alle kannten mich.

Die Spannung steigerte sich womöglich noch mehr, und unangenehmer Weihrauchgestank wehte durch die Tür herein.

Es war heiß.

»Nehmt ihm die grüne Jacke ab!« befahl der Mann mit der silbernen Leem-Maske. »Nehmt ihm das Ding ab und verbrennt es!«

Ich wollte schon protestierend den Mund aufmachen, als mir Nath, der eine Silbermaske aufgesetzt hatte, einen energischen Rippenstoß versetzte. Sein Gesichtsschutz war nicht so groß und prachtvoll wie der des Priesters, doch eindrucksvoller als die schmalen Augenmasken der übrigen.

Die nun folgende Zeremonie möchte ich lieber nicht im einzelnen beschreiben. Sie erfüllte mich zutiefst mit Abscheu. Man zog mich aus. Nach einiger Zeit waren alle nackt – nur die Masken hatte man nicht abgenommen. Eine Maske verleiht ein starkes Gefühl der Macht. Sie verbirgt das Individuum, schafft Anonymität und ermöglicht es so einer Person, in eine Rolle zu schlüpfen, die zu spielen sie normalerweise nie bereit wäre.

Die Blasphemien gegen Opaz wurden mit einer Begeisterung geäußert, die mich zu der Überzeugung brachte, daß diese Menschen der Vernichtung anheimgegeben waren. Hätten sie von Zair gewußt und ihn in ihre Verdammungen einbezogen, wäre ich wohl gewalttätig geworden. Aber wie die Dinge standen, vermochten sie den wahren Kern meines Glaubens nicht zu berühren.

Während der Zeremonie wurde ein erhitztes Eisen gebracht. Das Brandzeichen war sehr klein und hatte die Form des kregischen Buchstabens *L*. Dieses Zeichen wurde an der Hüfte eingebrannt. Ich ließ die Prozedur über mich ergehen, wußte ich doch, daß sich dank des Taufbads im Zelph-Fluß solche Brandmale mit der Zeit auswachsen würden. Die Atmosphäre verdichtete sich. Gesänge wurden angestimmt. Zur Opferung wurde ein Hühnchen verwendet, was mich doch einigermaßen erleichterte. Mein Körper, mein Haar wurde mit dem Blut bespritzt. Frauen rieben mir die Flüssigkeit in die Haut. Nun, ich bin schon durch manches Blutbad geschritten, wie es so schrecklich heißt. Mich berührte die Zeremonie nicht.

Nun wurden mir die Regeln, die Strafen, die Verpflichtungen verlesen. Sobald jemand zum Glauben Lems bekehrt war, sollte er es sein Leben lang bleiben. Es gibt auch auf der Erde törichte Geheimgesellschaften dieser Art, in denen mit großem Tamtam mit Messern gefuchtelt und ein Schwur getan wird, um blödsinnige kleine Geheimnisse zu wahren. Die fanatischen Gefolgsleute Lems des Silber-Leem blufften nicht – sie hätten mich jederzeit freudig umgebracht, sollte ich sie verraten. Lem der Silber-Leem war für diese Menschen eine sehr reale Erscheinung, ein schrecklicher, mächtiger Einfluß auf ihr Leben. Unter dem Schutz Lems konnte der Gläubige Reichtum und Glück erwarten und zu jedem Vollmond eine Orgie.

Selbst wenn man die drei kleineren Monde Kregens abzieht und die Zwillinge naturgemäß als ein Himmelskörper zu sehen sind, blieben noch genügend Gelegenheiten. Mir wurde langsam übel; der Gestank des Weihrauchs machte mir ernsthaft zu schaffen.

Ich will mir den Rest ersparen.

Nun war ich also ein Jünger Lems und wurde in eine andere Höhle gebracht. Hier setzte man sich zum Trinken und Tanzen nieder. Das rituelle Element trat in den Hintergrund, die Atmosphäre wurde immer gelockerter, einige paarten sich bereits ungeniert, die Feier geriet zu einer Orgie, wie man sie in mancher heruntergekommenen Dopataverne Kregens zu vorgerückter Stunde finden konnte.

Man gab mir eine Silbermaske, die ich anlegte, um meinen Abscheu zu verbergen.

So stellte ich mir mein religiöses Leben wahrlich nicht vor – gleichgültig, was die Herren der Sterne mir befehlen mochten. Schon vorher hatte ich diesen Götzendienst nicht gemocht – jetzt verachtete und verabscheute ich ihn aus tiefstem Herzen. Wer mochte wissen, wie viele arme Kinder schon zur Opferung gekauft oder entführt worden waren? Ein Sklavenkind wurde kaum vermißt, und ein fehlendes Kind in den Clumstädten außerhalb der Stadtmauern würde kaum Aufsehen erregen. Eine Mutter würde eine Zeitlang verzweifelt herumirren und überall nur Achselzucken begegnen.

Mit der Silbermaske hatte ich eine kurze braune Tunika angelegt. Ich saß neben Nath Tolfeyr an einem Tisch und kostete von dem Wein, der so grauenhaft süß und schwer war, daß man ihn nur mit Wasser vermischt trinken konnte. Als das Singen begann, brachte ich es nicht über mich, mitzusingen, denn es handelte sich um obszöne Reime über die Taten Lems – doch als ich Naths Stirnrunzeln bemerkte, gab ich einige unmelodische Töne von mir.

Hier saß ich also, scheinbar entspannt, neben mir ein hübsches Shishimädchen, singend und trinkend. Plötzlich blickte ich auf und sah eine stämmige Gestalt zwischen den Tischen näherkommen. Sie war in eine braunsilberne Tunika gekleidet und trug einen Krummdolch an Silberketten. Ich erkannte ihn trotz der silbernen Maske.

»Wir haben einen neuen Gläubigen, Hyr-Majister. Der Mann ist ein Gewinn für unsere Gemeinschaft.«

Vad Garnath starrte mich durch die Schlitze seiner Silbermaske an, und ich sah seine Augen blitzen wie die Augen eines Leem.

»Ich verstehe.« Seine Finger spielten an dem Dolch herum. Er schien der einzige hier zu sein, der eine Waffe trug.

»Du hast klug gehandelt Hyr-Jik.«

»Ich hatte das Gefühl, daß es zu unserer aller Vorteil war.«

Vad Garnath vermochte meinen Anblick nicht länger zu ertragen und machte kehrt. Nath lachte leise vor sich hin.

»Er hat dich ›Hir-Jik‹ genannt«, bemerkte ich.

»Ja. Die höheren Ränge heißen wie draußen. Aber es verbergen sich auch andere Bedeutungen dahinter.«

Nath Tolfeyr war also ein Eingeweihter. »Jik« ist die Abkürzung des bekannten »Jiktar«, wie ich es oft benutzt habe, »Del« steht für »Deldar«, »Hik« für »Hikdar« und »Chuk« für »Chukdar«. Nath gewährte mir damit einen Einblick in die Hierarchie dieses schaurigen Kults, und ich ahnte etwas von altvertrauten Intrigen und Eifersüchteleien, wie es sie überall gab. Als Hyr-Majister hatte sich Vad Garnath unbeliebt gemacht. Nachdem ich nun Mitglied des Geheimkultes geworden war, vermochte er mich nicht mehr direkt anzugreifen oder mich umbringen zu lassen; insoweit hatten Nath Tolfeyr und die anderen, die sich für meine Freunde hielten, richtig gerechnet. Aber ich glaubte Männer wie Vad Garnath ein wenig besser zu kennen. Es mochte ratsam sein, mich in die Riemen zu stemmen und zum Sturz Garnaths beizutragen.

Dann hielt ich inne. Ich durfte das Cayferm nicht vergessen! Ich mußte all diese Sinnlosigkeiten hinter mir lassen! Morgen wollte ich den Gul Ornol aufsuchen und ihn bestechen. Diesmal gedachte ich die Information notfalls mit Gewalt aus ihm herauszupressen; so leicht sollte er mir nicht wieder davonkommen.

»Wann ist die Feier zu Ende, Nath – ich meine, Hyr-Jik?«

»Wenn der letzte eingeschlafen ist. Aber wenn du willst, kannst du jetzt schon gehen.«

»Ja, ich möchte gehen.«

Er stand auf. Die Bewegung schien ein Signal zu sein, denn andere taten es ihm nach, so daß wir uns in einer geschlossenen Gruppe den Garderoben näherten, um dort unsere Alltagskleidung anzulegen. Meine grüne Jacke war verschwunden.

»Die grüne Farbe ist hier verboten«, sagte Nath. »Und der Name dessen, der das Grüne trägt, wird hier nicht ausgesprochen.« Er meinte Havil, dessen Name hier nicht erwähnt werden durfte, während man den Namen Opaz in den Schmutz zog. Das war nun wirklich interessant – es zeigte, wovor man sich hier fürchtete!

Die meisten Teilnehmer an der Feier würden wohl bis zum frühen Morgen bleiben. Wir würden nacheinander in Gruppen zu zweit aus dem Ausgang schlüpfen. Die meisten hatten Sklaven und Preysany-Sänften warten lassen – allerdings in sicherer Entfernung vom Ödland. Als wir Anstalten machten, unsere Silber-Dominos an die vorgesehenen Stellen zu legen, erblickte ich den Mann, der meine Einführungszeremonie geleitet hatte. Es war Strom Dolan.

Ich habe schon berichtet, daß ich Strom Dolan für einen peniblen Schwertkämpfer hielt, der sich selbst zu hoch einschätzte. Jetzt erkannte ich den Grund für diese Selbsttäuschung.

Auf der Treppe nahm er meinen Arm.

»Wir haben dich gerettet, Hamun, wegen der Freundschaft, die wir für dich und Trylon Rees empfinden. Leider weigert *er* sich, unserer Gemeinschaft beizutreten. Und auch du hast den Namen des allherrlichen Lem beschmutzt, als du gegen Vad Garnath kämpftest.« Er hob den Finger. »All das muß jetzt vergessen sein; jetzt bist du ein Jünger Lems und siehst den wahren Weg vor dir.«

Nath begann zu husten, und mir ging plötzlich ein Licht auf. Nath Tolfeyr hatte Strom Dolan gesagt, ich wünschte zum Glauben Lems überzutreten. Damit hatte er mich gerettet. Warum?

»Ich werde daran denken, Strom Dolan.«

Er fuhr ein wenig zusammen, als ich seinen richtigen Namen verwendete – in der Lem-Hierarchie war er ein Hyr-Prinz-Chuk. Doch wir hatten den Tunnel inzwischen verlassen und standen im Licht der Sterne und der Monde.

Wir gaben uns die Hand – doch nicht auf hamalische Art. Wir sagten uns gute Nacht und nicht Remberee. Unsere Bewegungen und Worte waren Symbole des Lem-Ritus. Natürlich alles Kinderei, doch wenigstens erhielt ich auf diesem Wege wertvolle Kenntnisse über das notwendige Pappattu. Ab sofort sollte es mir keine Schwierigkeiten mehr machen, einen Lem-Freund zu erkennen!

Nath sagte, er wolle mich begleiten. Mit etwas Glück fanden wir vor dem Toth-Jikhorkdun einen Lampen-Clum. Das massige Bauwerk erhob sich vor den Sternen. Losgelöst von den Ereignissen des Abends wandten sich meine Gedanken dem Inselreich Hyrklana und der Hauptstadt Huringa zu. Im dortigen Jikhorkdun hatte ich als Kaidur gekämpft – als Hyr-Kaidur!

Nath schilderte mir begeistert die letzten Spiele aus dem Jikhorkdun, die Kämpfe von Kaidur gegen Kaidur, von Coy gegen Raubtier – und all die Erinnerungen an das Amphitheater stiegen in mir auf. Ich warf einen Blick auf den Clum, der uns mit der Fackel vorausging, ein ausgemergelter junger Mann mit einem großen Haarschopf. Über dem schmutzigen grünen Lendentuch waren deutlich seine Rippen zu sehen. Er lebte vermutlich in einem Dreckloch in einem der Vororte und wartete abends sicher oft vergeblich auf Kundschaft, der er dann hilflos ausgeliefert war, wenn es um die Bezahlung ging. Der übliche Preis war ein Ob pro Ulm. Einige der vornehmen Herren Ruathytus hielten es für einen guten Witz, dem Lampenmann einen Toc zu geben, eine Kupfermünze, die kaum ein Sechstel dieses Preises ausmacht, oder ihn womöglich mit Drohungen und Fußtritten fortzujagen.

Wir suchten Nath Tolfeyrs Haus auf; er hatte nichts dagegen, daß ich bei ihm übernachtete. Ein alter Soldat schläft auf nacktem Boden so gut wie anderswo. Ich wollte Rees' Haushalt so spät nicht mehr stören und nahm daher Naths Einladung an. Nath überließ es mir, den Lampenmann zu bezahlen, und verschwand im Haus. Der Mann senkte seine Fackel, die er sofort ausmachen würde. Fackeln kosten Geld; allein kam er auch im Dunkeln zurecht.

»Wie heißt du, Lampenmann?« fragte ich.

»Naghan, wenn's beliebt, Notor.«

»Nun, Naghan, hier sind sieben Ob.«

Er nahm freudig die Münzen entgegen, die das Doppelte des fälligen Lohnes darstellten. »Und hier ist ein Silber-Sinver. Ich habe plötzlich alle Freude am Silber verloren.«

»Vielen Dank, Notor! Möge Havil dir gnädig sein, Notor!« Er hätte weitergeplappert, wenn ich mich nicht abgewandt hätte. Ich kam mir wie der größte Onker auf zwei Welten vor und knallte wütend die Tür hinter mir zu.

11

Nachdem ich am Morgen ein ausgiebiges Bad genommen hatte, um die unangenehmen Gerüche der letzten Nacht loszuwerden, geschah etwas Unglaubliches. Ich suchte eines der Schneidergeschäfte an der Straße der Fäden auf, die vom Kyro der Vadvars abging, und erstand ein nagelneues hellgrünes Jackett.

Ich probierte es an, und natürlich war das Kleidungsstück viel zu schmal in den Schultern. Die Nähte begannen sofort zu knirschen. Der Schneider, ein alter Gul mit müden Augen und Kreidespuren auf der alten, aber ordentlichen Kleidung, stieß einen Ruf der Überraschung aus. Die meisten Gul-Läden dieser Gegend waren im Besitz von Horters oder Adligen; die Guls mußten nachts in ihre eigenen Viertel zurückkehren.

Ich betastete den schneeweißen Besatz aus Ling-Fell. Wenn ich diesen Pelz berühre, muß ich sofort an Delia und die Ebenen von Segesthes denken.

»Kannst du mir das Stück ändern?«

»O ja, Notor.«

»Heute nachmittag.«

Er begleitete mich höflich zur Tür.

Das Unglaubliche war nun, daß ich mich spürbar erleichtert fühlte, als ich das grüne Jackett anzog. Es war unglaublich – fast schon unheimlich! Daß ich, ein Krozair-Bruder, tatsächlich das Gefühl hatte, sauberer zu sein, sobald ich die grüne Farbe trug! Das zeigt ganz deutlich, wie sehr mich die Schändlichkeiten der letzten Nacht mitgenommen hatten.

Als ich mich Rees' Villa näherte, faßte ich den Entschluß, am Abend Ornol aufzusuchen. Zu viele Nebensächlichkeiten hatten mich vom Wege meines Planes abgeführt. Allerdings stellte ich mir auch die Frage, wie wohl die Weisen Vallias mit den Informationen zurechtkamen, die ich ihnen über Delia und den Herrscher geschickt hatte.

Ich kam gerade an einem Bäckerladen vorbei und genoß den herrlichen Duft der langen kregischen Brotlaibe, als ich von Tothord, dem Elten der Rubinberge, angerufen wurde. Er schien erregt zu sein.

»Hast du es noch nicht gehört, Hamun? Heute kommen neue Gefangene! Ich gedenke mir die Prozession anzusehen, und anschließend geht's ins Jikhorkdun!«

Dieses Ziel hatte außer ihm noch halb Ruathytu. Tothord weidete sich gern an der Qual der armen Kriegsgefangenen, die in die Arena hinausgeschickt wurden, um von Männern in Rüstungen erschlagen oder von Raubtieren zerrissen zu werden. Hier in Ruathytu kümmerte ich mich nicht um das Jikhorkdun.

Es sollte noch blutiger sein als die Arena von Huringa, in der ich mich als Hyr-Kaidur hatte durchsetzen müssen. Bei Zair, das war eine Zeit gewesen!

Ich stieg mit Tothord in einen Amithwagen, um einen Blick auf die Prozession zu werfen, die sich über die breite Avenue dem Jikhorkdun näherte. Ich fuhr lediglich mit, weil ich etwas haben wollte, womit ich Rees und Chido aufmuntern konnte.

Ein ganzes Infanterieregiment marschierte vor den Gefangenen her. Es handelte sich – als guter Spion merkte ich mir die Details – um das einundzwanzigste Fußsoldatenregiment; die Bezeichnung stand in großen Ziffern auf den Schilden. Die Spitze wurde von der Kapelle gebildet, Fahnen flatterten, Waffen blitzten im Licht der Sonnen. Dann die Gefangenen. Sie torkelten und schlurften kettenbeladen dahin. Viele hatten zerschundene Füße – es war ein weiter Weg von ihrer Heimat Clef Pesquadrin im Westen der Länder der Dämmerung, im Schatten der Berge.

Es waren schlanke, braunhäutige Menschen mit langem, glattem schwarzen Haar, das ihnen über die Schultern herabfiel. Die meisten trugen keine Kleidung; bei einigen waren noch Reste von Lederrüstungen zu erkennen. Ja, sie vermochten sich kaum noch auf den Beinen zu halten, so unbarmherzig waren sie angetrieben worden. Ich mußte mich abwenden. Tothord hatte sich auf die Zehenspitzen gestellt und war in das Geschrei der Zuschauer eingefallen; sein Mund klaffte auf, seine Lippen waren feucht vom Speichel, sein Gesicht war verzerrt.

Konnte es in ein paar Jahren dazu kommen, daß besiegte Hamaler in den Straßen Vondiums ähnlich behandelt wurden?

Lautes Geschrei erhob sich in der Menge, und ich wandte mich zurück. Die Gefangenen waren vorbeigezogen, und ein zweites Regiment kam in Sicht. Doch zwischen den Soldaten bewegten sich mit gesenkten Köpfen, mit grotesk hochgekämmten Haarkränzen, auf Händen und Füßen gehend und doch von natürlicher Menschenform, doch zum Töten gezüchtet und ausgebildet – Jiklos! Menschenjäger! Die spitzen Zähne schimmerten.

Es waren insgesamt zwanzig Wesen, die von Eisenketten im Zaum gehalten wurden; ihre Wächter waren Soldaten in Rüstung, mit langen Ruten ausgestattet, die sie vorsichtig einsetzten. Dies waren die berühmten Menschenjäger Faols, einer Insel im fernen Nordwesten Havilfars. Was hatte diese Ungeheuer – ja, Ungeheuer, obwohl sie humanoid waren! – so tief in den Süden verschlagen? Ich machte mir klar, daß man die Menschenjäger vermutlich absichtlich in die Parade aufgenommen hatte, um die erregte Menge anzustacheln. Die armen Teufel aus Clef Pesquadrin wußten genau, was sie in der Arena erwartete.

Ich wandte mich ab und dachte noch im letzten Augenblick daran, mir die Nummer des zweiten Regiments zu merken, und zwar des zweihundertundfünfzigsten Infanterieregiments. Niemand kümmerte sich um mich, als ich den Rückweg zu Rees' Villa antrat.

Unterwegs beschäftigte ich mich mit den Einwohnern Ruathytus, die noch immer gut zu essen hatten und alle Dinge erwerben konnten, die für ein zivilisiertes Leben erforderlich waren. Selbst für die Clums gab es genug Nahrung – wenn sie Geld hatten. Nein, das große hamalische Reich hatte die Entbehrungen des Krieges noch nicht zu spüren bekommen. Ich schwor mir bei Vox, daß es mit der Gemütlichkeit vorbei sein sollte, sobald Vallia angegriffen wurde. Dann sollten diese Menschen die Leiden des Krieges kennenlernen!

In der Villa erwarteten mich unangenehme Nachrichten.

Rees' Kammerherr kam mir am Eingang entgegen. Er war ebenfalls Löwenmensch und trug eine weiße Robe. An seinem Gürtel hing ein Schlüsselbund, daneben ein Thraxter. Dieser Mann, Rorgan der Schlüsselhalter, trug einen dermaßen niedergeschlagenen Ausdruck zur Schau, daß ich im ersten Augenblick annahm, Rees müsse gestorben sein.

»Nein, Notor. Er ist nicht tot. Aber Dr. Larghos fürchtet für sein Leben. Außer Lady Rashi darf niemand zu ihm.«

»Mögen Havil und Krun über ihn wachen«, sagte ich und faßte den Entschluß, gewisse Dinge für Zair zu tun, wenn sich der gute Gott dazu herabließ, meinem Freund zu helfen.

Chido war mit Vater und Schwester vor knapp einer Bur nach Eurys aufgebrochen. Sie waren geflogen. Der alte Vad hatte ausrichten lassen, daß er nicht ewig auf einen Freund warten könne, der ausgerechnet heute die ganze Nacht ausbleibe. Ich konnte mir seinen eisigen Tonfall vorstellen. Nun, das paßte zu diesem Mann – Temperament und Stolz in einer gefährlichen Mischung.

Niedergeschlagen verließ ich das Haus und wanderte ziellos

im heiligen Viertel herum. Welch günstige Gelegenheit für das boshafte Schicksal, weiß Drig!

Der Tag ging irgendwie vorüber. Ich nahm das neunfache Bad, trieb mich unter den Kolonnaden herum und aß auf kregische Art – fünf- oder sechsmal am Tag. Gegen Mitte des Nachmittags hatte das Gedränge auf den Straßen spürbar nachgelassen, und das gespenstische Johlen und Kreischen aus dem großen Jikhorkdun und den anderen Arenen sagte mir, wohin die Menschen verschwunden waren.

Mißmutig wanderte ich über die Brücke der Schwerter, die vom Platz vor dem Großen Tempel Havils des Grünen über den Havilthytus führt. Unauffällig näherte ich mich den Quartieren der Soldaten. Die großen Blöcke der Baracken ragten in ödem Schachbrettmuster empor. Ich vermochte mich einem der äußeren Gebäude zu nähern und mich unbeobachtet ans Holztor zu schleichen. Der Wächter schlief mit meiner Hilfe im Stehen ein, und ich ließ ihn vorsichtig zu Boden sinken. Dann sammelte ich mehrere Arme voll trockenes Gras und Äste ein. Mit Feuerstein und Stahl erzeugte ich eine Flamme und steckte den Zunder in Brand. Ich wartete, bis die Flammen Nahrung fanden und plötzlich emporloderten, dann rannte ich davon.

Wenige Augenblicke später wanderte ich gemütlich die Straße herauf. Schon waren einige Passanten zusammengelaufen. Ich gesellte mich zu ihnen und sah interessiert zu, wie die Baracken niederbrannten.

Soldaten hasteten hin und her, Löschgeräte wurden gebracht, Quoffas zogen riesige Bottichwagen mit Wasser herbei, während Totrixe vor die Pumpen gespannt wurden. Aber die Flammen ließen sich nicht eindämmen. Eine Rauchsäule stieg empor, ein schwarzer Fleck vor dem leuchtenden Himmel.

Töricht? Natürlich! Ein großer Schlag gegen Hamal? Kaum. Ein Luftablassen, ein Abreagieren von Trotz und Frustration? Zweifellos. Drig findet für müßige Hände eben immer etwas zu tun.

Aus den Bergen des Nordens führte ein Aquädukt in die Stadt, und es führte ganz in der Nähe vorbei. Weiter südlich gabelte er sich; ein Zweig führte zum Großen Tempel, der andere zum Hanitchik auf seiner schmalen Insel. Ich betrachtete das hohe Gemäuer. Hmm, sagte ich mir. Das wäre ein Streich.

Wenn ich nur einige Fässer altes englisches Schießpulver gehabt hätte... Ich seufzte und entfernte mich.

Unterwegs suchte ich den Schneider auf. Die grüne Jacke war fertig. Das weiße Fell fühlte sich herrlich an. Ich bezahlte mit Gold-Deldys und kehrte zur Villa zurück.

Dort wurde mir ein überraschender Empfang zuteil.

Rashi, Rees' charmante Frau, stürzte auf mich zu und umarmte mich schluchzend. Der junge Roban stand an der Tür zum Eßzimmer und weinte haltlos. Kammerherr Rorgan der Schlüsselhalter lag tot auf dem Boden; sein Blut versickerte zwischen den Dielen. Er hatte sich offenbar gewehrt. Die Spuren verrieten mir, daß er mehrere Männer mit in den Tod genommen haben mußte – doch sie waren verschwunden.

Im hinteren Teil des Flurs lagen zwei tote Sklavinnen; sie waren hinterrücks mit Stuxes niedergemacht worden.

Andere Sklaven starrten mit schreckensbleichen Gesichtern um Ecken und aus Türöffnungen. Niemand wagte es, sich dem Ort des schrecklichen Gemetzels zu nähern.

Ich hielt die zitternde Dame des Hauses in den Armen und sah mich um. »*Rees!*« brüllte ich. »In Zairs Namen! Was ist denn hier geschehen?«

Oben an der Treppe ertönte eine zitternde Stimme, die Stimme eines alten Mannes. Ich hob den Kopf und blickte über Rashis bebende Schultern in die Höhe.

»Hamun«, sagte Rees der Löwenmann von der obersten Stufe. Zwei Bedienstete stützten ihn. Sein Gesicht war von einem kränklichen Grüngelb. »Reesnik, meinen Sohn – sie haben ihn... getötet...«

Im nächsten Augenblick stürzte mein Freund Trylon Rees vom Goldenen Winde kopfüber die Treppe herab; die schwachen Hände der Diener hatten ihn nicht mehr halten können. Sanft schob ich Rashi zur Seite und eilte auf meinen Freund zu. Er war nicht tot. Ich hob den Kopf und ließ meinen Gefühlen freien Lauf.

»Dr. Larghos!« brüllte ich. »Her mit dir, Mann, wenn dir dein Leben lieb ist!«

Larghos hastete herbei. Blut entstellte seinen weißen Mantel. Er öffnete seinen Koffer und stolperte. Nadeln klirrten zu Boden. Ich packte ihn und zerrte ihn hoch. »Ich habe es gesehen...«, sagte er atemlos. »Saffi ist fort – fort!«

»Kümmere dich um den Notor!« knurrte ich.

Der Arzt kam wieder einigermaßen zu sich. Es war nicht sein Blut, das auf seinem Mantel schimmerte, sondern das Blut von Wächtern, um die er sich gekümmert hatte. Er beugte sich über Rees und begann mit seiner Arbeit.

Ich sah mich um und versuchte einen klaren Gedanken zu fassen. In diesem Tollhaus mußte doch jemand sein, der mir sagen konnte, was geschehen war... doch ich ahnte bereits, welche Teufelei hier stattgefunden hatte.

Vad Garnath hatte sich gerächt! Er hatte Rees' Sohn umgebracht und seine Tochter Saffi entführt, um sie zu schänden und dann in die Sklaverei zu verkaufen!

12

Rees stöhnte, ein langgezogener, zitternder Laut der Qual. Ich fuhr zusammen. Dr. Larghos hob bekümmert den Kopf.

»Er wird es überleben, Notor, aber nur knapp. Wir müssen ihn nach oben schaffen, aber vorsichtig, er hat innere Verletzungen. Bei Havil dem Gnädigen – aber er wird es überstehen.«

»Männer!« brüllte ich. Ich sah mich um, und ein halbes Dutzend Gesichter verschwand hinter Pfeilern und Türstöcken. Ich sprang über die nächste Schwelle und zerrte zwei Dienstboten an den Kragen auf den Flur. »Helft mir mit dem Herrn, oder ich breche euch die Knochen!« rief ich; die Worte waren ernst gemeint.

Vorsichtig trugen wir Rees wieder die Treppe hinauf und in das Zimmer, wo wir ihn behutsam hinbetteten. Er stöhnte, doch seine fiebrigen Augen blieben geöffnet und starrten mich an. Der Schimmer in diesen Augen verriet mir die Qual, die er durchlitt.

»Hamun – alter Freund...«

Das stimmte genau genommen nicht, denn wir kannten uns noch nicht lange. Doch ich ahnte und erwiderte seine Gefühle.

»Nicht sprechen, Notor«, sagte Larghos.

»Ich muß aber! Es war Garnath, Hamun. *Garnath*!«

»Aye.« Ich zupfte an seiner Bettdecke herum. »Die hamalischen Gesetze...«

»Mit dem Gesetz können wir nichts ausrichten, es gibt keine – keine Beweise. Sie haben alle Zeugen niedergemacht.« Das Sprechen war eine Qual für ihn, doch er zwang die Worte über die Lippen. »Ich weiß, daß es Garnath war. Doch alle, die ihn gesehen haben, sind tot – tot wie Reesnik!«

Dr. Larghos versuchte ihn zum Schweigen zu bringen, doch der Löwenmensch knurrte ihn an – es war ein leises, schwächliches Knurren – und sagte atemlos: »Ich würde zu gern vor ihn hintreten und Rache nehmen, Hamun. Aber ...« Seine glasigen Augen rollten herum, und er starrte an das Fußende des Bettes. »Ich – kann – es – nicht.«

Was konnte ich tun?

Was konnte ich sagen?

Es fällt mir nicht leicht, Freunde zu finden. Und wer mein Freund ist, muß sich auf mich verlassen können.

Sanft drückte ich ihn wieder in die Kissen und starrte in sein gepeinigtes Gesicht.

»Ich gehe für dich, Rees. Notfalls reiße ich den Rast für dich in Stücke.«

»Saffi.«

Ich mußte es aussprechen.

»Ich bringe Saffi zurück, Rees. Wenn sie noch am Leben ist, bringe ich sie wohlbehalten zurück.« Ich sah den Schmerz in seinen Augen und fügte hastig hinzu: »Sie lebt noch, das mußt du mir glauben, Rees!«

Er nickte. »Ich vertraue dir, alter Junge. Saffi ...« In diesem Augenblick stach Dr. Larghos entschlossen mit einer Nadel zu, die den Vorhang Notor Zans zuzog und ihn in einen tiefen Schlaf versetzte.

Ich wandte mich ab.

Ich hatte ihm mein Wort gegeben. Gebrochen hätte ich mein Wort nur gegenüber Lem dem Silber-Leem oder gegenüber einem magdagschen Oberherrn. Doch nicht gegenüber Rees, der mein Freund war.

Eigentlich hatte ich an diesem Abend Ornol aufsuchen und über das Geheimnis der hamalischen Voller befragen wollen. Diesen Plan hatte ich durch mein neues Versprechen zunichtegemacht. Delia würde mich verstehen und mir verzeihen – doch mir selbst konnte ich nicht verzeihen. Was war denn das Leben der Tochter eines Feindes wert? Nichts? *Nichts*!

Saffi, die junge strahlende Schönheit, war eine Hamalerin. Meine Treue gehörte Delia, ihrem Vater, und Valka und Vallia. Wenn ich versagte und die Hamaler Valka angriffen und meine herrliche Insel vernichteten...? Würden sich nicht das verbrannte Land, die Witwen und Waisen zu recht an Opaz wenden, um Rache gegen mich zu fordern?

Aber Rees war mein Freund, und ich hatte ihm mein Wort gegeben.

Vielleicht gab es noch einen Ausweg. Vielleicht wurde Hamal in seinem Vormarsch weiter aufgehalten. Vielleicht hatte ich noch genug Zeit. Mit derartigen Argumenten versuchte ich mich zu beruhigen, während ich das Zimmer aufsuchte, das man mir in Rees' Villa zugewiesen hatte.

Ich legte mein altes rotes Lendentuch an. Darüber zog ich ein dunkelblaues Hemd und eine dunkelblaue Hose. Ich legte Delias Rapier und Dolch um. Über meine rechte Schulter hängte ich einen Köcher mit Terchiks, kleinen gefährlichen Wurfmessern, die sich gut in die Hand schmiegen. An meiner rechten Hüfte befestigte ich mein zuverlässiges Seemannsmesser. Dann legte ich mein graues Cape um und verließ das Zimmer – und mußte sofort umkehren, um meine hamalischen Stiefel anzuziehen. Ich war es gewöhnt, barfuß auf die Jagd zu gehen.

Rashi saß am Bett ihres Mannes, doch ich störte sie nicht. Auf dem Flur begegnete mir Roban. Was sollte ich ihm sagen? Ich machte es möglichst kurz, bat ihn, den Kopf hochzuhalten und daran zu denken, daß er im Augenblick der einzige wehrfähige Mann in der Familie sei. Ich überließ ihm einen vorzüglichen linkshändigen Dolch, den ich aus meinem Zimmer mitgebracht hatte.

»Du mußt erwachsen werden, Roban.« Dabei war er erst zwölf Jahre alt. Ich dachte an den jungen Pando, der mit zehn Jahren schon weit über seine Jahre erwachsen gewesen war. Und hatte ich nicht selbst in jungen Jahren das Schreckensleben eines Schiffsjungen der englischen Marine hinter mich gebracht? »Nimm diesen Dolch. Schütze deine Mutter und deinen Vater. Wenn alles gutgeht, bin ich vor Sonnenaufgang zurück.«

»Ja, Hamun«, sagte er. Seine Worte klangen wie flache Steine unter dem Rad eines Calsany-Wagens. Ich drehte mich mit wehendem Mantel um und ging.

Ich wußte, wo Vad Garnath wohnte.

Ich halte nichts von Rache. Sie raubt einem Mann die klare Überlegung. Doch mein Zorn über diese feige und heimtückische Tat war maßlos, einen siebzehnjährigen Jüngling umzubringen und seine hübsche Zwillingsschwester zu entführen, harmlose Dienstboten hinterrücks niederzustechen. Bei Zair, ich war in Fahrt. Wahrhaftig!

Garnaths vornehme Villa lag bis auf ein verriegeltes Fenster im Dunkeln. Ich brach den Riegel auf, schlug das Fenster ein und sprang ins Zimmer. Eine grauhaarige alte Frau kam kreischend auf mich zu. Ihr runzliges Gesicht war verzerrt. Sie trug ein Nachthemd und dachte, ich wollte sie umbringen.

»Hör zu, alte Frau. Wo ist der Vad?«

Im ersten Augenblick brachte sie kein Wort heraus. Dann: »Fort, Herr. Er ist fort!«

»Aye, das weiß ich. Die Villa ist nicht beleuchtet, und ich sehe keine Wächter.«

»Auf dem Grundstück gibt es Werstings.«

»Ich habe keine gesehen.« Ich starrte sie aufgebracht an. »Aber wenn ich sie nachher noch zu Gesicht bekomme, werden sie die Begegnung nicht überleben. Und jetzt sag mir eins: Wo ist der Vad?«

»Ich weiß es nicht, Herr! Er ist fort, fort!«

Sie war halb gelähmt vor Angst. »Hast du ein Numin-Mädchen gesehen, das hierhergebracht wurde?«

Sie schüttelte den Kopf – doch die langsame Bewegung verriet mir, daß sie log. Ich schüttelte sie vorsichtig, damit sie mir nicht zerbrach.

»Wohin ist das Numinmädchen gebracht worden?«

Sie zögerte, dann brach es aus ihr hervor: »Der Vad hat sie mitgenommen! Sie war gefesselt und hat geweint.«

»Sie hat geweint«, wiederholte ich. Mein Zorn drohte mich zu ersticken.

Doch ich erkannte, daß die alte Frau nicht mehr wußte. Auf dem Grundstück befanden sich keine Wächter mehr, was bedeutete, daß sich Garnath voll auf die Werstings verließ. Hier war nichts mehr festzustellen. Ich trat den Rückzug an. Unterwegs mußte ich einen Wersting töten. Ich versetzte dem schwarz-weiß gestreiften Kadaver einen wütenden Tritt und verschwand in den Schatten. Über mir schwebte die Jungfrau der Schleier und verbreitete ihr rosa Licht.

Das Blut trommelte durch meinen Körper. Bei Zim-Zair! Es war zu lange her, daß ich mich in ein solches Abenteuer gestürzt hatte. Aber es galt das Numinmädchen zu retten, bevor es zu spät war, und mit diesem widerwärtigen Vad abzurechnen! Mir blieb keine Zeit, mich auf die Ereignisse einzustellen. Die leidige Wahrheit war, daß ich nicht den geringsten Anhaltspunkt hatte. Saffi konnte überallhin gebracht worden sein – ein Mädchen ihrer Schönheit fand überall in Havilfar ihre Käufer.

Ein Bekannter Vad Garnaths mochte wissen, wohin sich der Rast verzogen hatte. Selbst wenn er das Mädchen woanders untergebracht hatte, konnte ich ihm die Wahrheit abpressen, wenn ich nur seinen Hals zwischen die Finger bekam.

Die ruathytischen Straßen lagen rosagolden im Schein des Mondes. Bald würde die Jungfrau mit dem vielfältigen Lächeln über den Horizont steigen und ihr goldenes Licht auf das Wasser des Havilthytus werfen. Passanten sahen mich an; doch mein Gesicht mußte ihnen gezeigt haben, daß es nicht ratsam war, mich aufzuhalten... Es war still im Haus, als ich den verzierten bronzenen Glockengriff an Elten Naths Tür zog. Ich hämmerte gegen die Tür, zog meinen Dolch und schepperte damit gegen die Metallnägel, die das Lenkholz verstärkten.

Ein schläfriger Sklave mit einer Lampe öffnete ein kleines Gitterfenster.

»Mach auf, Mann! Beeil dich, damit ich Elten Nath nichts von deiner Bosheit und deiner Unverschämtheit sagen muß!«

Doch der Mann ließ sich nicht einschüchtern.

»Der Herr schläft, Notor. Geht!«

Ich hatte keine Zeit für lange Diskussionen. Doch ebensowenig hatte ich Zeit, die Tür einzuschlagen. Jede Mur, die jetzt verging, bedeutete, daß Saffi tiefer in die Erniedrigung geführt wurde. Ich lief seitlich um das Gebäude herum. Ein Rapawächter, angelockt durch den Lärm, hatte das Pech, mir in den Weg zu laufen. Im Stehen wurde er eingeschläfert. Ich suchte nach einem Fenster, irgendeinem Fenster. Endlich erreichte ich eine schmale vergitterte Öffnung. Ich ergriff die Gitterstäbe und spannte die Muskeln; ich beschwor die ganze Kraft meines Rückens herauf, der in einem verdammten magdagschen Ruderer gestählt worden war, und zerrte an den Stäben. Sie verbogen sich nicht, vielmehr lösten sie sich krachend aus der Steinwand. Ich stieg durch das Fenster ein und hastete durch das Zimmer in den Korridor, wo mir ein halbes Dutzend Lampen den Weg wies. Das Schlafzimmer Naths na Maharlad zu finden war kein Problem: Ich riß einfach jede Tür auf, bis ich auf einem Bett ein nacktes Mädchen erblickte. Elten Nath schlief. Das Nachtgewand brachte seine Fettleibigkeit unvorteilhat zur Geltung. Das dünne Haar lag ihm wirr um den Schädel, und seine schlaffen Lippen bewegten sich schnarchend. Ich legte meine Hand um sein unterstes Doppelkinn und schüttelte ihn.

Seine Augen gingen auf.

Ich ließ ihn einen Blick in mein Gesicht werfen.

Dann öffnete ich die Hand und grollte: »Sag mir, wo Vad Garnath ist, oder du bist ein toter Mann!«

»Du bist ja verrückt!« rief er. Doch ich drückte wieder zu, und die Augen traten ihm aus den Höhlen. Ich ließ ihm ein wenig Luft, und er sagte erstickt: »Ich weiß es nicht.«

Aus dem Augenwinkel nahm ich eine Bewegung wahr. Ich wandte mich etwas zur Seite. Die Chail Sheom hatte sich mit nackten Schultern erhoben; ihre Ketten blinkten im Licht der Samphronöllampen, als sie sich mit dem juwelengeschmückten Krummdolch auf mich stürzte. Ich erinnerte mich eines alten Tricks und versetzte ihr einen Fußhieb gegen den Hals. Sie wurde durch das Zimmer geschleudert und rührte sich nicht mehr. Daraufhin wandte ich mich wieder dem Elten zu.

»Wenn du sterben möchtest, erfülle ich dir den Wunsch gern, Nath. Sag's mir: Wo ist Garnath!«

»Du bist ja verrückt, Hamun! Laß mich atmen, um Lems willen – um Havils willen!«

Das war meine Gelegenheit. Ich mußte mich anstrengen, meine Stimme feierlich klingen zu lassen. »Beim Wesen mit den Silberflanken – es ist lebenswichtig, daß ich Garnath finde!«

»Laß meinen Hals los, du Onker! Ich sage dir ja, was ich weiß. Um Lems willen, Hamun! Mein Hals!«

Ich lockerte die verkrampften Finger.

»Möge Ghomshah der Schmierige mir die Kehle anfeuchten, Hamun! Du hast ja einen Griff wie ein Jiklo!« Unsicher griff Elten Nath über das Bett nach einem Silberkelch, der auf einem Nachttischchen stand, und schenkte sich Wein ein. Ich ließ ihn gewähren. Er trank schlabbernd und schluckte angestrengt. Dann musterte er mich. »Wenn du Gilda etwas angetan hast...« – er deutete auf das Mädchen – »mußt du für sie bezahlen.«

»Schick mir die Rechnung, Nath, aber sag mir endlich, wo Vad Garnath steckt!«

Er bewegte seine Halsmuskeln. »Ich weiß es nicht.« Unwillkürlich zuckte er zurück. »Ich schwör's! Geht es um Dinge, die Lem betreffen?«

»Ja.«

»Du gehörst nicht zu meiner Loge, Hamun. Als Hyr-Majister hat Vad Garnath Privilegien über viele Logen Ruathytus.«

»Ja«, sagte ich noch einmal. »Aber wo ist er in diesem Augenblick?«

Ich hatte plötzlich das unangenehme Gefühl, daß der dicke Elten wirklich die Wahrheit sagte. »Ich weiß es wirklich nicht, Hamun. Er sprach von einem Geschäft, von einer Reise auf das Land, das ist richtig. Außerdem sprach er von Rosil na Morcray. Du weißt, Hamun, der Chuktar Strom...«

»Ja, ja, ich kenne den Kataki. Erzähl, Nath.«

»Ich weiß nichts! Sie sind fort – der Vad und der Chuktar Strom, zusammen! Sie haben mir keine Einzelheiten erzählt.«

Als ich zu dem Schluß kam, daß der Dicke mir nichts weiter zu sagen hatte, verlor mein Gesicht den Rest seiner Ähnlichkeit mit den Zügen Hamun ham Farthytus.

»Bei Lem!« flüsterte Elten Nath von Maharlad. »Du siehst aus wie ein Teufel! Gedenkst du den Vad zu töten?«

Ich besann mich. »Nein. Es geht um eine Angelegenheit Lems. Ich gehöre zur Loge von Toth und nicht zu deiner Gruppe, Nath. Aber es ist erforderlich, daß du mir die Wahrheit sagst.«

Er schüttelte den Kopf. Ich mußte mit meiner Enttäuschung fertigwerden.

»Ich finde selbst hinaus, Nath.« Er begnügte sich mit einem Nicken und begann sich vom Bett zu wälzen, um nach seiner Sklavin zu sehen.

Der Türwächter beeilte sich, mir den Riegel aufzuschieben und die Tür zu öffnen; vermutlich irritierte ihn die Art und Weise, wie ich nervös mehrmals mein Rapier zur Hälfte zog und unentschlossen wieder in die Scheide stieß. Ich trat in die mondhelle Nacht hinaus.

Ich hätte genausogut in Rees' Villa bleiben können – so wenig hatte ich bisher erreicht. Ich war ein nutzloser Onker – und das war die nüchterne Wahrheit. In dieser Meinung hätte mir der Gdoinye, der rotgoldene Raubvogel der Herren der Sterne, sicher zugestimmt. Es gibt für mich kein schlimmeres Gefühl als quälerische Selbstzweifel.

Wer kann wissen, woher mir der Gedanke zuflog? Ich glaube nicht, daß die Savanti damit zu tun hatten. Vielleicht schickten die Herren der Sterne den Einfall in mein verbohrtes Gehirn, um mich vor mir selbst zu retten und auf diese Weise meinen elenden Körper für weitere Aufgaben auf Kregen fit zu halten; jedenfalls hatte ich plötzlich eine Idee.

Sofort setzte ich mich in Bewegung; so schnell ich konnte rannte ich durch die Gassen, ohne mich um die anderen Passanten zu kümmern.

Meine Erinnerungen an den wilden Lauf sind unbestimmt. Ein Gefühl der Eilbedürftigkeit leitete mich, die Ahnung, daß ich mein Ziel nie erreichen würde, wenn ich mich jetzt nicht bis zum äußersten anstrengte. Ich weiß noch, daß ich einen prachtvoll gekleideten untersetzten Edelmann umrannte, der nicht schnell genug zur Seite sprang. Zu seinem Pech landete er auf einer Senkgrube, deren Deckel den Aufprall seines Gewichts nicht aushielt. Ich glaube nicht, daß mich einer seiner Begleiter verfolgte; jedenfalls wies mein Rapier später keine Blutspuren auf.

Ich stürzte in Rees' Haus. Man sah mir besorgt entgegen: Rashi, deren Tränen inzwischen getrocknet waren; Roban, der entschlossen den Dolch umklammerte, den ich ihm gegeben hatte; die Sklaven, die bedrückt im Haus herumschlichen.

Jiktar Horan, Rees' Wachtkommandant, war vor kurzem zurückgekehrt. Er versuchte aus mir herauszubekommen, was eigentlich geschehen war, und ich begann mir aus seinen Worten einiges zusammenzureimen. Jiktar Horan und eine große Gruppe seiner Männer – ausnahmslos Numins – waren unter falschem Vorwand fortgelockt worden. Die verbleibenden Wächter hatten gegen Vad Garnaths Mörderbande keine Chance gehabt.

Ich versuchte mich zu beherrschen und wandte mich an Rashi. »Gib mir ein Kleidungsstück von Saffi.«

Sie überlegte einen Augenblick lang und fragte: »Ein Halstuch, Hamun? Genügt ein Halstuch Saffis?«

»Ausgezeichnet. Bitte gleich.«

Die Anwesenden fuhren zusammen; ich hatte mir große Mühe gegeben, ruhig zu sprechen, doch meine Worte mußten ziemlich energisch geklungen haben.

Das Halstuch fühlte sich angenehm an. Es war aus Sensil, der feinsten Seide Kregens, und kunstvoll mit Goldfäden durchwirkt, so daß der Stoff schimmerte. Ich stopfte das Tuch unter dem Hemd in mein rotes Lendentuch.

Man versuchte mich auszufragen, ob ich Saffi oder einen Hinweis gefunden hätte. Ich erwiderte, ich wüßte noch nichts, doch ich würde das Mädchen finden, ehe Far und Havil am nächsten Morgen in den Himmel stiegen.

In voller Bewaffnung eilte ich in die mondhelle Nacht hinaus. Auf direktem Wege näherte ich mich dem riesigen Palast auf der künstlichen Insel in dem künstlichen See. Ich begab mich zum Palast Hammabi el Lamma der Königin, und jedem, der sich mir in den Weg gestellt hätte, wäre ich ohne Mitleid begegnet.

13

Die dunkle Masse Hammabi el Lammas lag vor mir; zahlreiche Türme und Spieren ragten ins Mondlicht empor. Ein leiser Nachtwind flüsterte zwischen den Dächern und kräuselte das ockerfarbene Wasser des Flusses. Mein Zorn hatte mich die natürliche Vorsicht nicht vergessen lassen, und ich sah mich sorgfältig um. Ruathytus Nächte sind in manchen Bezirken besonders lebhaft. Riesige Quoffawagen bringen die Früchte des Landes in die Stadt und nehmen den Müll wieder mit. Ganze Sklavenkolonnen arbeiten im Licht der Monde und reparieren Straßen und Brücken. Sie fegen die Boulevards und sorgen dafür, daß die Stadt gesäubert den neuen Tag erwartet.

Ich umfaßte meinen Rapiergriff. In dem Palast dort drüben, in dem die eiserne Faust der Tyrannei herrschte, lag die Antwort auf mein Problem. Doch wie diese Antwort aussah, vermochte ich mir nicht vorzustellen, und ich flehte Zair um Hilfe an. Nichts war gewiß – außer daß ich in den Palast eindringen mußte.

Meine bisherigen Schilderungen haben Ihnen sicher einen guten Eindruck von der Anlage Ruathytus verschafft. Folglich ist Ihnen bekannt, daß die künstliche Insel des Palastes nicht über eine Brücke erreicht werden kann. Die Herrscher Ruathytus wollten es so. Eine aufständische Menschenmenge mochte

Schwierigkeiten haben, sich Boote zu beschaffen und den Palast über das Wasser anzugreifen, während eine Brücke keine Probleme bereitet hätte.

Sklavengruppen arbeiteten hier, und so leicht es für mich gewesen wäre, mir eine graue Sklaventunika zu besorgen, wollte ich doch den Palast nicht ohne Waffen und als Sklave betreten.

Mit einem schnellen Gedanken an Zair – und auch an Opaz und Djan – ließ ich mich lautlos in den Fluß gleiten. Vorsichtig schwamm ich über den Havilthytus und erreichte die Palastinsel an ihrer Westspitze. Tropfnaß schlich ich vorsichtig am Felsufer entlang, halb im Wasser, halb von Stein zu Stein springend. Schließlich erreichte ich das Seitentor, durch das mich Derson Ob-Auge auf Befehl Königs Doghamreis geschleppt hatte, um mich – wie er meinte – zu vernichten.

Das Tor war natürlich geschlossen.

»Beim Schwarzen Chunkrah!« sagte ich gepreßt. »Ich muß einen Rast herlocken, sonst bin ich verloren!«

Die hamalischen Stiefel, die ich mir für meine Schwimmpartie um den Hals gehängt hatte, polterten gegen die Tür. Nach einer Weile zog ich sie an und begann gegen das Holz zu treten.

»Komm schon! Komm schon!« brüllte ich.

Der Nachtduft von Mondblüten wehte zu mir herab; die Blüten saßen in den Mauerrissen. In meinem Rücken gurgelte und plätscherte die Strömung. Das Licht der Monde genügte, um das gemaserte Holz der Tür und die Nagelköpfe zu erkennen, die zum Schutz gegen Rost lackiert waren. Wieder trat ich brüllend zu.

Die Tür ächzte.

Ein Lichtspalt wurde sichtbar. Ich packte die Türkante und zerrte daran. Der vorsichtige Wächter stieß einen leisen Schrei aus, als er von der Tür nach draußen gezogen wurde.

»Rast!« brüllte ich ihn an und ließ meinen Umhang herumwirbeln. »Muß der Merker der Königin auf Offal wie dich warten?«

Er duckte sich furchtsam. Die Fackel bebte in seiner Hand.

»Verzeih mir, Notor...«, begann er.

»In dieser Sache ist das letzte Wort noch nicht gesprochen, Onker!« sagte ich und marschierte an ihm vorbei. Ich gab mich herablassend und befehlsgewohnt; da ich auf diesem Wege zurückkehren wollte, mußte ich den Wächter beeindrucken.

Ich eilte an ihm vorbei und nahm erst jetzt den Thraxter in seiner rechten Hand wahr. Ich hastete über die glatten Pflastersteine, auf denen ich gelähmt gelegen hatte, während König Doghamrei seine letzten Befehle erteilte. Ich eilte durch die unbenutzten Korridore, die feucht und bewachsen waren; Moosflechten hemmten meinen Schritt. Endlich kam ich an eine Ecke und erreichte ein Treppenhaus. Hier blieb ich stehen, denn in Wahrheit hatte ich keine Vorstellung, wohin ich wollte. Wie Sie wissen, handelt es sich bei einem Merker um einen kregischen Boten, der seinen Dienst auf dem Rücken eines Fluttcleppers oder Volcleppers versieht.* Es war nicht undenkbar, daß ein Merker das abgelegene Seitentor der Burg benutzte. Wenn der Wächter meine nasse Kleidung oder das Fehlen eines Sattelvogels seltsam fand, mochte er annehmen, daß ich ins Wasser gefallen sei, und sich an dem Gedanken erfreuen.
Ich stieg die Treppe empor, und je höher ich kam, desto mehr Leute bekam ich zu Gesicht – Menschen, die der Aufgabe nachgingen, den Palast der Königin in Schuß zu halten. Bei den meisten handelte es sich um Sklaven, die viel zu beschäftigt waren, um sich um mich zu kümmern. Die Sklavenmeister schenkten mir ebenfalls keine Aufmerksamkeit, was mich – um ihretwillen – froh stimmte.

In einer Felsnische sah ich drei Katakis, die damit beschäftigt waren, eine Gruppe von Sklaven um eine ächzende Maschine zu treiben. Ich runzelte die Stirn. Ich hatte keine Zeit, darüber nachzudenken. Die Katakis, die gefürchteten Sklavenherren des Nebelmeers, waren normalerweise nur in den Ländern rings um dieses Meer anzutreffen; was sie hier suchten, konnte ich mir nicht vorstellen.

In diesem Augenblick ging es mir zwar um Vad Garnath, doch auch er hatte einen Kataki eingesetzt, Chuktar Strom, der ihm die schmutzige Arbeit abnahm.

Ich marschierte weiter – mein Gesicht trug einen Ausdruck beherrschten Zorns, eine passende Maske für einen hohen Beamten der Königin. Endlich erreichte ich einen Korridor, der mit blauweißen Mosaiken ausgelegt worden war, an dessen Wänden Gobelins aus Hennardrin hingen. Ich erkannte die große, abstoßende Statue eines Kriegers auf einer Totrix, der im Begriff

* Sattelvögel

stand, einem Chulik-Söldner den Thraxter in den Hals zu stoßen. An diesem Denkmal war ich schon einmal vorbeigekommen, als ich aus meiner Zelle in die Gemächer von Königin Thyllis geführt wurde.

Einige Schritte weiter entdeckte ich eine Sklavin mit einem grauen Lendenschurz und einem silbrigen Wams. Sie trug ein Holztablett mit einer runden purpurnen Flasche, drei Silberkelchen und einem Silberteller, zum Teil gefüllt mit Palines, deren hellroter Glanz meinen Appetit weckte. Ich winkte ihr zu.

»Ja, Notor?« flüsterte sie mit geneigtem Kopf.

»Sklavin, ich suche Que-si-Rening«, sagte ich in dem verächtlichen Tonfall absoluter Macht. Das Mädchen war eine Apim; ihr dunkles Haar war zurückgekämmt und im Nacken mit einem einzelnen Grashalm zusammengebunden. Sie hob den Kopf, und ich sah, daß sie geweint hatte. Damals machten ihre Probleme keinen Eindruck auf mich, was mir heute leid tut. Doch es gab zahllose Sklaven auf Kregen, und ich mußte mich vor allem um Saffi kümmern. Eines Tages würde es mit der Sklaverei auf Kregen vorbei sein – dies wußte ich, dies war mein Schwur. Doch zu meiner Schande war dieser Tag noch nicht gekommen.

»Er schläft, Notor.«

»Zeig mir sein Zimmer.«

Schüchtern neigte sie den Kopf. Sie hatte mein Rapier gesehen und wußte, daß ich zum hamalischen Adel gehörte. Wir gingen durch den Korridor, bogen in einen Quergang ein, und ich nahm mir eine Paline von ihrem Tablett und kaute zufrieden darauf herum. Schließlich erreichten wir eine niedrige Bogentür.

»Hier schläft er.«

»Dann fort mit dir, Mädchen, und tu deine Arbeit.«

Ich klopfte an, leise und vorsichtig.

So sehr mich das Schicksal Saffis bekümmerte, so sehr der Zorn in diesem Augenblick in mir loderte – ich mußte vorsichtig handeln. Ich begriff nicht, warum mich der Gedanke an Saffi dermaßen aufwühlte, schließlich hatte ich das Mädchen erst vor wenigen Tagen kennengelernt, doch ihr Schicksal und ihre Schönheit erinnerten mich irgendwie an Delia, an die Leiden, die ich durchgemacht hatte, als Delia verschleppt worden war und ich um sie bangen mußte.

Trotz aller Vorsicht wartete ich nach meinem ersten respektvollen Klopfen nicht auf eine Antwort, sondern drückte die Tür auf und trat ein.

Da und dort waren zwischen den Wandteppichen die Felswände zu sehen; auf dem Boden standen gutgepolsterte Sessel aus Sturmholz, dazwischen Ponshofelle – ein Indiz, daß Quesi-Rening Bequemlichkeit liebte. Er saß in einem hohen Lehnsessel, ein staubiges Buch vor sich auf dem Schoß, und in seinen Augen stand jener geistesabwesende Blick, wie er durch die intensive Lektüre eines Hyr-Lif hervorgerufen werden kann.

Als er mich erblickte, wurden seine Augen sofort wieder klar.

Ich war bereit, ihm sofort die Hand auf den Mund zu legen, sollte er losbrüllen wollen, doch ich brauchte mich nicht von der Stelle zu rühren.

Er zeigte keine Überraschung; lediglich seine linke Augenbraue rutschte etwas noch oben.

»Dein Auftritt ist recht ungewöhnlich, Bagor ti Hemlad«, sagte er.

»Aye, San«, bemerkte ich. »Ich habe ein dringendes Anliegen.«

Diesen Mann mußte ich mit Vorsicht behandeln.

Mit einer Handbewegung deutete er auf einen Stuhl ihm gegenüber. Sein langgezogenes trauriges Gesicht mit der gelblichen Haut und den beiden dünnen schwarzen Schnurrbartenden, die sich an seinem Mund herabschwangen, ließ weder Ablehnung noch Zorn erkennen. Seine schwarzen Knopfaugen schimmerten im Glanz der Samphronöllampe, halb verborgen unter den herabhängenden Lidern. Seine Gegenwart hatte etwas Greifbares; die Seidentunika mit dem Gewirr seltsamer Symbole und Runen verstärkte die unheimliche Atmosphäre, die jeden gewöhnlichen Sklaven eingeschüchtert hätte.

Die gläubigen Kreger schreiben den Zauberern von Loh phänomenale Fähigkeiten zu; sie vertrauen auf ihre okkulte Macht und auf ihr Talent, auf die Wirksamkeit ihrer Bannsprüche oder Flüche. Ich selbst, bei Zair, war der Meinung, daß es noch so manches Interessante über die Zauberer von Loh zu erfahren gab, ehe man sich ein abschließendes Urteil über sie bilden konnte.

»Du hast meinen Besuch nicht erwartet, San«, bemerkte ich – weder als Frage noch als Feststellung. Dann lehnte ich mich zurück und überließ ihm die Führung des Gesprächs. Vielleicht wußte er gar nicht, daß man mich betäubt und aus dem Palast geschafft hatte, daß man mich als Flammengeschoß über die Bordwand eines Himmelsschiffes hatte werfen wollen. Wenn er es wußte, wollte er vermutlich gern erfahren, wie ich es geschafft hatte, von den Eisgletschern Sicces zurückzukehren.

»Weiß die Königin von deinem Besuch bei mir, Bagor?«

»Nein«, gab ich zurück. Als Bagor ti Hemlad war ich diesem alten Mann bekannt. Ehe er etwas sagen konnte, fuhr ich fort: »Ich kannte einmal einen berühmten Zauberer, wie ich dir schon gesagt habe. Als Gegenleistung für einen Gefallen, den ich ihm erweisen konnte, hat er sich für mich in Lupu versetzt und konnte über weitere Entfernung ein Bild wahrnehmen.«

Rening nickte. »Das stimmt.« Das Licht funkelte in seinem hellroten lohischen Haar.

»Wenn du möchtest, daß ich etwas Ähnliches für dich tue – welchen Dienst hast du mir erwiesen?«

Ich lachte. Ich, Dray Prescot, lachte.

»Du kennst König Doghamrei. Du hast begriffen, was hinter den Fragen steckte, die er mir stellte. Nun, ich bilde mir ein, daß ich dir noch sehr zu Diensten sein kann – und zwar in nicht allzu ferner Zukunft.«

Als der niederträchtige König Doghamrei mich verhören wollte, hatten der Zauberer und ich eine Art stillschweigendes Bündnis geschlossen – und auf diese Freundschaft baute ich jetzt.

»Du glaubst also, daß ein Zauberer aus Loh in die Zukunft blicken kann?«

Vorsicht! Ich mußte aufpassen, was ich sagte.

»Was das betrifft, San, so muß ich zugeben, daß ich nichts weiß. Der berühmte Zauberer, von dem ich eben sprach, ging in Lupu und schilderte mir den Verbleib und das Geschick einer Frau, die sich weit entfernt aufhielt.«

»So etwas ist möglich«, erwiderte er und nickte. »Aber sie war ihm bekannt, nicht wahr?«

»Er kannte einen Menschen, der ihr nahestand.«

»Kenne ich die gesuchte Person?«

Ich nahm Saffis Halstuch zur Hand. »Wenn du sie nicht kennst – dies ist ihr Halstuch. Ich bitte dich, San, sag mir, wo sie sich befindet!«

Im ersten Augenblick dachte ich, er würde mir meine Bitte

abschlagen. Doch wahrscheinlich spürte er, wie wichtig mir die Sache war, obwohl ich mich inzwischen einigermaßen im Griff hatte. Er stand auf und reckte sich, und ich glaubte das Knacken seiner alten Knochen zu hören. Nachdenklich blickte er auf mich herab.

»Also gut, Bagor ti Hemlad. Eine Investition in die Zukunft.«

Den Vorgang des Lupu fand ich widerlich und faszinierend zugleich. Ich hatte Zauberer Lu-si-Yuong in den Unwirtlichen Gebieten des fernen Turismond dabei beobachtet. Que-si-Rening begann nun mit dem gleichen Ritual.

Er setzte sich auf ein Ponshofell und bedeckte die Augen mit den Händen. Dann warf er den Kopf zurück und saß stumm und reglos da. Die Samphronöllampe warf helles Licht auf sein rotes Haar. Dies ist das erste Stadium des Lupu, da das Ich erstirbt und die Bindungen zwischen dem Immateriellen und dem Materiellen gelockert werden.

Saffis goldenes Tuch lag über seinen knochigen Knien, ein schimmerndes Stück Schönheit. Sein dünner Körper begann zu erschauern und sich zusammenzukrümmen, seine prachtvolle Seidenrobe bauschte sich. Die Augen rollten nach oben und waren kaum noch zu sehen; das Weiße der Augäpfel zeigte sich in schimmernden Halbmonden. Seine klauenähnlichen Hände fielen auf das Tuch, begannen es zu streicheln, zogen es durch die linke Faust, dann durch die rechte.

Ein unheimlicher, überirdischer Schrei kam von Renings Lippen.

Taumelnd und mit ausgebreiteten Armen stand er auf und begann sich zu drehen, immer schneller zu drehen, wie ein Derwisch wirbelte er im Kreise. Mit der Bewegung wehte Saffis Tuch um ihn herum, ein goldener Strich im Schein der Lampen.

Abrupt sank Que-si-Rening zu Boden, stemmte beide Hände flach gegen das Ponshofell, warf den Kopf zurück und starrte mich mit weitaufgerissenen Augen an, in denen das Wissen stand.

So sehr ich mich sonst auf Tatsachen verließ – hier durfte ich nicht darüber hinwegsehen, daß in der Literatur Kregens die Zauberer von Loh einen wichtigen Platz in der Mystik dieser Kulturen einnehmen. Ich mußte zugeben, daß dieser Zauberer, der mich wissend ansah, eine Erkenntnis gewonnen hatte, die für mich von großer Bedeutung war.

»Was hast du gesehen, San?«

Wenn ich mich energischer äußerte, als es sich einem Zauberer von Loh gegenüber geziemte, so brachte Que-si-Rening sicher Verständnis dafür auf, denn er selbst hatte während seines zwangsweisen Exils aus der Heimat allerlei erdulden müssen, so daß er nur zu gut mitfühlen konnte, wenn sich ein Mitmensch in einer ähnlichen Lage befand.

Vermutlich wußte er von dem unhöflichen Bagor ti Hemlad genug, um zu verstehen, daß er kein gewöhnlicher Sklave und auch kein gewöhnlicher Horter oder Edelmann war. Für einen Zauberer von Loh waren diese Abgrenzungen ohnehin nebensächlich.

Er gab mir das Tuch zurück.

»Ich habe die Person gesehen, die dieses Tuch getragen hat. Ich erkannte zwei ihrer Begleiter.«

Ich sagte nichts.

»Vad Garnath – ich sah ihn, während der Wind in seinem Haar spielte, darüber die Sterne, tief unten ein gewaltiges Ödland. Und neben ihm der böse Kataki mit dem Klingenschwanz.«

Ich wartete.

»Sie flogen nach Norden.«

Ich schwieg.

»Die beiden bringen das Mädchen in den fernen Nordwesten. Ich habe noch mehr wahrgenommen, doch darüber kann ich nicht sprechen, denn es betrifft ein Geheimnis zwischen Phu-si-Yantong und mir. Das Mädchen ist ihnen nicht wichtig. Sie wird an die Herren der Menschenjäger von Faol verkauft, eine bloße Dreingabe bei einem dunklen Geschäft.«

14

Die Menschenjäger von Faol!

Saffi sollte in den Dschungel dieser Insel gejagt werden, bei dem vergeblichen Versuch, den Jiklos zu entkommen – und den Jägern, die sich an diesem blutigen Sport ergötzten. Die Menschenjäger von Faol würden ihre scharfen Klauen und spitzen Zähne in ihren weichen goldenen Körper schlagen, und die

Armbrustpfeile der mächtigen Jäger würden blutige Spuren reißen – nein, ich durfte es nicht zulassen, daß Saffi den Menschenjägern von Antares geopfert wurde!

Ich wußte nicht, wie ich an die Tür gekommen war, doch plötzlich hatte ich den Griff in der Hand.

»Bagor!« rief Que-si-Rening. Als ich mich umdrehte, hob er den Arm. »Sieh dich vor. Die Königin versteckt mich hier. Wenn du mich verrätst, landen wir beide in den Himmlischen Bergwerken.«

»Was weißt du von den Himmlischen Bergwerken?«

»Genug, um einen gewaltsamen Tod im Jikhorkdun vorzuziehen.«

»Du bist ein kluger Mann.«

Ich hatte keine Zeit für weitere Diskussionen. Es gab viel zu tun, ich mußte sofort mit der Arbeit beginnen. Doch vergaß ich nicht, dem Zauberer aus Loh zu danken. Als ich dann wieder durch die heruntergekommenen unteren Stockwerke des Palastes eilte, achtete ich kaum noch auf meine Umgebung. Es war mir egal, wer mich sah. Ich erinnere mich an diese Minuten nicht; vage sehe ich einen neugierigen Sklavenaufseher vor mir, den ich bewußtlos schlug. Mein Erinnerungsvermögen setzt erst in dem Augenblick wieder ein, da ich mich aus dem Havilthytus stemmte, meine Stiefel anzog und im ersten Licht der Dämmerung zu Rees' Villa eilte.

Als die Zwillingssonne über den Dächern aufstieg, ließ man mich ins Haus.

Ich konnte die Nachricht nicht für mich behalten, so grausam sie war.

Rashi stieß einen Schrei aus und sank einem Hausmädchen ohnmächtig in die Arme. Roban schwenkte die Main-Gauche und sagte, er wolle mich begleiten.

Ich wandte mich an Jiktar Horan: »Du sorgst dafür, daß der Junge zu Hause bleibt.«

»Aye, Notor.« Horan zerrte an seiner mächtigen Numinmähne. »Aber die Menschenjäger – das ist schlimm! Dazu brauchen wir einen größeren Voller, als der Trylon einen besitzt.«

»Für solche Dinge ist keine Zeit, Jiktar. Ich reise sofort. Ich brauche Vorräte.« Bei diesen Worten wandte ich mich an den Sklaven, der im Haus zum Aufseher ernannt worden war. Er zog den Kopf ein und machte sich sofort daran, Rees' kleinen Voller startbereit zu machen. Es war ein einsitziges Flugboot. Wer allein reist, kommt am schnellsten voran. Diese Maxime stimmt nicht immer, doch in diesem Augenblick mußte sie der Wahrheit entsprechen.

Ich informierte Jiktar Horan über die Insel Faol und über den Aufenthaltsort der berüchtigten Menschenjäger. Der sogenannte Sport der Menschenjagd wird in Havilfar nicht offen diskutiert, sondern nur gerüchteweise behandelt. Encar Capela, der Kov von Faol, war für mich noch immer ein unbeschriebenes Blatt, denn ich hatte ihn nicht persönlich kennengelernt. Ich faßte den Entschluß, diese überfällige Begegnung möglichst bald herbeizuführen. Capela hegte einen perversen Stolz auf seine blutrünstigen Jiklo-Horden, deren Werk von einer Menge dekadenter Edelleute in ganz Havilfar insgeheim geschätzt wurde. Ich sagte Horan, notfalls könnte er sich an den Trylon von Süd-Faol wenden, einen Mann, der sich und sein Volk von Encar Capela fernhielt, obwohl er – so möchte ich vermuten – wohl nicht genau wußte, was jenseits des Flusses in Nord-Faol passierte.

»Ich habe Gerüchte über das sogenannte Große Jikai gehört«, bemerkte Jiktar Horan. »Dieser Nulsh von Kov hätte es verdient, daß man ihm den Kopf vor die Füße rollen läßt!«

»Das wäre auch mein Wunsch, Horan.«

Zu den Dingen, die in den kleinen Voller geladen wurden, gehörten Armbrüste, Köcher mit Pfeilen, Thraxter, Schilde, Stuxes – so viele Waffen, daß ich mir beim Start wie der Hüter eines Arsenals vorkam. Aber ich wollte gerüstet sein. Auf dem schönen, doch grausamen Kregen stehen zwischen einem Mann und der Todesgefahr nur seine Waffen.

Ich steuerte in nordwestlicher Richtung über Hamal, bis ich die Südgrenze der Schädelbucht erreichte, wo ich mich nach Westen wandte, mit einer leichten Abweichung nach Norden, so daß ich über das Dschungelgebiet direkt auf Faol zuhielt. Auf diesem Kurs mied ich Hennardrin und die Berge des Westens, in denen die hamalischen Armeen noch immer gegen die Wilden aus dem Ödland jenseits des Gebirges kämpften. Der Kurs führte mich auch nördlich am Paline-Tal vorbei.

Ich schob den Geschwindigkeitshebel ganz nach vorn und ließ das Flugboot durch die dünne Luft rasen. Die magische Kraft der Silberkästen – das war das Geheimnis, das mich nach Hamal geführt hatte, eine Aufgabe, die ich bewußt hintenangestellt hatte.

Die Stunden des Fluges waren nicht sehr angenehm, doch es gelang mir, von Zeit zu Zeit ein wenig zu schlafen, war ich doch seit vielen Burs auf den Beinen gewesen. Als ich Gilmoy erreichte und wieder einmal den fantastischen weißschimmernden Felsfinger in die Luft aufragen sah, hatte ich mich einigermaßen wieder gefangen und war klarer Gedanken fähig.

Der Weiße Felsen von Gilmoy, überall in Havilfar berühmt, zog unter mir dahin. Jetzt steuerte ich direkt auf die Gehege der Menschenjäger von Faol zu.

Der Flug von Ruathytu nach Faol dauerte einen ganzen kregischen Tag und eine ganze Nacht, wobei ich dem Voller das Äußerste abverlangte.

Der Vormittag war schon fast vorüber, als ich endlich den Fluß unter mir sah, der Urn Faol von Thoth Faol trennte. Nun begann ich wieder mehr auf meine Umgebung zu achten und hielt nach Flugbooten oder Flugreitern Ausschau.

Unter mir lag das Land, das ich inmitten kreischender, von panischem Entsetzen erfüllter Menschen durcheilt hatte, den scharfen Fängen der Jiklos hilflos ausgeliefert. Doch jetzt war nicht der rechte Augenblick, an die armen Menschen zu denken. Jetzt mußte ich einen Weg in die Käfige und Höhlen finden, in denen die Jagdopfer auf ihr Ende warteten. Dort mußte ich Saffi finden und sie irgendwie befreien.

War der arrogante Sklavenherr Nalgre noch immer an der Macht? Teilte er noch immer die Gruppen auf, die in den Tod gejagt wurden? Er und sein zahmer Jiklo, die geschmeidige Jiklofrau mit dem roten Bolerojäckchen und dem blonden Haar – diese beiden symbolisierten die schreckliche Macht des Großen Jikai.

Die Insel lag wenige Grade südlich des Äquators, so daß es mir das Wetter gestattete, Hemd und Hosen abzulegen und die Stiefel von den Füßen zu schleudern. Wie schon oft zuvor, war ich zum Kampf bereit, gekleidet in mein rotes Lendentuch, geschützt von meinen Waffen.

Vor einiger Zeit hatte ich erfahren, daß die Hauptstadt des Kovs von Faol Smerdislad hieß – eine Stadt, die ich allerdings nicht aufzusuchen gedachte. Die Ländereien des Kov waren vernachlässigt, Landwirtschaft wurde nur im unbedingt erforderlichen Ausmaß betrieben, während der Dschungel sich frei entwickeln durfte. Der Reichtum der Insel entstammte den Menschenjagden und der Zucht von Jiklos. Smerdislad existierte lediglich als äußeres Symbol von Encar Capelas Machtstreben; die Käfige und Höhlen der armen Jagdopfer waren von dieser strahlenden Stadt weit entfernt.

Während des Fluges hatte ich mir einen sauberen Plan zurechtgelegt. Bei Zair! Wenn es mir nicht gelang, dem arroganten Nalgre die Finger um den Hals zu legen und ihm ein bißchen Verstand in den Schädel zu pressen, wollte ich nicht Dray Prescot heißen!

Nun – wie schon gesagt, der Mensch sät, Opaz erntet. Als ich den gezackten Rand des Dschungels erreichte, erblickte ich die Vogelschar über mir. Ich kniff die Augen zusammen. Die Fluttrells waren schwarze, gefährlich wirkende Silhouetten im grellen Licht der Sonne. Bei klarem Wetter vermag ein schneller Voller jedem Sattelvogel davonzufliegen; und Rees' Privatflugboot war sehr schnittig gebaut.

Als die Fluttrells mit halb zurückgelegten Flügeln zum Angriff ansetzten, bildete ich mir voller Stolz auf Delias vorzüglichen Flugunterricht ein, ich könnte einfach davonrasen und die Angreifer unterlaufen oder in sie hineinrasen.

Die Flutsmänner dort oben waren freie Söldner des Himmels, die sich an jeden vermieteten, der ihre hohen Honorare zahlte. Das Schimmern der Waffen brachte ein Lächeln auf meine Lippen. Bei Krun! Wenn die Burschen kämpfen wollten, sollten sie eine Überraschung erleben! Mir war nicht nach Kampf. Ich wollte nur durchstoßen und fliehen, zu Saffi.

Der Anführer der Söldner war schlau, das muß ich dem Burschen lassen. Er teilte seine Streitmacht und führte ein sauberes Flankenmanöver durch. Ich hielt auf die Lücke zu. Die Flutsmänner waren in den Sätteln deutlich zu sehen. Armbrustbolzen sirrten auf mich zu. Ich ließ das Flugboot zur Seite ausbrechen. Eine zweite Salve zischte an Steuerbord vorüber. Und wieder ein Kurswechsel.

Ich hatte das Gefühl, die Gegner hinter mir gelassen zu haben. Ich drehte mich um und sah, wie die Fluttrells die Flügel ausbreiteten, um ihren Sturzflug zu beenden, und ich habe bis heute nicht erfahren, welcher Teufel einen Armbrustbolzen durch die dünne Außenhaut des Flugboots in den Steuermechanismus aus Bronze und Lenkholz lenkte, durch den sich die Silberkästen bewegten.

Der Voller drehte durch.

Er wurde wie ein Blatt herumgewirbelt. Ich klammerte mich verzweifelt fest. Ich drehte Pirouetten durch den Himmel und stürzte schließlich senkrecht ab, näherte mich den Bäumen. Der Wind raubte mir den Atem, Äste peitschten mich durch. Der Voller krachte durch das Laubwerk, während die Teufel da oben ihren Beschuß fortsetzten: Armbrustbolzen sirrten an mir vorbei oder bohrten sich mit dumpfem Laut in den Stamm des Baumes. Ich wurde tüchtig durchgeschüttelt und hatte schließlich den Eindruck, der Dschungel käme mir wie eine riesige grüne Faust entgegen.

Notor Zan, mit dem ich schon ab und zu Bekanntschaft geschlossen hatte, näherte sich mir mit ausgestreckten Armen. Doch er wollte mir nicht die Hand schütteln – der Aufprall wikkelte mich bewußtlos um einen Ast hundert Fuß über dem feuchten Dschungelboden.

15

Wie tief war ich doch gesunken! Wie lächerlich mußte ich, Dray Prescot, Krozair von Zy, Lord von Strombor, bei meinem würdelosen Abstieg gewirkt haben! Mit was für großartigen Schwüren hatte ich meine Rettungsmission begonnen!

Als ich erwachte, wußte ich sofort, wo ich war.

Ringsum ertönte das Schluchzen und Stöhnen von Sklaven. In meine Nase stieg der Gestank von nackten und ungewaschenen Menschenleibern. Ich öffnete die Augen – ja, da waren die abbröckelnden, feuchten Höhlenwände und die festen Lenkenstämme, die das Gitter zur Außenwelt bildeten. Draußen erblickte ich die Dschungellichtung mit den papishingedeckten Hütten und den schwerbewaffneten Wächtern.

Der Kopf tat mir weh, aber das würde sich geben. Diesmal hatten mich nicht die Herren der Sterne hierhergeführt. Diese unnahbaren und unergründlichen Wesen hatten mich in letzter Zeit in Ruhe gelassen und mir nicht zugemutet, irgendwelche

Kreger zu retten, deren Schicksal sie zu beeinflussen versuchten. Doch meine Lage war um keinen Deut besser. Ich war nackt und unbewaffnet und trug eine Sklaventunika. Aus der Masse der Sklaven, die sich ringsum bewegte, würden die Wächter nacheinander Gruppen zusammenstellen, die durch den Dschungel fliehen sollten. Wurden die armen Sklaven noch immer von hinterlistigen Führern begleitet, die ihnen mit falschen Hilfeversprechen Mut einflößten und ihrer Flucht neuen Auftrieb gaben? Nun, auf diese Frage würde ich sicher bald eine Antwort finden.

Dann überkam mich die Wahrheit in ihrer betäubenden Wucht. Saffi! Ich war hier, um sie zu retten, und jetzt war ich nichts weiter als ein Gefangener unter vielen!

Diese Erkenntnis ließ mich aufspringen. Die Kopfschmerzen mußte ich ignorieren. Ringsum lagen und saßen meine Leidensgenossen. Wahrscheinlich war bald das Essenssignal fällig, das die übliche wilde Jagd zum Eß-Raum auslöste.

Ich wandte mich an einen jungen Brokelsh, der mir noch einigermaßen kräftig zu sein schien. Er wußte nichts von einem Löwenmädchen. Ich faßte mich in Geduld und versuchte es bei einem anderen jungen Mann, einem Apim, der mich jedoch nur verständnislos ansah, während ihm ein Speichelfaden aus dem Mundwinkel lief.

Ich beherrschte mich und fragte weiter, wobei ich mich allmählich durch die Höhlen arbeitete. Während ich mich zuerst an junge Männer hielt, die sicher ein Auge für schöne Mädchen hatten, fragte ich später auch Mädchen, die ihre Konkurrentinnen im Blick zu behalten wußten. Doch niemand hatte ein goldenes Löwenmädchen gesehen oder auch nur von ihm gehört.

Hatte sich Que-si-Rening geirrt? Hatte ihn sein Trancezustand in die Irre geführt? Hatte er mich angelogen?

Die armen Sklaven wurden hier festgehalten, damit sie eines Tages freigelassen und als Wild eingesetzt werden konnten. In ihren Jikai-Villen saßen jetzt die großen Jäger bei kühlen Getränken, während Sklaven die Armbrüste, Schwerter und Speere pflegten. Die Menschenjäger liefen geifernd an den Stäben ihrer Käfige auf und ab, bereit, die Spur der nackten Sklaven aufzunehmen.

Auf meinem Rundgang bemerkte ich einen jungen Mann mit kräftigen Muskeln und dem wachen Blick eines Jägers; ein falscher Führer schien sich nicht in der Menge zu befinden. Diese Führer hatten die Aufgabe, den Sklaven einzureden, sie hätten eine Fluchtchance; beflügelt von dieser Hoffnung, gaben sich die armen Teufel mehr Mühe, was die Jagd vergnüglicher machte. Aber diese Führer waren nicht zu sehen. Außerdem fiel mir auf, daß die Höhlen weniger Sklaven enthielten als seinerzeit. Entweder hatte der Kov nicht für Nachschub gesorgt, oder die Jagd war in letzter Zeit ziemlich exzessiv betrieben worden.

Endlich kam die Essenszeit, und die Sklaven hasteten auf die Eß-Höhle zu. Hier kämpften sie um die besten Brocken – um ein Stück Voskfleisch und einen Kanten Brot.

Die Flutsmänner, die Söldner des Himmels, hatten nach ihrem Vertrag mit dem Kov von Faol gehandelt. Meine Besitztümer, die Waffen und die Sachen aus dem abgestürzten Flugboot und meine Kleidung, waren in ihren Besitz übergegangen. Sie hatten mich den Sklavenherren ausgeliefert und alles in allem einen guten Gewinn dabei herausgeschlagen. Der Luftraum über Faol war offenbar nicht besonders sicher.

Ich hatte die vage und nicht sehr angenehme Ahnung, daß ich nicht nur erheblich von meinem Plan abgebracht worden war, sondern vielleicht auch einen entscheidenden dummen Fehler gemacht hatte. Nun, es war nicht der erste Fehler in meinem Leben und hoffentlich wohl auch nicht mein letzter. Immer wieder dachte ich an die Worte Qui-si-Renings, des Zauberers aus Loh.

Sie wird an die Herren der Menschenjäger von Faol verkauft... Was bedeuteten aber die letzten Worte: *Als bloße Dreingabe...?*

Ich beruhigte mich etwas, als ich einen Brokelsh befragte, der seelisch besser gestellt zu sein schien als viele Sklaven anderer Rassen.

»Nein, Dom«, sagte der Brokelsh und schüttelte den mächtigen Schädel. »Es hat seit einer Sennacht keine Jagden mehr gegeben.«

»Bist du sicher, Dom?«

»Wenn du mir nicht glaubst, breche ich dir mit Freuden das Rückgrat.«

Na, versuchen konnte er es.

»Ich glaube dir durchaus.« Ich musterte ihn. Der Brokelsh besaß ein dichtes, struppiges schwarzes Fell. Sein verkniffenes Gesicht starrte mich düster an. Ich dachte an die Zukunft und fragte: »Wenn man dich freiließe, würdest du dann auch den Wächtern das Rückgrat brechen?«

»Aye, Dom, mit dem größten Vergnügen, der Herrliche Bridzilkelsh sei mein Zeuge.«

Unter dem dichten Pelz bewegten sich kräftige Muskeln. Als Kämpfer mochte dieser Mann von unschätzbarem Wert sein.

»Wie heißt du, Dom?«

»Man nennt mich Bartak den Hyrshiv, denn ich bin der zwölfte Sohn Bartaks des Ob.«

»Wenn ich ausbreche, Bartak, würde ich dich gern an meiner Seite sehen.«

Er knurrte vor sich hin und wandte sich ab. Er schien mich für einen Prahlhans zu halten. Und wenn schon! In diesem Augenblick kam ich mir fast selbst so vor, bei Zair!

Er erkundigte sich nicht nach meinem Namen, was mir nur recht war, hatte ich doch keine Zeit, mir zu überlegen, welchen Namen aus meiner umfassenden Sammlung ich verwenden sollte. Prescot der Onker – das war vermutlich die treffendste Bezeichnung.

Ich fragte mich, ob ich Vad Garnath und den Kataki – Chuktar Strom Rosil – vielleicht überholt hatte. Vielleicht hatte mich Rees' schneller Voller hierhergebracht, ehe Saffi verkauft werden konnte. Eine Zugabe? Und Que-si-Rening hatte einen anderen Zauberer von Loh erwähnt, Phu-si-Yantong, und zwar mit einer seltsamen Betonung. Stand Rening diesem unbekannten Phu-si-Yantong mit Vorsicht, Nervosität oder womöglich Angst gegenüber? Paßte er irgendwie in diese teuflische Gleichung?

Eine Tatsache war klar. Saffi befand sich nicht unter den Sklaven, die hier auf das Große Jikai warteten. Deshalb durfte ich keine Mur länger hier verweilen als unbedingt notwendig.

Immer wieder kamen mir die Worte des Zauberers in den Sinn: *Verkauft an die Herren der Menschenjäger von Faol.*

Wie ein Idiot war ich hierhergeraten, wo ich schon einmal gefangengehalten worden war: hier, wo die *Opfer* der Menschenjäger und der Jäger festgehalten wurden.

Aber... die *Herren* der Menschenjäger von Faol...

Kurzentschlossen näherte ich mich den dicken Lenkholzstangen, die uns den Weg in die Freiheit versperrten, und rief einen der patrouillierenden Wächter an. Es handelte sich um einen Rapa mit einem abstoßenden Raubvogelgesicht.

Er schlenderte selbstherrlich herbei und klopfte sich mit einer Rattanpeitsche gegen die Beinschäfte. Eine waldgrüne Tunika lag straff über seinen Schultern.

»Rapa«, sagte ich nicht allzu laut. »Ich möchte mich gern einmal mit dir unterhalten.«

Er schnaubte durch den Schnabel. Wie alle Rapas verströmte er einen Duft, der mich zu Beginn meiner Zeit auf Kregen angewidert hatte; inzwischen war ich daran gewöhnt. »Wenn du mich ohne guten Grund zu dir rufst, du Yetch, lasse ich dich auspeitschen!«

Er näherte sich dem Gitter, und sein Rattan zuckte wie eine Schlange vor.

»Ich habe einen guten Grund, Rapa«, sagte ich. »Du stinkst.«

Er starrte mich mit klaffendem Schnabel an. »Nulsh!« kreischte er, sprang vor und ließ seinen Rattan herabzucken. Ich trat seitlich zum nächsten Balken, griff hinaus, wodurch meine Arme dem Schlag entgingen. Ich nahm den langen Hals zwischen die Hände, griff zu und hob den Kerl von den Füßen. Lautlos sank der Rapa in sich zusammen. Ich öffnete die Fäuste und ließ ihn fallen.

Bartak der Hyrshiv knurrte überrascht.

»Du bist ein toter Mann, Dom.«

Ein zweiter Wächter, ein Och, hatte die Szene verfolgt. Ochs sind klein und haben sechs Glieder. Der Wächter eilte herbei und versuchte mich mit seinem Speer aufzuspießen, während er zugleich Alarm gab. Ich würgte ihn ebenfalls; bei ihm genügte eine Hand.

»Du hast einen Plan?« fragte Bartak.

»Dazu wollen wir in die nächste Höhle gehen. Vielleicht können wir uns ein bißchen amüsieren.« Ich reichte ihm den Speer des Och. Er griff danach. Wie jeder Mann, der zum Überleben seine Muskeln und seine Waffen braucht, verstand er mit dem Speer umzugehen. Ich bewaffnete mich mit dem Thraxter des Rapas und folgte Bartak in die nächste Höhle. Dort stellten wir uns an die Gitter und konnten eine Gruppe Wächter zusammenlaufen sehen. Sie waren zornig und brüllten durcheinander.

»Ich hoffe, dein Plan funktioniert auch«, sagte Bartak ungerührt.

»Wenn nicht, werden wir uns auf den Eisgletschern Sicces einen kalten Arsch holen.«

Das Schwert des Rapas war eine billige Klinge mit einem schwarz angemalten Holzgriff. Traf der Stahl auf eine Rüstung, mußte er sofort zerbrechen. Doch gegen nackte Sklaven genügte die Waffe vollauf.

Die eigentlichen Sklavenhöhlen lagen hinter einer Reihe vergitterter Höhlenöffnungen in der Felswand. Bartak und ich schritten durch diese Außenhöhlen, nicht hastig, aber auch nicht langsam. Als ich das Gefühl hatte, daß wir weit genug gelaufen waren, blieb ich stehen. Bartak faßte seinen Speer fester und sah mich an. Er schien es zufrieden zu sein, daß ich die Führung übernommen hatte. »Wir warten, bis sie vorbeigerannt sind. Ich glaube nicht, daß uns einer der Sklaven verraten wird.«

»Da hast du recht. Die fliehen wie Ponshos vor einem Leem.«

Kreischend gerieten die Sklaven in Bewegung; hastend, einander schiebend, verschwanden sie im Gewirr der Höhlen, auf der Flucht vor den Wächtern, die nun durch die Höhle eindrangen, vor denen ihre bewußtlosen Kameraden lagen. Wir warteten.

Schließlich sagte ich: »Die meisten Wächter sind jetzt in den Höhlen. Mit Nachzüglern müßten wir eigentlich fertigwerden...«

»Ich kann mit dem Speer umgehen, Dom.«

»Das war mir schon aufgefallen.«

Wir gingen zurück. Aus der Tiefe des Höhlenlabyrinths tönten das Geschrei der Sklaven und die zornigen Rufe der suchenden Wächter. Unterwegs bekamen wir nur zwei Wächter zu Gesicht, denen wir ein Schwert und einen Stuxcal abnahmen. Das Tragegerät mit den acht Stuxes war eine ungemein nützliche Waffe. Wir marschierten weiter, und mein Thraxter und Bartaks Speer waren bald mit Blut besudelt.

Der erste Stux wurde aus der Halterung gezogen. Als wir uns der offenen Tür im Lenkholzgitter näherten, balancierte ich den Wurfspieß in der Hand. Die Wächter hatten einen Kameraden zurückgelassen, um eine Flucht der Sklaven zu verhindern; der Mann sank mit durchbohrtem Hals zu Boden. Natürlich nahm ich im Vorbeilaufen den Wurfspieß mit. Gleichzeitig raubte ich ihm den Thraxter vom Gürtel. Für seine Kleidung hatten wir allerdings keine Zeit mehr; wir hasteten so schnell wir konnten auf die Lichtung und hielten direkt auf die Hütten mit den Papishindächern zu.

In den Schatten hielten wir inne und sahen uns vorsichtig um.

»Ich glaube, man hat uns nicht beobachtet«, sagte Bartak, hob sein breites Gesicht und fuhr fort: »Es wäre mir eine Ehre, deinen Namen zu kennen.«

»Dray Prescot«, sagte ich kurzentschlossen.

»Dray Prescot, wir wollen in den Dschungel laufen und dieses Pestloch hinter uns lassen. Ich glaube, der Strahlende Bridzilkelsh ist uns heute wohlgesonnen!«

»Nicht nur uns.« Ich blickte zurück. Aus dem offenen Gittertor drängten sich Sklaven. Einige schrien vor Freude, andere hasteten entschlossen dahin, wieder andere waren so geschwächt, daß sie sich kaum auf den Beinen halten konnten. Ich konnte diesen Menschen nicht helfen, wünschte ihnen aber alles Gute.

»Zögern wir nicht länger, Dray Prescot! Wir müssen fliehen!«

Schon wollte ich seinem Rat folgen, als mir etwas auffiel. Die fliehenden Gefangenen schienen ein Ziel zu haben. Ein Mann mit einem auffälligen schwarzen Haarschopf hatte energischen Schrittes die Führung übernommen. Die Gruppe lief auf die Ecke der Lichtung zu. War dieser Mann ein falscher Führer, der die Sklaven in die Irre führte? Bartak der Hyrshiv beantwortete meine unausgesprochene Frage. »Das ist Nath Palton, ein Wächter, der bestraft und zum Sklaven gemacht wurde.«

»Aye!« sagte ich. »Und er führt die Männer zu den Flugbooten oder Fluttrells!«

»Ja.«

Ich muß zugeben, daß ich in diesem Augenblick sehr erleichtert war. Ich hatte geschwankt, ob ich den Sklaven folgen oder mich weiter um meine Pläne kümmern sollte. Aber die Sklaven wären ohne Nath Paltons Verlockung niemals ausgebrochen. Sie brauchten meine Hilfe also nicht.

»Warum läufst du nicht mit, Bartak?«

»Du hast vorhin gesagt, du hättest einen Plan, Dray Prescot.«

»Aber da wußte ich noch nicht, daß die Sklaven fliehen würden...«

»Du kanntest Nath Palton noch nicht.«

»Richtig.«

Und damit war das Thema des ehemaligen Wächters Palton

abgeschlossen. Wortlos wandte ich mich ab und verschwand im Schatten der Hütten.

Soweit ich von meinen bisherigen Erlebnissen wußte, wurden Flugboote oder Satteltiere nicht in der Nähe der Sklavengehege untergestellt. Nachdem nun eine ganze Sklavengruppe Anstalten machte, durch die Luft zu entfliehen, war uns dieser Weg zunächst versperrt. Folglich mußte ich auf meinen ursprünglichen Plan zurückgreifen. Wir kamen zwischen den letzten Hütten hervor, zwischen den Sklavengehegen, in denen die armen Jagdopfer auf das große Ereignis vorbereitet wurden. Ein Stück dahinter lag das Jikai-Camp, in dem die Jäger das große Ereignis erwarteten und dabei einem Lebensstil frönten, wie sie ihn von zu Hause gewöhnt waren. Bartak sah sich um. Wir waren allein. Mit einem Kopfnicken deutete er auf ein größeres Haus in der Nähe und setzte sein verkniffenes Lächeln auf.

»Nalgre der Sklavenherr«, sagte er befriedigt.

»Aye, Bartak. Nalgre.«

Vorsichtig näherten wir uns dem Haus jenes Nalgre, der sich an der Qual seiner Sklaven zu weiden verstand. Die Sonnen brannten heiß vom Himmel, der schwere Geruch des Dschungels machte sich unangenehm bemerkbar.

»Er ist in letzter Zeit krank gewesen«, erklärte Bartak. »Ärger mit dem Magen.« Er lachte. »Außerdem ist sein Lieblingsjiklo gestorben. Sie wurde vergiftet. Es wird behauptet, einer der gezähmten Haussklaven hätte es getan.«

»Und wie hat sich Nalgre gerächt...?«

»Unbeschreiblich...!«

Vor dem Haus zog sich eine Veranda hin, doch die Liegestühle und Hängematten waren leer. Wir schlichen die Holzstufen hinauf und betraten das kühle Innere. Sofort fiel mir die bedrükkende Atmosphäre auf. Solide gebaut, hätte das Haus ein gemütliches Heim sein können. Doch die Räume wirkten verstaubt und ungepflegt; Teppiche waren an den Ecken hochgeschlagen, ein Tisch lag auf der Seite, verschmutzte Gläser standen auf einem Silbertablett. Schon am Eingang hörten wir das Heulen und Kreischen, das aus dem hinteren Teil des Hauses drang. Dienstboten und Sklaven schien es nicht zu geben. Bartak hatte seinen Speer erhoben. Wir kamen durch einen Perlvorhang in einen langen niedrigen Raum im hinteren Teil des Gebäudes. Der Lärm nahm zu – ich hatte so etwas noch nicht vernommen, außer bei jenen Gelegenheiten, da ich einen Menschenjäger umgebracht hatte.

Stumm beobachteten wir den Kampf.

Lange Fenster warfen ein Schrägmuster grünroten Lichts auf den Boden, der früher einmal gebohnert gewesen war, jetzt aber die Spuren riesiger Krallenfüße aufwies. Das Zimmer war unmöbliert. In der Mitte stand Nalgre. Er hatte sich seit unserer letzten Begegnung kaum verändert – ein arroganter, rücksichtsloser Mann, der mit der Peitsche um sich schlug; sein Gesicht wies allerdings einen seltsam gelben Schimmer auf und war schmal geworden, und seine Schultern wirkten nicht mehr ganz so straff. Ein echter Sklavenherr war dieser Nalgre, seinem Herrn, dem Kov von Faol, verantwortlich für den Ablauf der Menschenjagden. Sein muskulöser Oberkörper war nackt, er trug nur Hose und Stiefel. Immer wieder fand die knallende Peitsche ihr Ziel. Die Jikla, ein weiblicher Menschenjäger, die die Schläge trafen, kreischte und zischte und versuchte den Riemen auszuweichen, doch sie konnte nicht vom Fleck: Eine dicke Eisenkette, die an einem riesigen Ring im Boden endete, hielt sie fest.

»Sein neues Spielzeug, Dray Prescot«, flüsterte Bartok. »Er trainiert sie.«

»Sieht mir eher nach einer Folterung aus.«

»Ja. Für Nalgre ist das praktisch dasselbe. Er peitscht und foltert sie, damit sie um ihn herumschwänzelt und ihm die Stiefel leckt – genau wie sein letztes Schoßtierchen.«

»Ich habe einen langen Weg zurückgelegt, um diesen Nalgre zu treffen.«

Bartok sah mich verwirrt an. Einige Herzschläge lang blieben wir stehen und sahen zu, wie Nalgre die Jikla mißhandelte. Sie war ein vorzüglich gewachsenes Exemplar, wild in ihren Bewegungen, mit stolzem Blick – und sie war schwanger. Ob Nalgre das bemerkt hatte oder sich nichts daraus machte, wußte ich nicht. Vermutlich war es ihm egal.

Seine Peitsche traf die Flanke der Jikla.

Sie heulte auf und rasselte mit der Kette in dem verzweifelten Bemühen, der grausamen Peitsche zu entrinnen. Nalgre lachte, fluchte auf das Wesen und trat danach.

»Dir werde ich Benehmen beibringen, du vierbeinige Shishi! Ich werde dir deinen Herrn zeigen, bei Havil! Du wirst um

Gnade winseln, aye, und es wird dir gefallen! Du wirst mir die Stiefel lecken!« Die Peitsche knallte und klatschte auf ihren Rücken und drückte den Kamm des verfilzten blonden Haars nieder. Überall am Körper waren rote Striemen zu sehen. Wieder trat Nalgre zu.

Das Wesen fauchte und kreischte. Es sah uns. Jiklos sind Apim – das heißt, sie waren Apim, ehe sie genetisch zu Menschenjägern deformiert wurden – und vermögen noch immer zu sprechen, wenn sie sich auch mit einer seltsamen Atemlosigkeit äußern, die das Ohr anstrengt.

Die Jikla sah uns, sie sah die Waffen in unseren Händen. Sie sah, daß wir keine Kleidung trugen und demnach Sklaven waren – doch sie warnte ihren Herrn nicht, daß Männer gekommen waren, um ihn zu töten.

16

Nalgre hieb immer wieder auf den bebenden Körper der Jikla ein; Blut tropfte von den Peitschenriemen. Zum erstenmal in meinem Leben sah ich auf dem Gesicht eines Menschenjägers etwas anderes als unbezähmbare Wildheit und Gier. Das Gesicht der Jiklo-Frau verzog sich in diesem Augenblick zu einem Ausdruck erwartungsvoller Freude.

Bartak schien den Ausdruck ebenfalls bemerkt zu haben, denn er trat mit Entschlossenheit vor. Nalgre der Sklavenherr spürte von unserer Gegenwart nichts; er begriff die plötzliche Veränderung im Verhalten seines Opfers erst, als er meine Stimme vernahm.

»Nein, Dom«, sagte ich laut zu Bartak. »Töte den Rast nicht, wenigstens noch nicht gleich!«

Nalgre fuhr herum, als wäre er auf eine Klapperschlange getreten. Er sah uns und unsere Waffen. Auf seinem Gesicht zeigte sich keine Spur von Angst. Seit vielen Jahren war er es gewöhnt, Gefangene zu machen und Sklaven zu unterdrücken. Arroganz und Selbstsicherheit hatten in seinem bösen Geist tiefe Wurzeln geschlagen. Er fluchte unsäglich und begann loszubrüllen.

»Zurück in eure stinkenden Höhlen, ihr Yetches! Zurück, Sklaven! Auf den Boden mit euch, kriecht davon, ehe ich euch die Haut von den Rippen peitschen lasse!« Er sprang auf uns zu und hob die Peitsche, um sie auf unsere nackten Körper niedersausen zu lassen. »Ho! Wächter! Zerrt die Nulshes fort! Zu den Peitschenrahmen mit ihnen! Wächter!«

Bartak, im Zaum gehalten durch meinen Befehl, Nalgre nicht zu töten, wandte sich um und sah mich erstaunt an, den Speer immer noch zum tödlichen Stoß erhoben. Nalgres Peitsche wikkelte sich um seinen Körper und hinterließ einen roten Striemen zwischen seinen schwarzen Borsten. Er fuhr zusammen und stieß einen Schmerzensschrei aus.

»Was soll das heißen – ich darf ihn nicht töten? Bist du plötzlich zum Schwächling geworden, Dray Prescot?«

»Nein, Bartak.« Ich packte die Peitsche und zog daran. »Ich muß dem Cramph erst ein paar Fragen stellen, das ist alles.« Mit diesen Worten zog ich Nalgre zu mir heran und versetzte ihm einen fürchterlichen Schlag auf die Nase. Nalgre ließ die Peitsche fallen und brüllte los, doch der Klang seiner Stimme hatte sich deutlich verändert.

»Das dafür, daß du ein schwangeres Weibchen ausgepeitscht hast«, sagte ich.

Er betastete seine Nase, die zu bluten begonnen hatte.

Die Jikla schnaubte und fauchte.

»Los, Dray Prescot, stell ihm deine Fragen, damit wir Schluß machen können.«

Ich näherte mich der Jikla. Bebend hockte sie vor mir, plötzlich sehr reglos. Ihre Lippen öffneten sich und entblößten die furchterregenden Reißzähne. Ich beugte mich vor.

»Wenn ich dich losmache – wirst du dann fliehen oder uns töten?«

Die Szene kam mir irgendwie unwirklich vor. Doch ich wollte mit Nalgre sprechen, ohne daß zwischen uns ein angeketteter Menschenjäger saß, noch dazu ein schwangeres Weibchen. Hätte sie nicht die kurzen und ungewöhnlich muskulösen Beine des wahren Jiklo gehabt, hätte sie aufrecht gestanden, dann wäre sie eine ganz annehmbare Frau gewesen, zumindest dem Körperbau nach; das Gesicht war eine andere Sache. Ich starrte in ihre blauen Augen.

Die Menschenjäger sprechen gewöhnlich mit gepreßter Stimme; sie äußern knurrende Fauchlaute, die ihre wahre Natur zu offenbaren scheinen.

»Ich werde euch nichts tun.«

Einfache Worte – doch was für Worte von den Lippen eines Jiklo!

»Bist du verrückt geworden?« wollte Bartak wissen. »Hast du völlig den Verstand verloren? Das Vieh – es zerreißt uns in der Luft, wenn du es befreist!«

Ich wandte mich der Jikla zu. Ich sah ihre Haut, auf der ein goldener Flaum zu erkennen war, entstellt durch blutende Striemen und blaue Flecken. Sie hatte sich hingesetzt und blickte zu mir empor, den Kopf auf die Seite gelegt. Über der gerunzelten Rundnase leuchteten klare blaue Augen, die geschlossenen Lippen wirkten rührend menschlich. Ich begann an meinem eigenen Verstand zu zweifeln – *rührend menschlich*, ein Menschenjäger von Antares? Aber ich sah die Jikla in einem völlig neuen Licht. Außerdem vergaß ich nicht, daß Königin Thyllis für ihren Thronsaal zahme Jiklas gekauft hatte.

»Wirst du uns töten, wenn ich dich befreie, Jikla?«

Sie schüttelte den Kopf. Nalgre, der von Bartaks Speer in Schach gehalten wurde, stieß ein Gurgeln aus und versuchte zu begreifen, was hier vorging.

»Dieses Geschöpf wird dir nichts mehr tun, Jikla«, sagte ich.

»Wenn du mich befreist, aufrechter Apim, schwöre ich bei Kaleba der Unbekannten, daß ich euch nichts tue.«

Wer Kaleba die Unbekannte war, wußte ich natürlich nicht, und ich hatte auch keine Zeit, mich darüber zu wundern, daß die Menschenjäger offenbar eine Art Religion besaßen, die sie über die Stufen wilder Tiere heraushob.

Ich beugte mich über die Eisenketten.

»Dann sollst du frei sein, Jikla.«

»Ich danke dir. Mein Name ist Melow, Melow die Geschmeidige – allerdings trage ich jetzt ein Kind.«

Die Situation wurde immer seltsamer. Hier unterhielt ich mich mit einer Jikla – wo doch bisher all mein Denken und Streben auf Wege und Möglichkeiten gerichtet gewesen war, diese Wesen zu töten! Die ganze Szene erfüllte mich mit dem vagen Verdacht, daß ich mich hier wieder einmal als der Onker aller Onker aufführte, der ich in Wirklichkeit war.

Bartak brachte die Entscheidung.

»Stell dem Nulsh deine Fragen – dann müssen wir weiter! Die Teufelin dort kannst du hinterher befreien.«

»Ich habe ihr mein Wort gegeben«, erwiderte ich leise und griff nach den Ketten. Meine Hände bewegten sich dicht an der gefährlichen Schnauze vorbei. Die Lippen blieben in Ruhestellung, die scharfen Zähne wurden nicht gebleckt.

»Ist das dein Plan, Dray Prescot?«

»Ja.«

Ich befreite den Menschenjäger.

Sie erhob sich auf alle viere – und entfernte sich ein Stück von uns. Dann hockte sie sich hin und begann sich zu säubern. Nach kurzem Zögern wandte ich mich Nalgre zu.

»Eine Frage, Nalgre.«

Sein gelbes Gesicht wies nun einen grünlichen Schimmer auf.

»Wo wird das Numinmädchen gefangengehalten? Das goldene Löwenmädchen?«

Bartak ermunterte den Sklavenmeister mit seiner Speerspitze.

»Gnade! Gnade!« winselte dieser.

»Sag mir, wo die Numin ist – auf der Stelle!«

»Sie ist für den Kov gekauft worden. Sie ist nicht hier. Der Kov hat sie in seiner Festung. Ich schwör's!«

»In seiner Festung in Smerdislad?«

»Ja, ja! Die Festung *ist* Smerdislad!«

Nalgre mißachtete den Speer, der gegen seinen Bauch gedrückt wurde, und ließ sich zu Boden sinken. Bartak starrte ihn an wie ein Leem, der einen Ponsho vor sich hat. Nalgre legte die Hände auf sein Herz.

»Verschont mich! Ich verspreche euch alles! Ich besitze viel Gold und Silber. Ich habe Chail Sheom, Juwelen, Zorcas, Seidenstoffe und Pelze, viel Gold und Silber ...«

»Du wiederholst dich, Nalgre. Und du verschweigst, daß du auch viele Sklaven besitzt.«

Bartak kicherte.

»Die *hat* er besessen!«

»Das ist wahr.«

»Laßt mich am Leben – mein Leben – alles, was ich besitze, gehört euch.«

»Was dir gehört hat, würde uns auf jeden Fall gehören, wenn wir daran Interesse hätten«, sagte Bartak mit der Direktheit eines Brokelsh.

»Ketten wir ihn an, Bartak, dann wollen wir gehen.«

Bartak machte sich einen Spaß daraus, die Ketten festzuziehen. Ich hatte kein Interesse daran, den Mann zu töten, und war gewillt, ihn dem Zorn seines Herrn, des Kov von Faol, auszusetzen – der leichteste Ausweg aus der Situation. In diesen Sekunden war mir das Unvermeidliche noch gar nicht bewußt geworden; Bartak aber hatte die Wahrheit längst erkannt.

Bald würden die Wächter zum Haus des Sklavenherrn kommen und ihm angstvoll gestehen, daß eine Gruppe Sklaven geflohen war und Wächter getötet worden waren.

Hier lag auch der Grund, warum man uns nicht aufgehalten hatte: Die Wächter waren unterwegs, um fliehende Sklaven einzufangen.

Ehe ich ging, wandte ich mich noch einmal zu Nalgre um, der betäubt am Boden hockte und sich zu wundern schien, daß er noch am Leben war.

»Nalgre, du Muster eines Kleesh«, sagte ich. »Sag mir eins: Wo steht dein Flugboot? Wo befinden sich deine Fluttrells?«

Hastig erzählte er uns, daß Voller und Vögel separat versteckt worden seien, eine halbe Ulm entfernt auf einem Weg, der im rechten Winkel von der Hauptstraße fortführte. Ich nickte. Wortlos gab ich Bartak einen Wink und verließ den Raum durch die Hintertür. Bartak folgte mir. Wir hatten noch keine zwanzig Schritte zurückgelegt, als wir aus dem Haus einen entsetzlichen Schrei hörten.

Ich blieb stehen.

»Beim Schwarzen Chunkrah!« rief ich. »Was für ein Dummkopf ich bin! Ich hätte daran denken müssen...«

Bartak setzte sein Brokelshlächeln auf. »Kommt es noch darauf an? Eine Bestie tötet die andere.«

Ein seltsames Schuldgefühl überkam mich, als die Jikla aus der Hintertür des Hauses kam und geschmeidig auf den Weg sprang. Sie folgte uns.

Knapp eine halbe Ulm entfernt erreichten wir einen Palisadenzaun. Bartak stieß das Tor auf, und wir traten ein. Auf Stangen saßen drei Fluttrells, die der Blutgeruch nervös machte. Daneben parkte ein kleiner Voller.

»Dies also war dein Plan, Dray Prescot«, sagte Bartak der Hyrshiv.

»Zum Teil.«

Wir stiegen in das Flugboot. Für die Dinge, die ich im Sinn hatte, eignete es sich besser als die Fluttrells. Ich wandte mich den Kontrollen zu und machte Anstalten, die Hebel zu bewegen. In diesem Augenblick ertönte hinter mir ein dumpfer Laut, und Bartak stieß einen Schrei aus. Ich wirbelte herum; ein Thraxter blitzte schlagbereit in meiner Hand.

Die Jikla saß im Heck des Vollers. Sichtlich angeschlagen schob sich Bartak neben mich.

»Ich kann nicht hierbleiben«, sagte Melow die Geschmeidige. »Die Spuren verraten, daß hier ein Jiklo am Werk gewesen ist.«

»Ich verstehe.«

»Wir können doch dieses Untier nicht mitnehmen!« sagte Bartak entsetzt, fuhr sich mit der Zunge über die Lippen und faßte seinen Speer fester.

»Dies ist Melow die Geschmeidige«, sagte ich – und meine nächsten Worte überraschten mich selbst. »Und sie ist kein Untier. Eher umgekehrt: Sie ist von einem Untier wie ein Tier behandelt worden. Also gut, Melow. Wir bringen dich von hier fort, und dann kannst du gehen, wohin du willst.«

Melow die Geschmeidige schwieg. Hätte sie mir nicht schon gedankt, wäre ich vielleicht zu dem Schluß gekommen, daß Menschenjäger keine Dankbarkeit empfinden können.

Wie falsch das gewesen wäre, sollen Sie bald hören...

Das Wetter war klar und sonnig; dennoch warf ich mir einen von Nalgres schwarzen Flugpelzen über die Schulter, denn bei unserer Flucht hatten wir bisher noch keine Zeit gefunden, uns mit Kleidung zu versorgen. Es waren herrliche, weiche Felle.

Wir starteten mit großer Beschleunigung. Ich steuerte den Voller dicht über die Baumwipfel dahin, ließ ihn aber mit höchster Geschwindigkeit fliegen, wie es mir fast schon zur Gewohnheit geworden war.

Bartak schaute zurück, und ich folgte seinem Blick; insgeheim amüsierte mich die Sorgfalt, mit der er der Jikla aus dem Wege ging. Von Verfolgern gab es keine Spur; nur im Süden waren einige Flieger auszumachen, die sich aber von uns entfernten.

Der Voller raste durch die Luft, und ich wandte mich wieder nach vorn, um nach der Festungsstadt Smerdislad Ausschau zu halten.

Mit einem schnellen Voller kann man in drei Burs von der Südspitze Faols bis zur Nordküste reisen. Nalgres Flugboot war bei weitem nicht so luxuriös oder schnell wie Rees' Maschine, doch wir kamen gut voran. Immer wieder sah ich mich um, damit wir nicht von Flutsmännern überrascht wurden. Sollten mir diese Räuber des Himmels jemals wieder über den Weg laufen, wollte ich zuerst schießen und später Fragen stellen – oder genauer gesagt: Ich wollte zuerst meinen Stux schleudern und dann erst meine Verachtung zum Ausdruck bringen. Es ergab sich, daß wir mit Flutsmännern nicht in Berührung kamen. Offensichtlich waren sie damit beschäftigt, die fliehenden Sklaven zu verfolgen. Ich wünschte den Söldnern aus vollem Herzen Pech bei ihrer Suche.

Bartak der Hyrshiv, ein Mann, der nur dann sprach, wenn er es für absolut erforderlich hielt, fragte: »Das Numinmädchen, Dray Prescot, besitzt es einen großen Wert?«

»O ja.« Und ich hielt es für richtig hinzuzufügen: »Aber das ist nicht der Grund, weshalb ich sie finden will.«

Offensichtlich erforderte das nach Bartaks Ansicht keine Antwort. Er fuhr fort, in den Himmel zu starren.

Durch das Rauschen des Flugwindes hörten wir Melows Stimme.

»Ich bin schon einmal in Smerdislad gewesen, Dray Prescot. Man wird dich dort nicht gerade freundlich willkommen heißen, wenn du nackt in einem Voller eintriffst.«

»Vielen Dank, Melow«, erwiderte ich und deutete nach unten. »Dort ist unsere Kleidung, dort ist unser Schlüssel für die Stadt.«

Mit diesen Worten bewegte ich die Kontrollhebel und ließ den Voller auf eine verblüffte Gruppe von Zorcareitern zurasen, die unten auf einer Lichtung erschienen war.

17

Was nun folgte, spielte sich zwar genauso ab, wie ich es geplant hatte, ereignete sich aber in einer dermaßen ungewöhnlichen Hochstimmung, daß ich mich seither des öfteren gefragt habe, ob der faolische Dschungel nicht einen berauschenden Einfluß hatte, der unsere Sinne verwirrte.

Als wir in Sicht kamen, zuckte die Gruppe der Zorcareiter zurück, boten wir doch einen furchteinflößenden Anblick.

Aus dem Voller, der wie ein rachedurstiger Volleem aus dem

Himmel fiel, sprangen drei schwarzgekleidete Gestalten, die ihre schimmernden Felle abwarfen und nackt und mit geschwungenen Waffen angriffen. Eine dieser Erscheinungen war ein Brokelsh mit finsterem Gesicht, der zweite ein häßlicher Desperado, dem man ungern in einer dunklen Gasse begegnet wäre. Der dritte Angreifer war gar ein gefährlicher Menschenjäger, dessen scharfe Zähne wie nichts anderes geeignet schienen, den vornehmen Höflingen der Reitergruppe Todesfurcht einzujagen.

Sie gaben ihren Zorcas die Sporen und versuchten zu fliehen – doch wir hatten sie bald eingeholt und überwältigt. Es waren insgesamt sieben. Während Bartak der Hyrshiv zwei Gefangene bewachte und keinen Zweifel daran ließ, was er bei der geringsten falschen Bewegung zu tun gedachte, während ich meine beiden Schützlinge finster anstarrte, wanderte Melow gelassen um ihre drei Opfer herum; mehr brauchte sie nicht zu tun. Die drei Wichte kauerten sich zusammen, die Augen traten ihnen aus den Höhlen, während sie versuchten, die fürchterliche Gestalt der Jikla im Blickfeld zu behalten.

Etwa um diese Zeit ging mir auf, wie komisch die Lage eigentlich war. Ich begann zu lachen. Bartak warf mir einen frostigen Blick zu, drehte sich zu Melow um und begann seinerseits grollend zu lachen wie ein Erdbeben am Nebelmeer.

Melow fragte mit keuchender Stimme: »Warum töten wir sie nicht alle?«

Aber davon wollte ich nichts wissen. Tote erzählen keine Geschichten, und von diesen Burschen wollte ich einiges hören.

»O ja, Notor«, flehten sie, »wir erzählen dir alles, was du willst. Wir sind wegen des Numinmädchens hier. Wir sind Vad Quarnachs Leute. Ja, Notor, Quarnach Algarond, der Vad des Dudinter-Distrikts der großen Stadt Ba-Marsih. Ein äußerst reicher Mann, der viel Lösegeld bezahlt, wenn du uns am Leben läßt. Ja, Notor, sein großartiges Flugboot steht am Fluß. Wir sagen dir gern, wie viele Männer und Mädchen er hat.«

In diesem Augenblick glaubte ich auf den Lippen der Jikla den Hauch eines Lächelns auszumachen.

Der ganze Vorfall lief ab wie eine Episode aus einem Fiebertraum.

Wir nahmen den Männern die Kleidung ab – teure, verspielte Kleidung, wie sie zu jungen adligen Nichtsnutzen paßte. Ich wählte einen halb orangeroten, halb gelben Anzug, während Bartak sich für Blau und Silber entschied. Ich mußte meine Tunika am Rücken einschneiden, damit die Schultern hineinpaßten – über die linke Achsel legte ich mir eine zweite Jacke.

Wie gesagt, es war wie in einem Traum. Wir fanden das Flugboot – ein wahres Prachtstück: unglaublich verschnörkelt, mit Kabinen und Promenaden und überdachten Seitengängen ausgestattet und nicht ohne ein angemessenes Arsenal von Varters in den günstigsten Positionen. Jedesmal wenn wir einen Mann in die Falle laufen ließen und ihm einen leichten Schlag auf den Kopf versetzten, lachten wir. Wir legten unsere Opfer gefesselt und geknebelt säuberlich nebeneinander. Die Mädchen warfen einen Blick auf Melow und sanken ohnmächtig zu Boden. Die Chail Sheom wurden zu den anderen gelegt.

Ich hatte das Gefühl, daß diese Leute aus Ba-Marsih weniger dekadent, als lediglich ihrem Vergnügen zugeneigt waren. Sie hatten ein Flair für schöne, duftende Dinge, sie trugen herrliche Seidenstoffe und Leinengewänder, sie aßen sich satt an den besten Speisen – sie waren eben angetan von den angenehmensten Dingen des Lebens, von Dingen, die sie für die besten hielten, sie waren entschlossen, als Genießer zu leben und zu sterben.

»Ba-Marsih, Bartak«, sagte ich. Wir standen neben dem Flugboot und starrten auf den letzten Burschen, den wir ins Reich der Träume geschickt hatten. »Ich habe natürlich schon von der Stadt gehört; sie liegt etwa hundertundfünfzig Dwaburs südlich von Ba-Fela, an der Westküste gegenüber Ng'groga. Aber dort gewesen bin ich noch nicht. Kannst du mir mehr davon erzählen?«

Bartak knurrte etwas vor sich hin und biß in ein saftiges Stück Fleisch. Eine Zeitlang kaute er energisch darauf herum, dann sagte er: »Mit diesen freien Hafenstädten ist es überall dasselbe: Sie halten sich für die Retter Havilfars. Das stammt aus der Zeit, da sie sich den Lohiern und ihren verfluchten Invasionen widersetzten.«

»Seit damals scheinen sie aber große Veränderungen durchgemacht zu haben.«

»Diese Menschen leben in der Vergangenheit. Ihre Hauptbeschäftigung ist das Fressen, das Saufen, das Huren – und das Geldverdienen.«

»Das sind doch ganz vernünftige Beschäftigungen, würde ich sagen – wenn es keine anderen gäbe.«

In diesem Augenblick näherte sich Melow. Sie hatte ihren muskulösen Körper in ein farbenfrohes Gemisch von Sensil, Seide und Leinenstoffen gesteckt, verziert mit Edelsteinen und Dudinter-Schmuck. Das Haar hatte sie zum Kopf hin hochgekämmt und den Kamm des Rückens abgeschoren. Sie sah völlig verändert aus.

»Was liegt dir an der Vergangenheit, Dray Prescot? Was geht uns Ba-Marsih an?«

»Sehr viel, Melow. Du hast deine Freiheit. Nimm dir aus dem Schiff, was du willst. Diese Wesen, die um des Sportes willen Menschen jagen, werden mich vergeblich zum Schutz anflehen. Ihre hübschen Besitztümer sind verloren, so wie sie längst jeden Anspruch auf menschliche Behandlung verloren haben.«

Im ersten Augenblick glaubte ich mich ungeschickt ausgedrückt zu haben; vielleicht hatte ich hier ein Thema angeschnitten, auf das die Jikla empfindlich reagieren würde; doch sie fauchte und knurrte nur und verzog die Lippen in einer Bewegung, die ich für ein Lachen hielt.

»Die Leute haben uns gesagt, die Jagd beginnt morgen, Dray Prescot. Deine kostbare Numinfrau ist also heute nacht noch sicher.«

»Gewiß. Und diese Nacht werden wir nutzen.«

Ich hielt inne.

Bartak und Melow hatten ihre Befreiung mir zu verdanken – doch es gab eigentlich keinen Grund, warum die beiden mich nach Smerdislad begleiten sollten.

Wollte ich sie überhaupt bei mir haben?

»Ich werde die Stadt aufsuchen«, sagte ich. »Ihr beide könnt tun, was ihr wollt. Das Schiff bietet genügend Beute. Ihr könnt ein Vermögen zusammenraffen.«

Melow sagte mit gepreßter Stimme: »Ich begleite dich, Dray Prescot.«

Ich seufzte. So erging es mir nicht zum erstenmal. Bartak zögerte. Er hatte seine Mahlzeit beendet und griff nun nach einer Dudinterschale mit Gregarians und begann zu kauen. Ich drängte ihn nicht.

Wir weckten den Vad aus seiner Bewußtlosigkeit und setzten ihn inmitten von Sensilkissen in seinen großen Elfenbeinstuhl.

Dann stellten wir uns vor ihm auf. Vad Quarnach Algarond, Vad des Dudinter-Distriktes, konnte nicht gehen. Er mußte sich von seinen Sklaven in Sänften tragen lassen. Er sah uns nervös an. Natürlich war er dick und hatte ein dummes Voskgesicht, das feucht war vor Schweiß, und unter seiner Dudinterkrone schauten einige letzte blonde Kräuselhaare hervor. Wir starrten ihn an, mit dicklichen Fingern zupfte er nervös an seinen Lippen herum.

»Ihr könnt euch alles nehmen, wenn ihr mich nur nicht umbringt.«

Bartak, der sich als Brokelsh meistens sehr direkt ausdrückte, sagte: »Vielleicht bringen wir dich um und nehmen uns trotzdem alles.«

Darauf wußte der Vad keine Antwort. Er saß da und zupfte an seinen dicken Lippen.

»Vad Quarnach«, sagte ich und legte einen harten Ton in meine Stimme. »Bist du in Smerdislad bekannt?«

»Nein. Mich kennt niemand dort. Darauf kannst du dich verlassen. Wenn du mich freiläßt, verrate ich dich nicht.«

Er hatte den Grund für meine Frage mißverstanden. Ich fragte ihn weiter aus und brachte in Erfahrung, was ich wissen wollte. Der Kov von Faol arrangierte von Zeit zu Zeit ganz besondere Jagdpartien für ganz besondere Gäste. Ein solches Jikai sollte am nächsten Tag beginnen und war für Möchtegernjäger bestimmt, die nicht mehr auf eigenen Beinen durch den Dschungel wandern konnten oder die zu alt und schwach waren, um Fluttrells oder Mirvol zu besteigen oder aus einem fliegenden Voller zu schießen. Wahrlich ein Jikai der Krüppel!

Die Tragpfosten von Vad Quarnachs Sänfte, verziert mit Spiralmustern und Dudinter-Schmuckplaketten, waren so angeordnet, daß vierzehn Sklaven oder vier Preysanys die Last tragen konnten. Sein prachtvolles Flugboot, geradezu eine Pagode der Lüfte, enthielt an den unteren Flanken mehrere Ställe. Hier wurden die Zorcas seiner Männer und ein halbes Dutzend Preysanys für die Sänfte versorgt.

Die Männer, die wir im Dschungel überrascht hatten, waren einer Sklavin nachgeritten, die sich über Bord geworfen hatte. Man hatte noch gesehen, wie sie ins dichte Laub fiel. Den Sturz hatte sie offenbar ohne Verletzungen überstanden, da der Voller gerade sehr tief flog. Ich fragte, warum sie nicht zurückgebracht worden sei. Mein Gesicht verhärtete sich, als ich die Antwort hörte. Sie hatte geahnt, was sie erwartete und wollte fliehen. Die farbenfrohe Horde der Höflinge hatte sie schnell eingeholt, und sie hatte sich dermaßen gewehrt, daß sie den Kampf nicht überlebte.

Das Mädchen sollte Vad Quarnachs Beitrag zum Großen Jikai sein. Jeder Gast der Jagd brachte ein hübsches Mädchen als Jagdwild mit. Quarnach hatte nun nichts mehr zu bieten.

Bartak spuckte aus. »Schlagen wir ihm den Kopf ab, Dray Prescot, dann ist die Sache ausgestanden!«

Bartak der Brokelsh stammte aus einer Landgemeinde auf Hyrzibars Finger, einem ausgedehnten Landvorsprung, der in Südost-Havilfar den Golf der Wracks gegen das Meer hin abgrenzt. Wie so mancher junge Mann war er früh auf Wanderschaft gegangen und nach verschiedenen Abenteuern, zu denen auch einige Monate als Flutsmann gehört hatten, von den Aragorn gefangengenommen worden. Die Sklavenhändler hatten ihn für das Große Jikai der Menschenjäger dem Kov von Faol verkauft. Ich schüttelte den Kopf. Im Kampf war Bartak ein sehr nützlicher Mann, doch in komplizierteren Dingen, etwa bei der jetzt bevorstehenden Entscheidung, konnte ich mich auf seinen Rat nicht verlassen.

»Ich bin noch nie auf Hyrzibars Finger gewesen, Bartak. Sind dort alle so wie du?«

»Ja. Und?«

Wieder überkam mich ein seltsames Gefühl der Leichtigkeit; ich lachte. Hyrzibar, eine Shishi, die sich ausnahmslos um die kleineren Götter der Mythologie gekummert hatte, spielte in einer interessanten und langen Kette von Gedichten und Geschichten mit. Ihr Finger war berühmt, und ich vermutete, daß der Name jener havilfarischen Landzunge im Südosten nicht nur die geographische Form beschrieb.

»Unwichtig, Bartak. Ich denke mir nur, daß es dich freuen würde, all die Reichtümer an dich zu bringen und sie mit diesem Flugboot nach Hyrzibars Finger zu schaffen.«

»Eine schöne Sache, das muß ich zugeben.« Er fuhr sich mit breitem Daumen über das Borstenhaar. »Möchtest du denn gar nichts?«

»Waffen und eine Zorca.«

»Du erstaunst mich immer wieder.«

Melow stieß ein Fauchen aus, das vielleicht ebenfalls ein Lachen war.

»Melow die Geschmeidige«, fuhr ich fort, »was soll ich nur mit dir machen?«

»Nichts, Dray Prescot. Ich habe dir schon gesagt, daß ich dich begleiten werde.«

»Nach Smerdislad? Wie soll ich denn dort die Aufgabe lösen, die ich mir gestellt habe?«

Die Gefährlichkeit der Jiklos, ihre Unbeherrschtheit und plötzliche Wut – das sind die Dinge, von denen in jenen Teilen Kregens, da die Menschenjäger bekannt sind, voller Ehrfurcht gesprochen wird. Ruhig sah ich Melow an, gefaßt auf den plötzlichen Zornesausbruch, der zu einem Angriff auf mich führen mochte. Ich spürte die Wärme der tiefstehenden Sonnen im Nacken, und der Geruch des Dschungels wurde mir einmal mehr bewußt. »Also gut, Dray Prescot«, sagte Melow ruhig. »Wenn du deinen Plan durchgeführt hast, werde ich dich vor den dunklen Mauern Smerdislads erwarten.«

»Man würde dich in der Stadt erkennen, Melow. Man würde dich gefangennehmen und bestrafen – habe ich nicht recht?«

»O ja, Dray Prescot.«

»Dann warte auf mich. Ich werde dich holen.« Am liebsten wäre ich in Lachen ausgebrochen, doch eine seltsame Schwere erfüllte mich... »Doch was ich dann mit dir anfangen soll, weiß Opaz allein.« Und ich fügte verbittert hinzu: »Doch er verrät es mir nicht!«

Der Brokelsh war schon wieder am Essen, und ich setzte mich zu ihm. Ich duckte mich, als er einen großen Voskknochen über seine Schulter warf, aus dem er das Mark gesaugt hatte, und griff nach einem schmackhaft aussehenden glacierten Stück Voskfleisch. Bartak hatte Schalen mit leckeren Früchten ausfindig gemacht – ich glaube, ich kann mir ersparen zu sagen, aus welchem Metall Quarnachs Schüsseln bestanden. Melow beschaffte sich einen gesottenen Halb-Ponsho und aß ebenfalls.

Ich befreite zwei Sklavinnen von ihren Fesseln, zog den Thraxter ein Stück aus der Scheide und grollte: »Gebt den Gefangenen und den Tieren zu fressen. Wenn ihr flieht, lasse ich die Jikla auf euch los. Für euch reicht ihr Hunger auf jeden Fall.« Sie stießen spitze Schreie aus und machten sich an die Arbeit.

Warum verspürte ich die ganze Zeit über das Bedürfnis, die

Lippen zu verziehen und in Gelächter auszubrechen? Ich weiß es nicht – vielleicht lag es tatsächlich an einem Element der Dschungelluft.

Die in mir aufwallende Heiterkeit konnte mich nicht vergessen lassen, daß Vad Quarnach am nächsten Tag üble Jagdpläne hatte. Ohne Skrupel würde er mit seiner Arbalest auf Saffi und auf andere wunderschöne Mädchen schießen – nur um sich einen Sport daraus zu machen. Ich wollte mit Bartak sprechen und ihn zur Vorsicht mahnen; mehr konnte ich nicht tun.

Meine Vorbereitungen liefen dann doch etwas anders als beabsichtigt. Zuerst mußte ich Vad Quarnach aus seiner Sänfte holen. Sein dicker Körper bebte, als ich ihn in einem weniger breiten Stuhl mit Tragestangen bringen ließ. Dann untersuchte ich die Sänfte.

Es war ein großartiges Stück, und das Dudintermetall, das nicht rostet und härter ist als Gold, verlieh dem Gebilde ein Gewicht und eine Pracht, wie sie einem Vad gut anstanden, einem Mann, der in der Hierarchie des Adels einen hohen Platz bekleidet. Die Kissen waren weich, die Stickereien kostbar, die Lehnen fest und so dick, daß sie Schutz bot vor Pfeilen oder Messern. Mit dieser Sänfte konnte mein Plan gar nicht fehlschlagen.

Ich streifte die bunte Kleidung ab, die wir von den Höflingen erbeutet hatten, und durchwühlte Quarnachs Privattruhe. Er besaß eine erstaunliche Kleidersammlung, und ich stattete mich neu aus; vornehm, übertrieben dandyhaft, doch mit Qualität und Geschmack. Aus den zur Verfügung stehenden Waffen suchte ich mir die beiden besten Thraxter heraus. Zwei Armbrüste der Sportsleute wanderten in die großen Taschen außerhalb der Sänfte. Drinnen gab es Borde, auf denen ich einen Schatz an Edelsteinen und Geld anhäufte. Bartak verfolgte mein Tun; er war nicht gerade zornig, schien mich aber jeden Augenblick ermahnen zu wollen, daß ich mir nicht zuviel von seiner Beute nehmen solle.

Den Stuxcal, der mir noch nützlich sein konnte, behielt ich. Außerdem ließ ich den Schild eines Wächters auf dem Dach der Sänfte befestigen. Die Wächter waren fast so weibisch gekleidet wie ihre Herren und hatten uns keine Schwierigkeiten bereitet – im Gegenteil. Sie schienen froh gewesen zu sein, sich nicht wehren zu müssen.

Ein Sack mit Nahrungsmitteln vervollständigte meine Ausstattung, bis auf vier Preysanys und die Zorca. Die Preysanys wurden gebracht und angeschirrt; als sanftmütige Brüder des Calsanys machten sie uns keine Schwierigkeiten. Ich führte die Zorca nach hinten und band sie an der Sänfte fest. Dann wandte ich mich meinen beiden Begleitern zu.

»Du wirst die Stadt nach Sonnenuntergang erreichen, Dray Prescot«, sagte Melow heiser. »Ich erwarte dich am Grabmal Imbis Frolhans des Schiffskaufmannes, drei Ulm vom Tor entfernt. Du kannst den Stein nicht verfehlen, er zeigt einen Argenter – so etwas sieht man in Havilfar selten.«

»Das ist wahr, Melow. Einverstanden.«

Nachdem ich mich überzeugt hatte, daß ich gut gerüstet war, band ich die Zorca los und stieg auf.

Bartak legte mir eine borstige Hand auf den Zügel.

»Ich sage dir Remberee, Dray Prescot.« Er blickte zu mir empor. »Ich habe dir gesagt, daß ich von Hyrzibars Finger komme, aus der Nähe der Stadt Brodensmot. Du haber hast mir noch nicht gesagt, wo du geboren bist.«

Ich seufzte. Was sollte ich ihm antworten? Strombor? Valka? Vallia? Djanduin? Vielleicht genügte das Paline-Tal. Konnte ich ihm sagen, ich stamme aus Bagor? Vielleicht sollte ich zum Himmel deuten und antworten, ich käme von der Erde. In der seltsamen Dschungelatmosphäre mochte das einen Lacher wert sein. Doch ich hielt mich zurück. Ich blickte auf Bartak den Hyrshiv hinab. »Ich bin Dray Prescot von Strombor«, sagte ich.

»Strombor. Die Stadt kenne ich nicht, Dom.« Er atmete tief ein. »Aber wo immer sie auf Kregen liegen mag – sie bringt gute Männer hervor!«

Nach einem letzten Remberee an Melow die Geschmeidige, gab ich der Zorca die Sporen und begann meine einsame Reise nach Smerdislad, zum Jikai der Krüppel.

18

»Was Garnath betrifft, er wird rechtzeitig hier sein, Quarnach. Du brauchst dich nicht aufzuregen. Er bringt das entzückende Löwenmädchen *bestimmt* mit, hat er es doch Phu-si-Yantong versprochen.«

»Kov Numrais, ich muß zugeben, daß ich mich auf das Numinmädchen freue.« Ich lehnte in dem bequemen Sessel, der den Jagdteilnehmern zur Verfügung gestellt worden war. »Wie man hört, sind Numins auf der Jagd besonders gut.«

»Da hast du recht, Quarnach.« Kov Numrais zerrte mit beringter Hand an seinem Bart. Er war hager und verschlagen und hatte ein verletztes Rückgrat, so daß er die Beine nicht mehr bewegen konnte. Steif saß er da, und in seinen schwarzen Augen schimmerte die Vorfreude auf die Chance, während des Jikai etwas von seiner verlorenen Männlichkeit zurückzugewinnen. »O ja, Quarnach«, sagte Kov Numrais, Herr über ein Neagron genanntes Kovnat, das nördlich des Nebelmeeres lag. »Es gibt nicht genug Mädchen, die wirklich *kämpfen*! Die Numin sind leider keine stark vertretene Diffrasse, das ist wirklich schade. Uns steht ein Großes Jikai bevor!«

Daraufhin stand ich nicht etwa auf und versetzte ihm einen Schlag. Das lag in erster Linie daran, daß ich inzwischen in die Rolle Vad Quarnachs geschlüpft und deshalb an meinen Stuhl gefesselt war. Man hatte mir meine Geschichte ohne weiteres geglaubt. Ich war von der Wahrheit ausgegangen, wonach das Mädchen, das ich für die Jagd mitgebracht hatte, aus meinem Flugboot gesprungen war. Daraufhin waren wir gelandet, um sie wieder einzufangen. Den Bericht über die Bestrafung des Mädchens hatte ich ausgeschmückt, da ich mir vorstellte, daß diese Männer Einzelheiten hören wollten. Anschließend, so fuhr ich fort, hätten wir leider die Aufmerksamkeit von Himmelssöldnern erweckt, die uns überfielen. Dabei hätte mich nur die Geschwindigkeit meiner Preysanys gerettet, die mit mir in den Wald geflohen wären. Der Rest meiner Leute und das Flugboot waren erobert worden. Meine Zuhörer nickten zustimmend; sie fanden es ganz in Ordnung, daß ich auf diese Weise meine Haut gerettet hatte, während meine Dienstboten starben oder sich in die Sklaverei entführen ließen.

Was das fehlende Mädchen anging, so hatte der Trylon von Thurkin drei Opfer mitgebracht, da er sich nicht hatte entscheiden können, welche die schönste oder mutigste war – und so war mein Mißgeschick nicht weiter schlimm. Wäre ich nicht mit einem fertigen Plan gekommen, hätte ich wohl kaum so still hier sitzen können!

Damit waren wir zu dritt. Der vierte Jagdteilnehmer sollte

Vad Garnath sein; vermutlich wollte er sich wie ich als Krüppel verstellen, um bei diesem Jikai mitmachen zu können. Der fünfte war der berühmte Zauberer von Loh, Phu-si-Yantong. Die sechste eine Chulik-Frau von den Chulikinseln vor der Ostküste Balintols. Sie hieß Chimula die Herrliche und war Kovneva, doch wir nahmen nicht an, daß sie uns ihren richtigen Namen nannte. Damals war das ohne Bedeutung, doch später... Nun, das ist einem anderen Abschnitt dieser Tonbänder vorbehalten...

Den ganzen Tag an einen Stuhl gefesselt zu sein, ist für mich kein Leben. Ich wurde ungeduldig. Um die Zeit bis zur Ankunft Garnaths totzuschlagen, spielten wir Jikaida. Nach meiner Ankunft war mir nichts anderes übriggeblieben, als mir mit dem zur Verfügung stehenden Geld Sklaven zu mieten, denn ein Gelähmter muß versorgt werden. Diese Sklaven bewegten nun die Spielfiguren über das große Brett. Kov Numrais na Neagron erwies sich als raffinierter Spieler. Er lockte mich aus der Reserve, verleitete mich zum Angriff und brachte mich dazu, meine stärksten Figuren festzulegen, was sich später als Nachteil erwies. Ich kämpfte, doch ich war nicht mit ganzem Herzen bei der Sache...*

Hinterher tranken wir hervorragenden gekühlten Wein und aßen leichtes Gebäck. Ich mußte daran denken, daß ich vielleicht in nicht allzu ferner Zukunft diesem Burschen eine Thraxterklinge in den Leib rennen mußte.

Ich hatte meinen dünnen Kinnbart stehen lassen und das Braun durch Beerensaft vertieft. Quarnach hatte eine umfangreiche Sammlung an Masken besessen; mancher Adlige begibt sich gern an Orte, wo er nicht erkannt werden möchte. Fast alle Masken bestanden aus Dudinter-Metall. So trug ich eine Maske mit diamantengefaßten Augenschlitzen. Niemand erkundigte sich näher, als ich andeutete, ein Unfall habe mein Gesicht entstellt.

Wir saßen in einem Raum hoch über Smerdislad und hatten einen hervorragenden Blick auf den Dschungel. Der dichte Bewuchs dort draußen, der im Licht der Scorpio-Sonnen schim-

* An dieser Stelle nimmt Dray Prescot eine Analyse des Spiels vor, das er verlor. Offensichtlich ärgerte er sich beträchtlich darüber.

A. B. A.

merte, das strahlende Blumenmeer auf den oberen Terrassen der Stadt rührte mich seltsam an. An einen Stuhl gefesselt zu sein, nicht aufstehen und die Brust weiten zu können, um sie mit Zairs guter Luft zu füllen! Diese Menschen hatten sich einen Ersatz geschaffen.

Nalgre der Sklavenmeister hatte die Wahrheit gesprochen. Smerdislad *war* in der Tat die Festung des Kovs. Die mächtigen dunklen Mauern, die den Dschungel im Zaum hielten, erhoben sich in zahlreichen abgestuften Etagen, mit Arkaden versehen und durch Terrassen gegliedert, bis zum Mittelpunkt hin, einem schillernden Turm aus weißem Gestein – vermutlich eine Nachbildung des Weißen Felsens von Gilmoy. In den Räumen ganz unten drängten sich die Sklaven. Die Horters hatten ihre Quartiere weiter oben, während die Edelleute die oberen Etagen bewohnten – wie natürlich auch die Jagdgäste, die die enormen Honorare bezahlen konnten, die Encar Capela, Kov von Faol, für seine Dienste verlangte. Die »normalen« Jagden nahmen ihren Anfang bei den Höhlen, wie ich nur zu gut wußte.

Das Bauwerk erhob sich auf einer riesigen Felskuppel, die wie ein Furunkel aus dem Dschungel hervorbrach. Mit Gebäuden bedeckt, war der Felsen ausgehöhlt, beleuchtet und belüftet durch raffiniert angebrachte Öffnungen. Im Herzen der Feste von Smerdislad fanden die ganz besonderen Jagden statt.

Die Stadt selbst lebte von der Arbeit der Sklaven in bestimmten Gebieten und von den Lieferungen der Voller, die auf schwebenden Plattformen landeten und starteten; all diese Dinge wurden von den Jagdhonoraren bezahlt. Wahrhaft, Encar Capela mußte sich für einen reichen Adligen halten, überlegte ich mir, während ich meinen Wein trank und im Geist mit düsteren Plänen beschäftigt war, die die Vernichtung Encar Capelas zum Ziel hatten.

In diesem Augenblick trat der Kov von Faol persönlich ein. Er fluchte vor sich hin und schlug sich mit einer dünnen Rattanpeitsche gegen das gepanzerte Bein. Er war ein hektischer, energischer Mann mit dunklem, kurzgeschnittenem Haar, einem mächtigen schwarzen Schnurrbart und einem durchtrainierten Körper. Nach einem Bruch war seine Nase nicht wieder gerade zusammengewachsen, und seine Lippen offenbarten jenen Widerspruch, den man oft bei Männern der Tat findet, die dennoch das angenehme Leben lieben: Sie waren dick und sinnlich, konnten sich aber zu einer grausamen dünnen Linie zusammenpressen.

»Beim Üblen Fernal!« knurrte er. »Wo ist dieser Yetch Garnath?« Er bemerkte unsere Blicke und knallte seinen Rattan auf den Tisch, daß die Jikaidafiguren herumhüpften. »Ich muß mich entschuldigen, meine Herren, meine Dame. Dafür soll uns Garnath zahlen – o ja!«

Hinter dem Kov von Faol wurde ein Mann ins Zimmer getragen, von dem ich später noch mehr zu berichten habe. Im Augenblick möchte ich nur erwähnen, daß ich ihn aufmerksam anschaute. Es handelte sich nämlich um den berühmten Phu-si-Yantong, Zauberer von Loh. Seine Sänfte schwankte rhythmisch hin und her, winzige Goldglöckchen klirrten und klimperten auf eine Weise, die eigentlich fröhlich und erheiternd hätte sein müssen; in Wirklichkeit erfüllte mich der Klang mit einem dumpfen Gefühl der Vorahnung. Die Sänftenträger waren Womoxes, struppige, gehörnte Männer, die von einer Insel vor der Westküste Vallias stammten – ein Umstand, der mir zu denken gab, das kann ich Ihnen sagen! Die mächtigen Gestalten der Womoxes waren in lange kuttenähnliche Kleidungsstücke gehüllt, die an der Hüfte von schimmernden Gürteln aus grünem Echsenleder zusammengehalten wurden. Die Bewaffnung bestand aus dem Schwert der Womoxes, das kürzer und dicker war als ein Thraxter. Schuhe trugen die Wesen nicht. Ihre Köpfe waren gesenkt, die vergoldeten Hörner nach vorn gestreckt, die mächtigen Schultern gewölbt.

Phu-si-Yantong kam in Begleitung eines schillernden Hofstaates – Relt-Schriftgelehrte, Chail Sheom, Wächter, Sklaven und freie Diener. Ich will sie hier nicht im einzelnen aufführen; meine Aufmerksamkeit galt ohnehin den Womoxes.

Die golddurchwebten Vorhänge der Sänfte waren halb zugezogen, so daß mir der Mann im ersten Augenblick wie ein schwarzer Schatten vorkam, der sich auf goldenen Kissen stützte. Yantongs Prunk, das mattgoldene Schimmern auf purpurschwarzem Muster, stieß mich ab. Ich wandte den Kopf und sah die Chulika an, die aufrecht in ihrem Sessel saß und dem Neuankömmling herausfordernd entgegenblickte.

»Wo ist Vad Garnath?« fragte eine Stimme. Doch was für eine Stimme war das! Ein Schauder lief mir über den Rücken, als ich diese dünne, gespenstische, hart widerhallende Stimme vernahm. Es hörte sich an, als säße Phu-si-Yantong in einer Höhle voller Vampirfledermäuse.

Kein Zweifel – die übrigen waren von der atemlosen Flüsterstimme gleichermaßen betroffen. Nun, Phu-si-Yantong war ein böser Mensch, was niemand, der ihn kannte, abstritt. Wenn ich an jene farbenfrohe Szene denke, an das Dschungelgrün und die Blütenpracht, an die Juwelen und Gold und Silber, an die Federn und Seidenstoffe – wie wenig ahnte ich doch von dem schlimmen Schicksal, von den Schrecken, die dieser Zauberer mir in späteren Jahren noch bringen sollte!

Ein Rapawächter in voller Bewaffnung zerrte ein junges Mädchen herein, eine Fristle-Fifi, die vor Entsetzen fast bewußtlos war. Der Rapa öffnete seine Peitsche mit sichtbarer Vorfreude; sein Kamm stellte sich auf und begann zu leuchten. Die Peitsche bestand aus mehreren dicken Lederriemen, die das Mädchen verletzen oder gar töten konnten.

»Was hast du vor, San?« fragte der Kov von Faol.

»Ich möchte meinen Mädchen den Wahren Weg des Gehorsams aufzeigen.«

Der Rapa hob die Peitsche, die mit lautem Knallen ihr Ziel suchte. Die Fifi kreischte. Ihr weiches Fell zuckte unter den schmerzhaften Schlägen. Dreimal hieb der Rapa zu, dreimal mußte ich mich zwingen, in dem verdammten Stuhl sitzenzubleiben. Ich saß erstarrt in meinem Sessel, während das Mädchen bewußtlos zu Boden sank. Sklaven trugen es fort.

»Der Wahre Weg des Gehorsams gegenüber dem Herrn«, sagte Yantong mit unheimlicher Echostimme, ganz leise und weich und zugleich so deutlich, daß seine Worte bis in den letzten Winkel zu verstehen waren.

Encar Capela lachte.

»So ist es recht, San. Und Vad Garnath ist gesichtet. Seht!«

Er deutete durch das Rundbogenfenster in den hellen Himmel. Wir verdrehten die Hälse. Dort raste ein Merker auf die Festung zu. In seiner Hand brannte eine Fackel, die einen dunklen Rauchschleier erzeugte. »Seht ihr, das Signal! Das Löwenmädchen wird bald bei uns sein.«

»Das ist gut«, sagte Kov Numrais na Neagron. »Hätte *sie* das Opfer des Rapas und seiner Peitsche werden sollen, hätte sie ihm seine Männlichkeit geraubt oder die Augen ausgekratzt. Hai! Ich freue mich auf dieses Jikai, bei Yskaroth!«

In den letzten Minuten habe ich Ihnen die Szene beschrieben, die Umgebung; sollte ich jetzt auch meine Gedanken erläutern, wäre mir das praktisch unmöglich. Ich, Dray Prescot, Krozair von Zy, hatte ruhig auf meinem Hintern gesessen und zugesehen, wie ein Mädchen ausgepeitscht wurde! Dieser Vorgang kam mir damals so unglaublich vor, so abseits meines bisherigen Weges auf Kregen, daß ich es nicht wage, meine Gedanken zu offenbaren – und schon gar nicht meiner Delia.

In diesem Augenblick wimmerte ein süßer Baby-Neemu, der auf den Knien Trylon Thurkins saß. Thurkin war ein unscheinbarer Bursche mit schiefem Blick und einer großen Knollennase. Er war als Krüppel geboren worden. Sein Erfolg als Nachfolger seines Vaters zeigte allerdings, daß mehr in ihm steckte, als auf den ersten Blick erkennbar war, und daß auf Kregen sogar ein Krüppel etwas werden konnte.

Es dauerte noch einige Zeit, bis Garnath ham Hestan, Vad von Mittel-Nalem, feierlich in den Raum getragen wurde, gefolgt von seinen Leuten, zu denen auch der Kataki Rosil na Morcray gehörte.

Ungeduldig suchte ich in seinem Gefolge nach der herrlichen goldenen Gestalt Saffis. Aber sie war nicht da! Natürlich war sie nicht nach hier oben gebracht worden; sie wurde unten im Schloß bewacht, so wie auch die anderen Mädchen, auf die morgen Jagd gemacht werden sollte.

Ich umklammerte die Lehnen des Stuhls und übernahm meine Rolle bei dem nun beginnenden Pappattu. Der Kataki interessierte mich sehr. Er stand etwas abseits; untersetzt, dunkelhaarig, verbreitete er eine bedrohliche Atmosphäre. Die niedrige Stirn über den breiten Nasenflügeln und dem klaffenden Mund, die weit auseinanderstehenden, zusammengekniffenen Augen, die hell und kalt schimmerten, seine selbstbewußte Haltung, der arrogant hochgereckte Schwanz – all dies ließ mich an meine erste Begegnung mit Angehörigen seiner Rasse denken, auf einer vergessenen Insel im Nebelmeer. Katakis, von Beruf Aragorn und Sklavenherren, waren die Bosheit in Person. Mit dem peitschenähnlichen Schwanz, an dem eine schimmernde Krummklinge befestigt war, bot der Kataki einen denkbar furchteinflößenden Anblick.

Die Jagdgruppe war nun komplett, in der ich den Kataki, den Chuktar Strom, für den Gefährlichsten hielt. Nun, darin irrte ich mich gewaltig, kannte ich doch damals Phu-si-Yantong noch nicht. Doch in allem anderen stimmte meine Einschätzung durchaus.

Strom Rosil trug eine schmucke hamalische Uniform, während sein Helm den Erfordernissen seiner Rasse entsprach: klein, rund, eng anliegend, ohne Erhebung oder Federschmuck. Der Grund lag darin, daß er den Schwanz, der eine fürchterliche Waffe war, frei bewegen mußte. Als Paktun, als berühmter Söldner, hatte er bei den hamalischen Streitkräften Karriere gemacht und über ganze Armeebrigaden kommandiert. Ohne daß Garnath ihn sonderlich dazu drängen mußte, war er zu seiner früheren Tätigkeit zurückgekehrt und hattte die Entführung Saffis organisiert, die in Garnaths Pläne paßte. Ich wußte nicht, wie diese Pläne im weiteren aussahen oder welche Rolle Yantong darin spielte; ich wußte nur, daß Saffi hier war, in diesem Palast, und daß ich ebenfalls zur Stelle war. Die Entscheidung stand bevor.

Die Menschen in diesem Raum waren zusammengekommen, um einen Jagdurlaub zu verbringen – um Spaß und Spiel zu erleben, um zu trinken und zu singen und wunderhübsche junge Mädchen zu töten.

»Offenbar sind wir spät dran, Rosil«, wandte sich Garnath an seinen Begleiter. »Du kannst bezeugen, daß wir keine Schuld daran tragen.«

Der Kataki wandte sich zu ihm um. »Außerdem«, fuhr Garnath fort, »sind wir ja nun hier, und das Löwenmädchen ist auch hier – was ist also verloren?«

Wenn ihm der Kov von Faol antworten wollte, wurden seine Worte durch die leise Flüsterstimme des Zauberers von Loh überdeckt.

»Du hast uns warten lassen, Vad Garnath. Dafür verzeihen wir dir. Doch unsere Vergebung wird dich einiges kosten.«

Der Kataki stand neben Garnaths Sänfte. Es war deutlich zu sehen, daß sich beide Männer fürchteten. Ich staunte. Aber wie gesagt: Noch kannte ich Phu-si-Yantong nicht, noch hatte ich keine Ahnung von seiner wahren Macht.

Die beiden hatten eine gute Entschuldigung für ihre Verspätung (ob sie nun stimmte oder nicht); daß Flutsmänner sie angegriffen haben sollten, machte meine eigene Geschichte nur um so glaubhafter.

Natürlich gab es in den Sänften auch ein Toilettentöpfchen, und es war die wenig angenehme Aufgabe einer kleinen Sklavin, für die Säuberung dieser Einrichtung zu sorgen. Ich beugte mich ein wenig zur Seite und sagte zu dem armen Wesen, das ich mir beim Kov von Faol ausgeliehen hatte: »Ich muß mich einen Augenblick zurückziehen. Sag den Trägern, sie sollen mich hinausbringen.«

Bei den Trägern handelte es sich um Fristles; auf Geheiß der Slavin brachten sie mich zur Tür.

»Was ist, Quarnach? Wir wollen anfangen!«

»Ihr müßt mich entschuldigen, Kov. Ich bin gleich zurück.«

Envar Capela nickte; ihm war es nur recht. Wenn einer seiner Kunden, der außerdem kein Mädchen mitgebracht hatte, den Beginn des Jikai verpaßte, hatten die anderen Gäste um so mehr Spaß.

Kov Numrais mußte trotz seiner Verschlagenheit einen Funken Sympathie für Vad Quarnach empfunden haben, der immerhin im Jikaidaspiel gegen ihn verloren hatte, denn er sagte: »Was soll's denn, Encar! Warten wir ein paar Mur! Es kommt doch nicht darauf an, bei Yskaroth!«

Manchmal können wohlmeinende Zeitgenossen die schlimmsten Probleme heraufbeschwören. Ich hatte es mir ganz einfach vorgestellt: ich wollte meinen Stuhl verlassen, die Waffen ergreifen und mich mit allen Rasts befassen, die sich mir auf der Suche nach Saffi in den Weg stellten; dann wollte ich das Löwenmädchen befreien und mit einem Voller zu Imbis Frolhans Grab hinausfliegen!

Jetzt blieb mir wohl nichts anderes übrig, als die hier versammelten Rasts in die riesige Höhle im Innern der Felsenkuppel zu begleiten. Ich hatte keine Lust auf den künstlichen Dschungel – man hatte uns erzählt, Capela habe diesmal einen Kristall vorbereitet. Mein Ziel lag in den Gängen und Bereitschaftsräumen, in denen die Sklaven und Wächter, Tierwärter und Menschenjäger untergebracht waren. Nur dort konnte ich Saffi finden.

»Schtump!« ertönte die unheimliche Echostimme des Zauberers. »Schtump, Vad Quarnach!«

Schtump ist eine Aufforderung zur Beeilung – allerdings ein Wort, das im Grunde beleidigend gemeint ist. Welchen Rang Yantong einnahm, wußte ich nicht. Als Zauberer von Loh wähnte er sich natürlich weit über allen anderen kregischen

Kreaturen, mit Ausnahme eines anderen Zauberers, und es war mir inzwischen klar, daß er niemanden neben sich duldete. Deutlich erinnerte ich mich an die nervösen Ausstrahlungen Que-si-Renings, als er in Lupu mit der Aura Phu-si-Yantongs kurz in Berührung gekommen war.

Keiner der anderen ließ sich Überraschung oder Schock anmerken, als der Zauberer so zu mir sprach. Der Kov von Faol brachte sogar seinerseits zum Ausdruck, ich möchte mich beeilen. Kov Numrais betastete seinen Bart und blickte zu Yantongs Sänfte hinüber und schien sich nicht im klaren darüber zu sein, was er mit seinem Eingreifen ausgelöst hatte.

Während die Fristles mich in ein kleines Nebengemach brachten, beruhigte ich mich mit dem Gedanken, daß solche Beleidigungen eigentlich von mir abprallen müßten wie Wasser von den Federn einer Ente. Es kam nur auf eines an: Die Jagd mußte ohne mich beginnen.

Der sonnendurchflutete Raum hoch oben über der Stadt war von Unruhe erfüllt. Frischer Wein wurde gebracht, und die reichen Jäger und ihr Gefolge stellten sich darauf ein, einige Murs lang auf mich zu warten. Ich verließ die illustre Gesellschaft, die Bronzetür fiel hinter mir zu, und die Wächter in den waldgrünen Tuniken des Kovs von Faol knallten ihre Speerschäfte auf den Boden und nahmen Haltung an.

Es blieb mir nur ein Ausweg – so schlecht war es um meine Pläne bestellt.

In dem kleinen Nebenraum forderte ich die Fristles auf, mich abzusetzen. Ich schickte sie fort und sagte, sie sollten sich erst wieder blicken lassen, wenn ich nach ihnen schickte. Anschließend mußte auch die Kleine das Zimmer verlassen.

»Ja, Herr«, sagte sie furchtsam, verbeugte sich und schloß die Tür hinter sich.

Ich lehnte mich zurück, machte drei tiefe Atemzüge und wurde aktiv.

Bei den stinkenden, tropfenden Eingeweiden Makki-Grodnos! Ich mußte sehen, wie ich das Glück wieder auf meine Seite brachte!

Die vornehme Kleidung Vad Quarnachs streifte ich in der Sänfte sitzend ab – wieder einmal trug ich nur noch das einfache rote Lendentuch. Wenn verstohlene Augen mich beobachteten, würden sie keinen Krüppel zu Gesicht bekommen, sondern einen breitschultrigen Desperado – und das sollte sie gehörig verwirren, bei Zair!

Der Lärm, den ich machte, hätte mich fast das Leben gekostet.

In der letzten Sekunde, als ich eben noch den Thraxter umgürten wollte, hörte ich das Schlurfen nackter Füße auf dem Steinfußboden.

Ich zuckte im Sitz herum.

Ein eingeölter nackter Mann erschien zwischen den Vorhängen; ein langer Krummdolch wurde mit unglaublicher Kraft herabgestoßen.

19

Die Klinge traf mich oben an der linken Schulter.

Ich versetzte dem Kerl einen Hieb auf die Nase, doch ich vermochte nicht die rechte Kraft in den Schlag zu legen, da meine Beine noch in der Kleidung steckten, die abzulegen ich im Begriff war. Er knurrte und griff von neuem an. Ich vermochte die linke Hand um seinen Arm zu legen. Doch ich konnte wegen meiner Verwundung nicht richtig zugreifen. Wir rangen eine Zeitlang miteinander, wobei er sich freizureißen und mir den Dolch in den Unterleib zu stoßen versuchte, während ich es darauf anlegte, die Füße freizubekommen, um wirkungsvoller angreifen zu können. Ich erkannte den Mann, der im Gefolge Vad Garnaths den Raum betreten hatte. Vermutlich gehörte er zu Chuktar Stroms Männern. Was den Kataki gegen mich aufgebracht haben mochte, wußte ich nicht.

Mit Mühe stieß ich den Mann von mir, der rückwärts taumelte und in die Knie brach. Die verdammten Gewänder wollten meine Füße nicht freigeben, obwohl ich mich verzweifelt bemühte. Die Thraxterscheide hatte sich zwischen Sänftenfenster und Sitz verklemmt, und ich bekam die Waffe nicht frei. Wieder stürmte der Kerl auf mich zu. Sein Dolch fuhr dicht an meinem Gesicht vorbei. Ungeschickt war dieser Mann, doch zugleich mutig und entschlossen, denn schon wieder versuchte er sein Glück.

Sein eingeölter Körper schimmerte im Flammenlicht der Öllampe. Diesmal rückte er vorsichtiger vor, doch seine Absicht war klar. Er fintete mit dem Dolch nach links und visierte schließlich einen Punkt rechts unten an. Damit hätte er mich wohl erwischt, wenn ich nicht von der verdammten Kleidung abgelassen und ihm das Handgelenk zur Seite geschlagen hätte. Nun konzentrierte ich mich voll auf den Thraxter, der sich plötzlich doch bewegen ließ. Die Klinge zischte aus der Scheide.

Mit erhobenem Dolch stürzte der Angreifer vor. Ich ließ ihn gewähren. Sein verschwitztes breites Gesicht kam näher; im nächsten Augenblick fuhr die Schwertklinge herum, und er stürzte zurück; die Hälfte seines Gesichts fehlte. Ich beugte mich vor, um ihn mit dem Fuß anzustoßen, doch er war bereits tot. Mit ausgebreiteten Armen lag er vor mir, in der Hand den Dolch, der noch von meinem Blut gerötet war.

Endlich bekam ich die Füße frei und konnte die Sänfte verlassen. Mir war inzwischen gleichgültig, ob ich bespitzelt wurde. Wenn der Kov von Faol Beobachter auf mich angesetzt hatte, war es sowieso zu spät.

Hastig hob ich den Toten hoch und legte ihn mit dem Gesicht nach unten in das Fenster der Sänfte, damit sein Blut ins Innere tropfte. Mit schnellen Bewegungen streifte ich ihm die abgelegte Kleidung über. Ich schob ihn in den Stuhl, richtete ihn auf und band ihm meine Dudintermaske vor das verstümmelte Gesicht. Vielleicht hielt man ihn im ersten Blick für Vad Quarnach.

Ich griff nach einer anderen Maske in der Sänfte, nach einem einfachen Stahldomino ohne jeden Schmuck, und bewaffnete mich mit zwei Thraxtern, einem Dolch, einem Messer und einer geladenen Armbrust.

Die Tür, durch die mich die Fristles in den Toilettenraum gebracht hatten, war verschlossen. Auf der anderen Seite erblickte ich einen Wandstein, der um seine Längsachse gedreht worden war und eine dunkle Öffnung freigab. Auf diesem Wege hatte sich der Stikitche* Zugang verschafft. Ich näherte mich dem Durchgang; im gleichen Augenblick wurde an die Tür geklopft.

»Vad Quarnach! Wir warten!«

»Beim Schwarzen Chunkrah!« sagte ich leise. »Wartet, ihr Rasts!«

Der Drehstein schloß sich lautlos hinter mir. Vermutlich hatte der Kataki von Phu-si-Yantong davon erfahren (was sich später

* *Stikitche* ist die hamalische Bezeichnung für gedungene Meuchelmörder.

als richtig herausstellte). Eine Sekunde lang beschäftigte ich mich mit den finsteren Plänen, die diese drei – Garnath, der Chuktar Strom und der Zauberer – im Sinn haben mochten. Doch schon schritt ich durch einen dunklen Korridor auf einen fernen Lichtstreifen zu.

Der Mordbube hatte bis zu diesem Augenblick in meinen Plänen keine Rolle gespielt; jetzt hoffte ich, daß er mir wenigstens etwas Zeit verschaffte, zumindest so lange, bis die Jagdgäste herausfanden, wer er in Wirklichkeit war. Vielleicht konnte sich der Zwischenfall noch zu meinem Vorteil auswirken.

Angesichts meiner fortwährenden Beschäftigung durch die Herren der Sterne und die Savanti, angesichts meiner Pflichten in Vallia und Djanduin hatte ich bisher keine Zeit gefunden, einen stummen Schwur einzulösen, den ich nach meiner ersten Begegnung mit den Menschenjägern von Antares getan hatte. Ich hatte mit diesem üblen Sport aufräumen wollen – ein für allemal. Dabei hatte ich vage im Sinne gehabt, mit einer Armee aus Vollern und Flugvögeln in Faol einzufallen – eine Vorstellung, von der sich meine neuerliche Rückkehr auf diese Insel sehr unterschied. Im Augenblick ging es in erster Linie um Saffi, deren Leben ich retten mußte.

Der Lichtstreifen erwies sich als eine halb offene Tür am Ende des Korridors. Das Blut aus der Wunde an meiner linken Schulter hinterließ eine verräterische Spur. Ich mußte die Schulter so schnell wie möglich verbinden. Abgesehen von einer unangenehmen Schwäche des linken Arms war bislang keine Beeinträchtigung zu spüren.

Der Wächter im Gang merkte nichts; er sank bewußtlos zusammen.

Ich zog seine waldgrüne Tunika an und raubte ihm auch seine Beinschienen. Seine weiße Untertunika ergab seinen Verband für meine Schulter, der hoffentlich die Blutung zum Stillstand brachte. Ich steckte die Stahlmaske in den Beutel an meiner Hüfte, hob schußbereit die Armbrust und betrat den nächsten Korridor, der nach unten führte und dabei der gewaltigen Krümmung der mächtigen Kuppel des gemauerten Burgbergs von Smerdislad folgte.

Niemand kümmerte sich um mich; es herrschte ein lebhaftes Kommen und Gehen von Sklaven und Dienstboten und Wächtern, die alle ein festes Ziel zu haben schienen.

So ist es eben in großen Häusern, in denen Sklaven beschäftigt werden und Wächter alles überwachen müssen.

Meine Tunika wies keine Rangabzeichen auf, so daß ich als ein einfacher Swod durchging. Ich bemühte mich folglich um einen höflichen Ton, als ich einen Ob-Deldar nach dem Weg fragte.

»Der Weg in die Quartiere der Jiklos?« wiederholte der Mann freundlich. »Da hast du dir ein wahres Leemnest ausgesucht!«

»Ich habe einen Befehl, Deldar«, sagte ich so schüchtern, wie sich Hamun ham Farthytu monatelang geäußert hatte. »Die Gehege müssen irgendwo in der Nähe der Quartiere liegen, in denen sich die Mädchen befinden.«

Er sah mich an. »Du kommst mir unbekannt vor.«

»Das ist richtig, Deldar, denn ich bin neu in Smerdislad und habe erst heute früh meinen Dienst angetreten. Deshalb frage ich dich ja nach dem Weg.«

Ausländische Söldner waren auf Kregen keine Seltenheit. Deshalb schöpfte er keinen Verdacht. Er beschrieb mir den Weg und fügte hinzu, daß die Mädchen wahrlich nicht in der Nähe der Jiklos untergebracht seien, sondern direkt gegenüber, auf der anderen Seite der inneren Stadt.

Ich setzte meinen Weg durch die gekrümmten Korridore fort und ging am Eingang der Jiklo-Gehege vorbei. Ich blieb auf dem großen Ringweg, der um die inneren Bezirke herumführte, und schritt gleichmäßig aus, als hätte ich einen Auftrag meines Offiziers auszuführen. Schließlich erreichte ich die Unterkünfte der Sklaven, die als Jagdwild ausgesucht worden waren.

Hier mußte ich damit rechnen, von Wächtern aufgehalten zu werden.

Parfümduft verriet mir, daß ich am Ziel war.

Ich fühlte mich noch ziemlich wohl; das kurze Uniform-Cape des Swods verbarg den Verband an der Schulter. Ich hoffte nur, daß ich mich im entscheidenden Augenblick auf den Arm verlassen konnte. »Was willst du, Dom?«

Der Wächter war ein Swod wie ich, ein untersetzter, muskulöser Bursche, ein Apim. Sein Kollege auf der anderen Seite des Eingangs blickte herüber und stützte sich dann wieder auf seinen Speer. Es war ein richtiger Speer, kein Stux.

»Ist Jiktar Nath dort drinnen zu erreichen, Dom?« fragte ich kurzentschlossen.

»Jiktar Nath wer? Ich kenne keinen Jiktar Nath.«

Nun, bei Zair, man kann nicht jedesmal richtig raten.

»Jiktar Nath ti Coyton«, sagte ich und gebrauchte einen Namen, der mit gewissen Erinnerungen verbunden war. »Ihr müßt ihn kennen. Ein mächtiger Jik.«

»Sind sie das nicht alle? Nein, Dom. Und du darfst hier nicht hinein. Dies sind Mädchenquartiere.«

Ich warf einen beiläufigen Blick durch den breiten Korridor, nach links und nach rechts, und sah nur einen alten Sklaven in einer schmutzigen grauen Tunika, der sich mit einer Last Feuerholz abmühte.

»Da gebe ich euch recht«, sagte ich. »Aber ich werde trotzdem eintreten.«

Ich versetzte ihm einen sauberen K.O.-Schlag aufs Kinn und fuhr herum, um den Speer seines Kameraden mit dem linken Arm abzufangen und ihn dann ebenfalls niederzuschlagen. Schmerz zuckte durch meine linke Schulter und erfaßte den ganzen Arm. »Bei Vox!« sagte ich ärgerlich.

Ich trat die Tür auf, zerrte die beiden bewußtlosen Wächter hinein und verstaute sie in einer Nische. Dann blickte ich noch einmal in den Korridor hinaus. Der Sklave mit dem Feuerholz war verschwunden. Niemand hatte das Handgemenge gesehen. Ich zog den Kopf ein und schloß die Tür.

Wieviel Zeit ich noch hatte, wußte ich nicht. Vermutlich nicht viel, denn der Kov von Faol führte einen gut durchorganisierten Haushalt.

Der Raum, in dem ich mich befand, war seltsam widersprüchlich. An den Wänden, die aus dem Gestein gemeißelt und notdürftig mit Kalk geweißt waren, hingen da und dort ein paar schäbige Wandteppiche. Einerseits war die Höhle kahl und abweisend, wie es zu einem Sklavenquartier paßte, andererseits gab es da und dort einige kleine Farbtupfer; zum Beispiel Ponshofelle und gepolsterte Sofas, und aus einem Nebenzimmer war das Plätschern von Wasser zu hören. Dort badeten einige nackte Mädchen.

Nach einem kurzen Blick ging ich in den nächsten Raum. Saffi war nicht unter ihnen.

Zwei aufgebrachte Xaffer eilten auf mich zu. Xaffer sind eine seltsame Diff-Rasse, die oft in Harems- und Chail-Sheom-Quartieren zu finden ist. Ich setzte ein grimmiges Gesicht auf und brüllte: »Im Namen des Kovs! Laßt mich in Ruhe, ihr Onker!«

Sie vermochten mich nicht aufzuhalten. Ich ging durch einen schweren Vorhang aus besticktem Leinen und erreichte andere Zimmer, in denen sich Mädchen der verschiedensten Rassen aufhielten. In diesem Quartier gab es kein fröhliches Lachen und Plaudern; die armen Dinger wußten nur zu gut, welches Schicksal sie im Kovnat Faol erwartete. Von Saffi keine Spur.

Meine Zeit wurde knapp. Ich überlegte fieberhaft. Die Xaffer liefen hinter mir her und protestierten lautstark gegen mein Eindringen. Kein Mann habe hier Zutritt, und schon gar kein gewöhnlicher Swod in einer grünen Tunika.

Im Schein der Öllampen begann ich zu suchen und kippte Sofas um, für den Fall, daß man Saffi in einen Teppich gerollt und dort versteckt hatte. Immer tiefer drang ich in die Quartiere vor. Nun war nur noch ein Xaffer hinter mir her, was bedeutete, daß der andere losgezogen war, um Hilfe zu holen.

In einer ansonsten kahlen Wand entdeckte ich eine geschlossene Lenkholztür, die von einem großen Riegel versperrt wurde. Ein Stück weiter klaffte eine Tür mit einem seltsamen grünblauen Muster halb offen, und ich hörte ein Mädchen singen. Es hätte mich nicht überrascht, wenn Saffi dieses Lied angestimmt hätte, denn Numinmädchen lassen sich nicht so schnell ins Bockshorn jagen.

Zwischen den beiden Türen standen zwei Wächter. Offensichtlich bewachten sie diesen inneren Durchgang. Der Xaffer hinter mir rief schrill: »Wenn du zu den inneren Wächtern willst, hättest du die richtige Tür benutzen sollen!« Ich ignorierte ihn und sah mir die beiden Wächter an.

Es handelte sich um Pachaks. Wie Sie wissen, sind Pachaks nicht nur ausgezeichnete Kämpfer, sondern gelten auch als ungemein loyal. Es ist vernünftig, sie auf einen Posten zu stellen, wo zuverlässige Männer gebraucht werden. Diese beiden waren bemerkenswert groß für ihre Rasse; ihre runden Bronzehelme reichten mir bis ans Kinn. Sie hatten beide eine ungeheuer breite Brust, und ihre klaren blauen Augen, die umsichtige Art, wie sie die Waffen handhabten, und die wachsame Art und Weise, in der sie ihre mit Klingen bewehrten Schwänze drohend über die Schultern hoben – dies alles sprach Bände. Durch diese Tür kam niemand, der nicht ein Recht dazu hatte.

»Ich suche Jiktar Nath ti Coyton, Deldars«, sagte ich.

»Wir kennen keinen Jiktar Nath ti Coyton«, erwiderte der eine. »Am besten wartest du hier, wir rufen den Hikdar.«

Das entsprach den Vorschriften.

Der Pachak bewegte eine Hand, und im nächsten Augenblick lag ein Thraxter darin. Er wandte den Kopf. »Pragen, geh und erkundige dich beim Hikdar nach diesem Swod. Ich halte den Mann hier solange fest.«

»Sofort, Apgarl.« Der zweite Pachak hob den Riegel, der die Lenkholztür versperrte, und trat hinaus. Die beiden wußten, was zu tun war.

»Hör mal, Deldar«, sagte ich und versuchte einen ruhigen Ton anzuschlagen. »Auch ich habe meine Pflichten. Ihr macht unnötig Aufhebens von der Sache.«

»Keine Bewegung!«

»Aber...«

»Wächter haben in den Quartieren der Mädchen nichts zu suchen, schon gar nicht, wenn sie die Klinge in der Hand tragen. Rühr dich nicht vom Fleck!«

Ich seufzte. Mir blieb keine andere Wahl.

Saffi mußte sich hinter der blaugrün verzierten Tür befinden. Ob sie nun sang oder nicht, sie *mußte* dort sein. Es würde Zeit kosten, sie herauszuholen; bis dahin konnte der andere Pachak mit seinem Hikdar zurück sein.

Ich tötete den Pachak nicht. Ich stürmte los, duckte mich unter seinem vorschnellenden Schwanz hindurch, stieß seinen Thraxter zur Seite und packte seine Kehle – woraufhin seine beiden linken Arme wie Kolben vorstießen, mir den Schild in die Rippen knallten und mich zurücktrieben. Ich landete auf der verletzten linken Schulter. Unerträglicher Schmerz durchzuckte mich, doch ich konnte nichts anderes tun, als mich verzweifelt zur Seite rollen zu lassen, da der Klingenschwanz bereits von neuem niedersauste. Ich bemerkte, daß der Pachak die Breitseite der Klinge benutzte, mich also nur bewußtlos schlagen wollte. Ich rappelte mich mühsam wieder auf, und diesmal traf mein Thraxter klirrend auf seine Klinge. Der Schwanz wurde zum nächsten Schlag zurückgezogen. Ich drückte sein Schwert nach unten und hielt mich bereit, dem Hieb auszuweichen.

»Onker!« sagte der Pachak. Der Schwanz kam nicht etwa über die Schulter, wie ich es erwartet hatte, sondern blitzte plötzlich zwischen seinen Knien auf. Die lange tödliche Klinge raste wie ein Wurfspieß direkt auf mich zu.

In seinen Augen stand ein mitleidiger Ausdruck, als ich die Beine auseinandernahm. Die gefährliche Klinge sauste dazwischen hindurch. Ich zog die Knie zusammen, klemmte seinen Schwanz ein und richtete mich auf. Überrascht riß er die Augen auf. Ich machte die Beine gerade, meine Knie zuckten vier Zoll zurück, genug, um ihn aus dem Gleichgewicht zu bringen; zugleich hieb mein Thraxter seine Klinge zur Seite, und aus derselben Bewegung heraus drehte ich die Waffe um und versetzte ihm mit dem Griff einen Schlag gegen das Kinn. Er keuchte, doch er verlor das Bewußtsein nicht; ich mußte noch zweimal zuschlagen, ehe er in die Knie ging.

Sein Schwanz sank zu Boden, als er auf die Seite rollte; die gefährliche Klinge scharrte nutzlos über den Boden. Ich trat zurück und salutierte ihn mit dem Schwert.

Plötzlich ertönte hinter mir eine leise, melodische Stimme. »Du gibst ihm das Jikai, Amak Hamun?«

Ich fuhr herum.

Saffi stand an der Tür. Ihr herrlicher Körper war nackt, ihr wunderbares goldenes Haar lag wie eine leuchtende Korona um ihre goldenen Schultern.

»Wir müssen fort von hier, Saffi.«

»Ich bin froh, daß du es bist, der mich befreien will, Hamun. Lebt mein Vater noch?«

»Ja.«

Sie seufzte leise. Dann ging sie zu dem gefallenen Pachak und nahm ihm den Thraxter ab. Offenbar verstand sie mit der Waffe umzugehen. Mit der Klinge durchtrennte sie den Verschluß seines grünen Capes und warf es sich um die Schultern. Gemeinsam näherten wir uns der offenen Lenkholztür.

Mit schnellen Schritten gingen wir durch den gekrümmten Korridor. Für mißtrauische Augen war ich ein Wächter, der eine Gefangene transportieren mußte; hätte sich jemand zu eingehend für uns interessiert, wäre er mit sechs Zoll blankem Stahl zufriedengestellt worden.

Das Löwenmädchen schritt gelassen aus. Ihr Gesicht offenbarte das Lebensgefühl, das ihrer Rasse eigen ist.

»Du mußt niedergeschlagen aussehen, Saffi. Wenn dir das nicht gelingt, muß ich nachhelfen.«

»Versuchen kannst du es!« rief sie.

Ich sah sie an. Gehorsam senkte sie den Blick. Sie versteckte den Thraxter unter dem grünen Umhang, und ich sah, daß sie die rechte Faust ballte. Doch gleich darauf zeigte ihr Gesicht einen traurigen Ausdruck, und sie ließ den Kopf hängen, wie es sich für eine Sklavin gehörte.

Wir brauchten einige Zeit, bis wir uns in dem Gewirr der Gänge zurechtfanden. Was uns dabei widerfuhr... wenn ich nüchtern und ohne Ausschmückung davon berichte, muß es sich unglaublich anhören. Dabei weiß ich keine andere Möglichkeit, meine Abenteuer zu schildern – wie diese Bänder zeigen. Ich hatte keinen Zweifel daran, daß die Herren der Sterne oder die Savanti unmittelbar mit meinen Abenteuern zu tun hatten. Ihre Motive kannte ich nicht, doch die Folgen stehen mir klar vor Augen. – Als wir aus einem kleinen Korridor in eine große gepflasterte Höhle kamen, die hell erleuchtet und voller hin- und hereilender Kreger war, entdeckte ich auf einer Seite eine kleine, halb geschlossene Tür. Ich blieb stehen. Weiter vorn näherte sich eine Abteilung Soldaten. Es handelte sich um Pachaks, die offenbar ein festes Ziel hatten. Ich packte Saffi am Arm und zog sie durch die schmale Tür.

»Hamun!«

»Still, Saffi. Ich könnte kämpfen, und vielleicht gelänge es mir auch, sie zu töten – doch klug wäre es nicht.«

Mißmutig sah sie sich in dem dunklen Zimmer um. Wir hatten Staub aufgewirbelt, der nun schwer in der Luft hing. Wir mußten uns vorsehen, damit wir nicht zu niesen begannen. Ich schob mich tiefer in den schmalen Raum, und Saffi folgte mir zögernd. Plötzlich spürte ich einen warmen Lufthauch auf der Wange. In der Dunkelheit machte ich vage ein Bronzegitter aus, durch das warme, parfümierte Luft hereindrang.

Ich legte den Finger an die Lippen. »Psst«, machte ich.

Und dann – nein, ich muß es erzählen, wie es geschah. Durch die Bronzegitter vernahm ich Stimmen, die sich grimmig-entschlossen unterhielten, drei Stimmen, die nicht miteinander stritten, sondern vielmehr ein schwieriges Problem diskutierten. Ich hörte zu. Wir hatten es eilig – doch ich hörte zu.

Die Worte drangen durch die Dunkelheit an mein Ohr, zischend, kalt, der leidenschaftslose Ausdruck eines zu allem entschlossenen Willens.

Tief im Inneren der Festungsstadt Smerdislad, auf der fernen Insel Faol, nahe dem havilfarischen Kontinent, doch endlose Dwaburs von zu Hause entfernt, hörte ich die schockierenden Worte. Ich glaubte meinen Ohren nicht zu trauen.

Die unheimliche Flüsterstimme sagte: »Wir müssen ihn zuerst zu unserer Ansicht bekehren. Denn der Mann, den wir in ganz Vallia am meisten zu fürchten haben, ist dieser Dray Prescot.«

20

Saffi zupfte mich am Arm. Ich spürte meine Schulterwunde. Doch ich konnte mich nicht bewegen. Ich glaube, in diesem Augenblick klaffte mein Mund in idiotischem Grinsen offen. Die Stimme Phu-si-Yantongs war nicht zu verkennen.

»Wir müssen mit aller Entschiedenheit gegen Dray Prescot vorgehen.«

Die Stimme Strom Rosils, des Kataki-Chuktars: »Warum bringen wir ihn nicht um und machen der Sache damit kurzerhand ein Ende? Ein Stikitche...«

»Etwa so einer wie der, den du dem dummen Quarnach hinterhergeschickt hast, Rosil?« fragte Vad Garnath boshaft. »Daß ich nicht lache!«

Phu-si-Yantong ließ es nicht zu einem Streit kommen. »Er darf nicht sterben. Durch ihn gewinnen wir Vallia – das ganze vallianische Reich.«

Strom Rosil ließ sich nicht so einfach über den Mund fahren. »Mein Mann war kein Profi. Das gebe ich zu. Die Jagd verzögert sich. Mir ist sie egal, und meinetwegen kann der dumme Quarnach durch die Korridore kriechen und verbluten. Meine Katakis und ich brauchen Sklaven! Wenn wir Pandahem und Vallia in unserer Gewalt haben...«

Vad Garnath lachte. Saffi, die hinter mir stand, erschauderte.

»Vieles hängt von Königin Thyllis ab. Sie hält sich für eine absolute Herrscherin.«

»Vergeßt eines nicht«, ertönte das gespenstische Flüstern Yantongs. »Heute mag ihre Macht in Hamal absolut sein, doch wir planen für übermorgen.«

»Aber ich werde langsam ungeduldig, beim dreifachen Schwanz des Unberührbaren Targ!«

»Da möchte ich dich lieber zur Vorsicht anhalten, Rosil, sonst ziehst du dir einen Besuch deines Chezra-gon-Kranak zu.«

»Bei meinem Schwanz!« In der Stimme des Chuktar Strom vibrierte eine böse Kraft. »Wer sich mir in den Weg stellt, soll sich in acht nehmen – ich weiß mich zu wehren!«

Ich konnte noch immer keinen Muskel rühren. Wieder zupfte mich Saffi am Ärmel, doch ich spürte ihre Finger kaum. Die drei waren in ein Gespräch vertieft, das ich nicht von Anfang an mitbekommen hatte, so daß mir die aus dem Zusammenhang gerissenen Worte nicht ganz verständlich waren. Dennoch hatte ich das Gefühl, vor einer großen Entdeckung zu stehen. Yantong sprach in diesem Augenblick von Strom Rosils Zwillingsbruder, einem gewissen Stromich Ranjal, der, soviel bekam ich mit, für das Gaunertrio zur Zeit irgendeine schmutzige Aufgabe erledigte. Ich vermochte mich nicht loszureißen; fasziniert lauschte ich jedem Wort.

Saffi drängte sich heran. Ich spürte ihr goldenes Haar im Nacken. Sie legte die Lippen an mein Ohr und flüsterte: »Amak Hamun! Wir müssen verschwinden, ehe die Suche beginnt!«

Ich antwortete nicht.

Natürlich hatte sie recht. Die Lähmung fiel von mir ab. Ich begann mich zu rühren; im gleichen Augenblick hörte ich Phu-si-Yantong sagen: »Das Problem Dray Prescot wird sich von allein lösen, sobald der Herrscher aus dem Weg geräumt ist. Na schön. Mehr Sorgen macht mir der Versuch des Königs von Menaham, uns das Geheimnis der Voller zu stehlen.«

Vad Garnath lachte: »Der Spion Dopitka ti Appanshad wurde gefangengenommen und verhört und zu Königin Thyllis' Syatra geschickt. Die Pfähle haben ihn durchbohrt, und...«

»Schon gut, Garnath. Ich kann mir selbst denken, wie der Spion aus Menaham behandelt wurde. Doch vielleicht gibt es andere. Ich stamme aus Loh. Mein Land war früher einmal mit Havilfar – mit Hamal und Hyrklana – verfeindet. Ohne Voller war das Lohische Reich wie ein gebrochener Riedhalm. Inzwischen hat sich die Lage grundlegend verändert. Pandahem darf auf keinen Fall eigene Voller besitzen, das gleiche gilt für die Vallianischen Rasts.« Seine Flüsterstimme war klar und deutlich zu verstehen. Ich spürte, daß sich meine Hand schmerzhaft um den Thraxtergriff verkrampft hatte. »Die Vaol-Kästen und die Paol-Kästen enthalten die Samen einer unvorstellbaren Macht, die nicht von dieser Welt ist. An dieses Geheimnis darf niemand heran.«

»Und wenn nun doch jemand dahinter kommt?« Vad Garnaths Stimme klang ungeduldig. »Selbst ich kenne die hamalischen Edelleute nicht, denen diese Geheimnisse anvertraut sind. Von ihnen wird gar nicht gesprochen. Nur wen die Neun Gesichtslosen zur Vollerarbeit verpflichten, darf von den Geheimnissen wissen. Jeder andere findet nur Dreck und Luft in den Kästen.«

Dreck und Luft!

In diesem Augenblick war ich davon überzeugt, daß mich tatsächlich die Savanti oder die Herren der Sterne an diesen Ort geführt hatten. Ich erstarrte von neuem und horchte weiter, während Saffi ihre Bemühungen fortsetzte, mich von der Stelle zu bekommen.

Sie wagte nicht zu sprechen und wagte mich nicht kräftiger zu ziehen, damit wir nicht doch noch entdeckt wurden. Die drei Männer erwähnten das Wort Cayferm nicht; dennoch hatte ich das befreiende Gefühl, einen entscheidenden Fortschritt erzielt zu haben.

Ich konnte fliehen. Endlich konnte ich von hier fliehen! Ich sah einen klaren Weg vor mir, einen Plan, bei dessen Verwirklichung mir das Vollergeheimnis wie eine reife Frucht in den Schoß fallen würde. Großartig!

Als ich mich wieder in Bewegung setzte, begann sich auch Saffi rückwärts zu schieben. Die letzten Worte, die ich mitbekam, stammten von Phu-si-Yantong, den ich noch gar nicht zu Gesicht bekommen hatte. Er gab Garnath den Befehl wegen der Volgendrins. Garnath antwortete mit ernster Stimme, und auch Rosil hatte etwas von seinem Selbstbewußtsein eingebüßt.

Phu-si-Yantong sagte: »Garawin und andere tüchtige Wächter sind heranzuziehen. Gleichgültig aus welchem Land sie kommen; meine Pläne sehen vor, daß ganz Havilfar sich dem Einzig Wahren Weg ergibt. Nehmt zur Verteidigung der Volgendrins Garawin und Pachaks, jeden, der zu kämpfen versteht und loyal ist.«

Während ich mich langsam in das Zwielicht zurückzog, dachte ich über diese Worte nach. Einerseits mußten wir aus diesem Höllenloch entkommen, doch andererseits mußte ich mir Klarheit über die Dinge verschaffen, die ich eben gehört hatte. Ich kannte Garawin recht gut. Es handelte sich um gedrungene krummbeinige Diffs, die mit scharfen Dreizacken bewaffnet waren, Wesen, die vorzügliche Tyryvolflieger abgaben und die Himmlischen Bergwerke bewachten. Was die Volgendrins angeht, so hatte ich davon erzählen hören, ohne mich weiter damit zu beschäftigen, da ich anderes zu tun hatte. Das Wort ließ mich aber an verschiedene Dinge denken...

An der kleinen, halb versteckten Tür, die in die Höhle hinausführte, drehte sich Saffi zu mir um. »Vater hat gesagt, du wärst ein seltsamer Mann, Amak Hamun! Und bei Krun! Damit hatte er recht! Wolltest du denn den Rest deines Lebens hier verbringen?«

»Mich interessierte eben, was die Männer zu sagen hatten, Saffi!«

»Du suchst dir wirklich eine günstige Zeit zum Lauschen aus!«

Nun, damit hatte sie recht. Doch hätte ich mich nicht entschlossen, das hübsche Löwenmädchen zu retten, wäre ich etwa in Ruathytu geblieben, um mich weiter der Probleme Vallias anzunehmen, dann hätte ich nie von Phu-si-Yantong gehört, dann wäre ich nie in diese versteckte Festung gekommen und hätte niemals von den üblen Plänen gegen Vallia erfahren. Der Zufall, der so unwahrscheinlich anmutete, war in Wirklichkeit gar kein Zufall. Ich hatte mich entschlossen, Saffi zu retten, und die Savanti hatten diesen Umstand ausgenützt, um mich zu warnen, mich zu unterstützen.

Es hatte inzwischen Alarm gegeben, so daß wir uns nicht mehr unauffällig unter das Volk mischen konnten. Ein Löwenmädchen ist ein seltenes und kostbares Stück in den Jagdgehegen von Faol. Saffi brauchte einen Mantel mit Kapuze. Wir stießen auf einen Sklaven, der vermutlich sehr froh war, ein ruhiges Schläfchen antreten zu können. Dann marschierten wir weiter – ich in meinem waldgrünen Wächterkostüm, Saffi in dem weiten Umhang des Bewußtlosen.

»Nach oben, Hamun?« fragte sie.

»Aye.«

Sie rümpfte die Nase und zog die Kapuze über ihr goldenes Haar.

Durch zahllose Gänge und Höhlen kamen wir und gewannen dabei immer mehr an Höhe. Zwei- oder dreimal mußten wir uns vor Suchtrupps in Sicherheit bringen; stießen wir jedoch auf Sklaven, marschierten wir kühn mit.

Meine Schulter fühlte sich inzwischen völlig taub an. Ich steckte den nutzlosen Arm in die Seite der Tunika. Die Armbrust hielt ich schußbereit; vielleicht konnte Saffi den geladenen Schuß abgeben; zu mehr hatten wir sowieso keine Zeit, und ich warf den Köcher mit den übrigen Pfeilen fort.

Endlich sahen wir Türen vor uns, die zu der Landeplattform auf dem Dach führen mußten. Nur drei Wächter waren hier postiert, Rapas.

Saffi erschoß den ersten, ich nahm mir den zweiten vor, während sich Saffi mit dem dritten auf einen kurzen Thraxterkampf einließ. Wir eilten durch eine offene Tür auf das flache Dach und sahen mehrere Voller warten.

Doch ganz so leicht war es nun auch wieder nicht.

Rechts von uns ragte die schimmernde weiße Säule des Zentralturms auf. Dort hatte der Kov von Faol vermutlich seine Privaträume. Jedenfalls waren oben Wächter postiert, die auf uns zu schießen begannen, als wir auf den nächsten Voller zuliefen, einen Viersitzer eleganter Bauart, der Geschwindigkeit verhieß. Andere Wächter stellten sich uns in den Weg. Es entbrannte ein blutiger Kampf, an den ich mich jedoch kaum erinnere. Ich weiß noch, daß sich die prächtige Saffi geschickt ihrer Haut wehrte und ich sie mit Jikairufen anstachelte. Dann schob sie mich in den Voller. Ich ließ mich fallen, und Saffi stand über mir. Ich dachte daran, daß ich ja eigentlich sie retten sollte und nicht umgekehrt, und stemmte mich hoch. Ich vermochte meinen Thraxter gegen ein paar Rapas und einen Apim ins Spiel zu bringen, der uns am liebsten wieder herausgezerrt hätte. Der Voller rukkelte, bewegte sich, sprang in die Luft.

Wir rasten über den Dschungel dahin.

Zair muß uns beigestanden haben, denn es dauerte eine Weile, ehe die Flugboote der Verfolger starteten. Die Vorbereitungen für die Jagd hatten früh begonnen; es war kaum Mittag. Wir konnten nicht damit rechnen, daß uns die Dunkelheit so schnell zu Hilfe kam.

Saffi hielt südlichen Kurs. Nun, das war mir im Augenblick nur recht. Wir mußten unseren Verfolgern davonfliegen oder sie irgendwie täuschen, ehe wir den langen Rückflug nach Ruathytu antreten konnten. Saffis Überlegungen schienen in dieselbe Richtung zu gehen, denn sie blickte sich um, und ihr langes goldenes Haar wehte im scharfen Fahrtwind und war herrlich anzuschauen. Sie lachte mit jener Lebhaftigkeit, wie sie nur der Kampf oder das erregende Abenteuer hervorrufen kann. Meine linke Schulter war taub; ich fühlte eine graue Woge durch mein Gehirn schwemmen, die jeden vernünftigen Gedanken auslöschte.

»Wir fliegen den Rasts davon, Hamun, und verstecken uns im Dschungel. Wenn wir ein Versteck gefunden haben, sind wir in Sicherheit!«

»Die... Menschenjäger...«, sagte ich mühsam.

»Mit einer Waffe brauche ich doch wohl keinen Menschenjäger zu fürchten; außerdem habe ich dich ja neben mir!«

Nun, Numinmädchen sind für ihren Mut bekannt. Ich begann zu zittern. Mit meiner Gesundheit stand es wahrlich nicht zum besten. Die Taufe im Brunnen des Zelph-Flusses hatte meinem Körper zwar neue regenerative Fähigkeiten verliehen, doch solche Dinge brauchten ihre Zeit. Der Dolch des Angreifers hatte eine tiefe Wunde gerissen. Ich hatte Fieber und fühlte mich ausgesprochen mies.

»Geradeaus, Saffi!« ächzte ich. »Flieg weiter!« Es gelang mir, mich hochzustemmen, um zu sehen, wohin wir flogen. Saffi wandte sich um.

»Sie bleiben uns auf den Fersen, Hamun. Wir sollten im Dschungel landen und uns verstecken.«

»Nein! Flieg weiter. Bleib auf diesem Kurs!«

Sie sah mich schmollend an, und ihre goldenen Augen musterten mich abschätzend.

»Ich bin noch nicht im Delirium, Saffi. Ich lasse mich von der rastverfluchten Wunde nicht unterkriegen.« Das Sprechen und Denken machte mir Mühe. »Wir fliegen weiter. Halte nach einer Lichtung Ausschau, nach Höhlen, Hütten – und Villen.«

Ich schloß die Augen. Wenn ich meinen Einsatz falsch placiert hatte, war alles verloren. Sich im Dschungel zu verstecken, war eine bedeutungslose Geste, sobald man die Menschenjäger von Antares auf uns hetzte...

Das Flugboot raste durch die warme Luft, und von Zeit zu Zeit drehte sich Saffi besorgt um. Jedesmal wenn sie sich wieder zurückwandte, waren die Falten auf ihrer Stirn tiefer geworden. Offenbar ließen sich die Verfolger nicht abhängen.

Wir hatten uns zwar einen schnellen Voller ausgesucht, doch offenbar nicht den schnellsten von Smerdislad.

»Zwei Flugboote kommen näher, Hamun«, sagte Saffi.

»Sie haben eben reinere Mineralien in ihren Silberkästen«, sagte ich leise, ehe mir auffiel, was ich da preisgab. Doch es war zu spät. Saffi achtete allerdings nicht auf meine Worte; vielleicht nahm sie an, daß ich bereits im Delirium spräche.

Zair ist mein Zeuge, ich habe mich stets bemüht, diesen Tonbändern die Wahrheit anzuvertrauen, so wie ich sie gesehen habe. Ich gebe zu, daß ich viele Fehler habe und daß ich im Notfall wie ein Schurke zu handeln vermag, doch ich möchte behaupten, daß ich Sie an keiner Stelle bewußt getäuscht habe. Ich will dieser Maxime auch jetzt treu bleiben, indem ich gestehe, daß ich nicht die geringste Erinnerung an die nächsten Ereignisse habe. Ich weiß nur, daß ich plötzlich erwachte, gespickt mit Akupunkturnadeln, und in das Gesicht Dr. Larghos' starrte. Die folgenden Details entstammen Saffis Bericht.

Saffi ließ den Voller im Zickzack fliegen und wich damit einem Schauer von Armbrustbolzen und Lanzen aus, den unsere Verfolger abschossen und schleuderten. Unser Flugboot war mit vielen Waffen versehen, die im Luftkampf gebräuchlich waren. Ich hatte zwar den Köcher mit Pfeilen fortgeworfen, doch im Boot lag ein weiterer. Irgendwie vermochte ich die Armbrust gegen eine Spante des Vollers zu stemmen und die Waffe mit einer Hand neu zu spannen. Saffi brüllte etwas, und ich schoß, und der Pilot des führenden Verfolgers riß die Hände hoch, taumelte zurück und stürzte in die Tiefe.

Doch die Verfolger waren mit einzelnen Pfeilschüssen nicht aufzuhalten. Der erste Voller erschien an Backbord; Saffi wich nach Steuerbord aus und steuerte schräg nach unten. Der zweite ließ sie näherkommen, flog dann neben ihr her und schickte seine Enterhaken herüber.

Mein Thraxter bemühte sich vergeblich, die drahtverstärkten Seile zu kappen. Ich vermochte zwei Haken loszureißen, wobei ich Stücke unserer Vollerbespannung opferte. Trotzdem machten die Verfolger bei uns fest. Saffi stellte die Kontrollen um, woraufhin wir im Sturzflug auf den Dschungel zurasten. Die beiden anderen Voller folgten uns. Sie waren vollbepackt mit Bewaffneten.

Ich kämpfte. Ich erinnere mich nicht daran, doch ich kämpfte. Offenbar bildeten Saffi und ich ein gutes Team. Wir wehrten uns verzweifelt. Ein Armbrustpfeil ragte mir aus der linken Schulter, und angeblich habe ich gebrüllt: »Verschwendet ruhig eure Schüsse, ihr Kleeshes!« Immerhin war mein linker Arm längst lahmgelegt.

»Hinter dir, Hamun!«

Ich fuhr herum, duckte mich ungeschickt. Mein Thraxter entwickelte ein erstaunliches Eigenleben und erledigte einen Rapa, der sich gerade anschickte, mir den Kopf abzuschlagen. Thraxter klirrten gegeneinander, wurden vorgestoßen und zurückgezogen. Wie viele Männer in diesem Kampf ihr Leben lassen mußten, weiß ich nicht. Saffi wurde jedenfalls ziemlich schwer verwundet; über ihre herrliche goldene Haut lief Blut. Ich muß wie ein Berserker gekämpft haben. Trotzdem schien unsere Lage aussichtslos. Die Flugboote flogen gefährlich tief; unser Voller lag noch immer zwischen den beiden anderen.

»Kämpfe bis zum Ende, Hamun!« brüllte Saffi. Ihr goldenes Haar wurde vom Flugwind durchgepeitscht.

»Wir werden kämpfen, Saffi!« brüllte ich zurück. »Aber am Ende sind wir noch lange nicht! *Schau*!«

Ich hatte mich in den Numins nicht getäuscht.

Unter uns erschien eine Lichtung. Auf einer Seite ragte eine Felswand auf, in der schwarze Höhlenöffnungen gähnten. Hütten und Villen brannten. Die Leichen zahlreicher Menschenjäger lagen auf Straßen und Plätzen verstreut, durchbohrt von Armbrustpfeilen. Am Himmel schwebten die Voller mit den goldenen Farben des Trylon vom Goldenen Winde.

Jiktar Horan, Rees' Wachkommandant, hatte Wort gehalten.

Nun gab es für Saffi nicht mehr viel zu berichten; sie machte große Augen und sagte: »Und der gute Horan und unsere Männer nahmen die Vollerkämpfer aus Faol auseinander, Amak Hamun.«

Ich lag flach im Bett und beäugte die Nadeln, um die sich Dr. Larghos kümmerte. »Während des Kampfes hast du mich aber Hamun genannt«, sagte ich ächzend.

Sie lächelte. »Wenn du willst, Hamun, nenne ich dich von jetzt an so.«

»Es ist mir eine Ehre, Saffi. Was macht deine Wunde?«

Larghos der Nadelstecher schaltete sich ein. »Lady Saffi muß ruhen, Amak! Aber davon wollte sie nichts wissen, sie wollte erfahren, wie es dir geht und ob du wohl sterben mußt. Ich habe ihr gesagt...«

»Ich werde sie darum bitten, Larghos.« Ich lächelte Saffi an, ein Lächeln, das mir nicht die geringsten Schmerzen bereitete. »Um deines Vaters willen, Saffi, du mußt dich ausruhen.«

»Wenn du es sagst, Hamun.«

Für mich gab es keine Ruhe.

Larghos verband mir den Arm. Bei mir genügten wenige Burs, um den Heilungsprozeß abzuschließen, aber das konnte ich ihm natürlich nicht verraten und mußte seine nervöse Fürsorge über mich ergehen lassen.

Eine Kleinigkeit war noch zu tun, ehe ich nach Hause fliegen konnte.

Ich erzählte Saffi, Horan und Larghos nichts von meinem Plan; sie hätten ihn nicht verstanden. Sie alle hielten es für selbstverständlich, daß ich sie auf dem Rückflug nach Ruathytu begleiten würde.

Jiktar Horan, der ein echter Berufssoldat war, war mit seinen Kämpfern meiner Beschreibung gefolgt und hatte die Höhlen gefunden und ausgeräuchert. Auf Faol gab es keine Menschenjäger mehr; das Blatt hatte sich gewendet; sie waren alle tot. Die Sklaven, die nicht in den Dschungel geflohen waren, sollten fortgebracht werden; die meisten wurden in die Freiheit entlassen. Die betrügerischen Führer waren entweder getötet worden oder entkommen. Ihre Arbeit war getan. Die Löwenmenschen hatten diesen Ort seines Schreckens beraubt. Mein Schwur war schließlich doch eingelöst worden – wenn auch anders als beabsichtigt. Auf absehbare Zeit würde es hier keine Menschenjagden mehr geben.

Ich wußte, daß in Havilfar andere Orte existierten, wo dieses üble Spiel getrieben wurde. Außerdem war Encar Capela, der Kov von Faol, noch am Leben.

Der Säuberungsprozeß war noch längst nicht beendet.

Aber das hatte Zeit. Die Savanti hatten mir Informationen zugespielt, die ich nicht verschwenden durfte. Ehe ich nach Hamal zurückkehren konnte, um dort hinter das Geheimnis der Neun Gesichtslosen und durch sie hinter das Geheimnis der Silberkästen zu kommen, mußte ich nach Hause zurückkehren. Ich sehnte mich nach Delia und nach meinen Zwillingen Drak und Lela. Außerdem mußte ich mich erkundigen, wie weit die Weisen Vallias in ihrer Arbeit an den bereits gelieferten Informationen gekommen waren.

Als die letzten Strahlen Zims und Genodras' vom Himmel verschwunden waren und die Jungfrau mit dem Vielfältigen Lächeln über dem Horizont aufstieg, kletterte ich in den Voller und nahm Kurs auf Smerdislad. Die Numins merkten nichts. Wie Sie wissen, verstehe ich mich auf das Stehlen von Flugbooten.

Drei Ulm vom Tor Smerdislads entfernt, an der Straße der Gräber – das hatte mir Melow gesagt.

Eine Ulm entspricht etwa anderthalb Kilometern; ich mußte also sehr tief fliegen und würde mich in Sichtweite der Stadtmauern befinden.

Die Jungfrau mit dem Vielfältigen Lächeln lächelte in dieser Nacht nicht auf mich herab, wofür ich Zair sehr dankbar war. Die verschwommene rosafarbene Rundung versteckte sich hinter verwaschenen Wolken. Die Schatten waren tintenschwarz; trotzdem fand ich den eindrucksvollen Grabstein mit dem großen Schiff ohne Schwierigkeiten. Ich landete in der Dunkelheit und stieg über die Bordkante.

Ein heiseres Fauchen begrüßte mich. »Ich habe gewartet, Dray Prescot. Du kommst im letzten Moment.«

Das war mir bekannt.

Meine Erinnerungen an die nächsten Stunden sind wiederum ziemlich verschwommen, denn ich war noch längst nicht voll bei Kräften. Vorsichtig nahm ich die Bandagen ab, die mir Dr. Larghos um den Arm geschlungen hatte, und zupfte mir die Akupunkturnadeln heraus. Für die Arbeit, die mir hier bevorstand, brauchte ich beide Hände.

Melow die Geschmeidige rührte sich nicht, als ich sie zum Voller trug. Ich ließ das Flugboot aufsteigen und brachte es auf nördlichen Kurs. Dann wandte ich mich der Jikla zu.

Die Geburt verlief ohne Komplikationen – doch mir fiel jede Sekunde schwer, und ich schwitzte im rosa Mondlicht, während ich den beiden winzigen Baby-Jiklos auf die Welt half. Melow die Geschmeidige schenkte Zwillingen das Leben, einem Jungen und einem Mädchen. Als alles vorbei war und wir uns saubergemacht und die beiden winzigen Geschöpfe in ein warmes

Tuch geschlagen hatten, ließ ich mich erschöpft zurücksinken.

Melow betrachtete ihre Zwillinge, und Mutterliebe und Fürsorge veränderten ihr Gesicht, daß es keine Ähnlichkeit mehr hatte mit den furchteinflößenden Zügen eines Jiklo.

Sie hob den Blick.

»Ich hatte nicht geglaubt, daß du noch kommen würdest. Wahrlich, Dray Prescot, du bist anders als die anderen.«

»Das hat man mir schon öfter gesagt, meistens im Zorn.«

»Ich bin aber nicht zornig auf dich, Dray Prescot.« Sie zog das Tuch zurecht. »Wohin fliegen wir?«

Wir befanden uns längst über dem Meer, auf nordnordöstlichem Kurs.

»Nach Valka.«

»Valka? Kenne ich dieses Land?« Das weiche goldene Mondlicht warf einen Doppelschatten, als die Frau der Schleier aufging. »Wie dem auch sei. Ich habe keine Heimat mehr in Kregen, Prescot; an deiner Seite bin ich zu Hause.«

Bei Vox, wie seltsam war doch das Schicksal, das mich mit einem gefährlichen Menschenjäger von Antares zusammenführte!

»Melow, du wirst mir immer ein willkommener Begleiter sein.«

Mit all meinen Abenteuern in Havilfar hatte ich doch einiges erreicht. Wenn es mit Hamal zum Krieg kam, würde Vallia im Luftkampf nicht wehrlos sein. Es gab noch immer viel zu tun, doch darum wollte ich mich später kümmern. Ich, Dray Prescot, lächelte die Jikla an.

»Wir fliegen nach Valka, wo wir zu Hause sind!«

Welch herrliches Gefühl, zu Delia zurückzukehren! Schon oft bin ich zu Delia zurückgekehrt, zu Wasser, zu Lande oder durch die Luft. Schon oft bin ich zu Delia zurückgekehrt, und wenn mir Zair und all die anderen kregischen Götter gesonnen sind, werde ich diese Heimkehr noch oft in Freude erleben.

So flogen wir durch die Nacht. Nach Hause! Zurück nach Valka, zu meiner Delia! Dieser Gedanke ist für mich stets der vollkommene Abschluß eines Abenteuers. So und nicht anders sollte es sein.

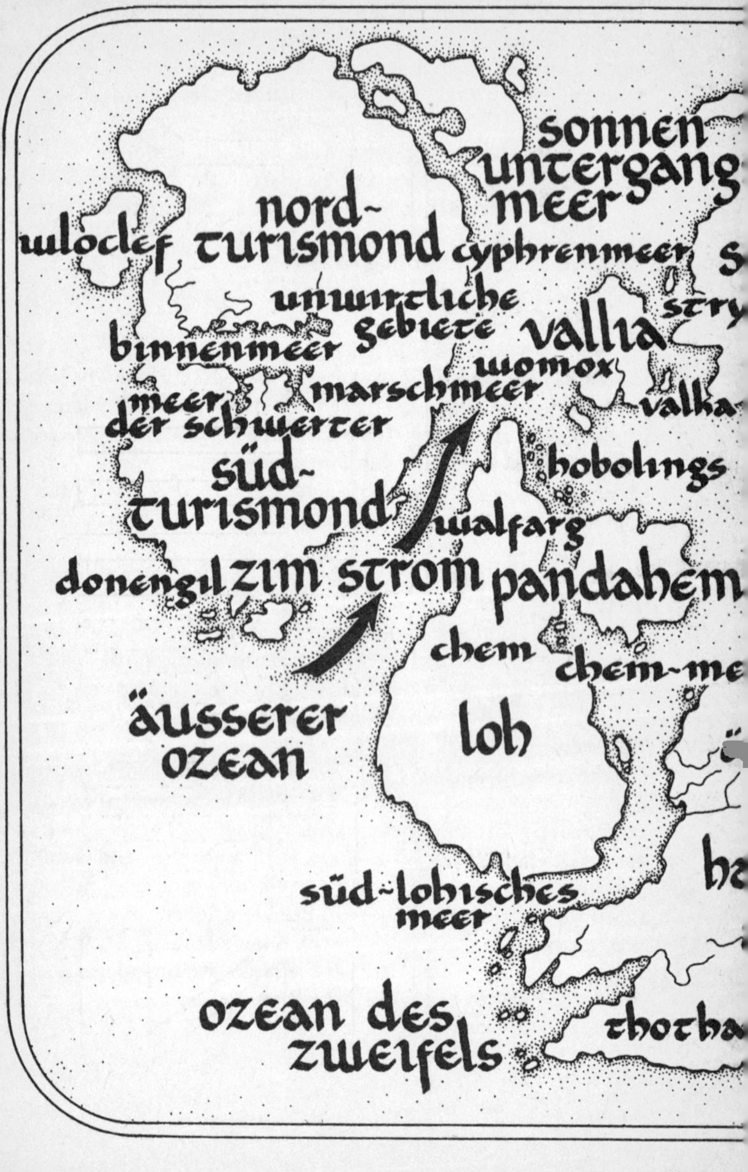

sonnen
untergang
meer
nord-
turismond
wlocref
cyphrenmeer
unwirtliche
gebiete
vallia
binnenmeer
wiomox
marschmeer
valka
meer
der schwerter
hobolings
süd-
turismond
walfarg
donengil
zim
strom
pandahem
chem
chem-me
äusserer
ozean
loh
süd-lohisches
meer
ozean des
zweifels
thotha

gesthes
mehzta
chuliks
untal
südlicher
ozean
gebiete
hamal
ilfar
hyrklana
gir

KREGEN

chem
pandahem
südlicher ozean
bennardrin
skuu - bucht
pirajo
smerdislad
chem meer
faol
gilmoy
nulvosmot
rissbamal
schlüssel
comlad
loh
hamal
nycresand
ordsmot
ödgebiete
ruathytu
arnor
denrette
bemlad
dovad
niklana
tungan
ng'groga
ba-fela
ilion
hyrklana
buringa
ba-marish
süd-lohisches meer
sava
cnarveyl
dap-tentryasmot
byr kbor
yaman
archipel
uttar djombey
pellow
djangurai
cafresmot
migladrin
nebelmeer
xilicia
yanthur
sorah
tamish kanal
gor-gren-drin
hyrzibars finger
brodensmot
tamish
thothangir
far leem
quennobch
ozean des zweifels

HAVILFAR